I cor

© 2017 Giulio Einaudi editore s.p.a., Torino
www.einaudi.it

ISBN 978-88-06-22851-4

Stefania Bertola

Ragione & sentimento

Einaudi

Ragione & sentimento

Prologo

Proprio come nel Surrey sul finire del Settecento, anche in Piemonte nel 2014 un gentiluomo morí lasciando una vedova e tre figlie. Il trapasso avvenne il 6 giugno nella clinica Fornaca di Torino, dopo un breve infarto misericordioso. E del tutto inaspettato, poiché il gentiluomo, che si chiamava Gianandrea Cerrato, godeva di splendida salute, ed era ancora relativamente giovane, in quanto sessantacinquenne. Purtroppo, se questa morte repentina si rivelò ottima dal suo punto di vista, fu invece una bella mazzata per moglie e figlie, che a causa della mancanza di programmazione del defunto avrebbero perso molto di piú che un marito e un padre.

Capitolo primo

– Anche la Jaguar!!!
Maria Cristina vedova Cerrato lancia un urlo di autentico dolore. La Jaguar no. Comprata da neanche due mesi. Regalo del marito per i suoi cinquantatre anni.
– Mi spiace. Ma purtroppo...
Il notaio Galimberti è uno specialista in puntini. Quando una sua frase finisce con i puntini, i puntini si sentono. E nella professione di notaio, i puntini servono. Impossibile sbrigare testamenti e altre questioni ereditarie senza aver sempre a portata di mano una confezione King Size di puntini. Ma con questa storia della Fregatura Cerrato, il povero Galimberti rischia di esaurire la scorta.
Eppure è semplice. Si tratta di un disastro di tipo lineare, senza contorcimenti: il professor Gianandrea Cerrato, valente avvocato penalista che nel corso di un'instancabile carriera aveva difeso e sottratto alla giusta pena delinquenti di ogni specie compresi un paio di assassini, era purtroppo un signore assai amante del gioco, e in questa attività aveva convogliato la maggior parte dei suoi introiti. Moglie e figlie non erano al corrente, ma lo stavano diventando, al corrente, grazie al dottor Galimberti, che si premuniva di fornire loro una scrupolosa serie di informazioni, tutte pessime.
L'ultimo grido di dolore della vedova è stato provocato da una domanda della figlia maggiore, Eleonora.
– Debiti?
Eleonora rappresenta l'unica luce nell'orizzonte dell'af-

faticato notaio. Eleonora non piange, fa domande sensate, e prende appunti. È quindi un garbato piacere informarla che sí, debiti ce ne sono, ma sarà un gioco da ragazzi estinguerli, basterà vendere tutto ciò che di bello e buono è rimasto in casa. A partire dalle auto, una passioncella del defunto.

– Anche la Jaguar!!

Mentre la vedova piange, con l'attiva collaborazione della secondogenita Marianna (alla terzogenita Margherita, in quanto quattordicenne, è stata risparmiata la seduta psichiatrica dal notaio), Eleonora e il notaio si guardano. A chi tocca, la prossima mossa? Dopo un breve pari e dispari mentale, tocca al dottor Galimberti.

– Ehm... signora Maria Cristina, si faccia forza... coraggio. Pensi alle sue figlie...

– Ehhh... mi restano soltanto loro... e la nostra casa!

– Ecco... quanto alla casa... lei ricorderà che purtroppo il commendator Cerrato l'ha lasciata al nipote, dandone al povero Gianandrea soltanto l'usufrutto.

– Nooooo! La casa noooo! Non mi dica questo, la pregooo!

– Mamma, lo sapevi benissimo. Ne abbiamo parlato mille volte –. Eleonora non sbuffa proprio, non si sbuffa alla propria mamma in lacrime, ma si sente che lo sbuffo è lí lí.

– Ma io credevo... – Maria Cristina lascia la frase in sospeso prendendo in prestito dal notaio una manciata di puntini, ma se anche la completasse non sarebbe di grande utilità, visto che piú o meno suonerebbe cosí: «Ma io credevo che la Fata di Cenerentola con un colpo di bacchetta magica avesse annullato quello stupido, stupido testamento del nonno, buaaaahh ahh ahh!» e giú lacrime.

Eh sí, il commendator Cerrato, padre di Gianandrea, e proprietario della vanagloriosa «Villa dei Lillà» tra Chieri e Pecetto, aveva avuto una netta predilezione per suo nipote Edoardo, figlio di Gianandrea e della sua prima moglie, la signora Andreina, perita in giovane età a causa della malaria presa in Africa durante una gita di piacere sulle orme di Hemingway. Rimasto solo con un figlio di nove anni, Gianandrea si era affrettato a sposare una cugina di terzo grado, Maria Cristina, che occhieggiava già da un pezzo. Si trattava di ragazza di ottima famiglia, una Incisa impoverita, e dunque non se ne parlava di portarsela a letto a vanvera, ma una volta vedovo, oplà, matrimonio e figlie a ripetizione.

L'anziano commendatore, però, non aveva mai apprezzato Maria Cristina quanto Andreina, né le tre nipotine quanto l'erede maschio del nome dei Cerrato, nome che peraltro non aveva particolari meriti per cui fosse impellente tramandarlo. Ma tant'è, aveva fatto questo testamento, e ora che Gianandrea era morto, la villa era di Edoardo, e di conseguenza di Rossana e del piccolo Samuele, sei anni, prezioso frutto di quel faticoso matrimonio.

– Che ne sarà di noi? – geme la vedova, una volta rimasta sola in seno alle figlie.

Sono appunto nel delizioso salotto William Morris di Villa dei Lillà, disposte su varie poltroncine discretamente liberty. C'è anche Margherita, per volontà di Eleonora, che non ha intenzione, aveva detto bruscamente a sua madre «di trattarla come una bambina dell'asilo. Meglio farle capire come stanno le cose».

– Oh mammina, non ti preoccupare… – cerca di consolarla Marianna, – figurati se Edoardo ci vorrà cacciare… loro stanno benissimo in Toscana, perché dovrebbero trasferirsi qui? Vedrai, non cambierà nulla.

– E come la manterremo questa casa? Eh? Papà non ci ha lasciato niente.

– Edoardo penserà a noi, – ribatte fiduciosa Marianna.

– Mmmm… – commenta Eleonora. – Io dico che è meglio se cominciamo a guardare Subito.it, Casa.it e Idealista.it. Ce n'è altri?

Fa molto bene, Eleonora, a dire «Mmmm...» Conosce suo fratello, e sa che è di animo superficialmente amabile e sostanzialmente stupido, mentre la donna che ha sposato è di animo superficialmente sgradevole e sostanzialmente arido e avido. Dalla combinazione fra questi due esseri e una villa del Settecento circondata da parco e comprensiva di delizioso cottage per il portinaio non può nascere nulla di buono per la vedova e le orfane, e infatti la conversazione che si sta svolgendo tra Arezzo e Pecetto in un'ariosa giornata estiva punta dritta in un'unica direzione.

Lasciato il caro figlioletto alle cure della nonna materna, Edoardo e Rossana viaggiano a bordo della loro Mercedes Station Wagon classe E, e discutono su come affrontare la spinosa questione del plotoncino di femmine che il padre di Edoardo si è lasciato alle spalle.

– Non so... Non posso mica buttarle fuori.

– No, certo che no. Dàgli tutto il tempo, ci mancherebbe. Al limite, anche un mese.

– È casa loro, ci vivono da sempre.

– Veramente è casa tua. Vuoi lasciarla a loro, e portare me e Samy in un appartamentino in affitto?

– No, no... cosa dici... però, in effetti, dovendo andare tutti i giorni al grattacielo San Paolo, da Chieri è lunga.

– Edo, cerca di avere una visione d'insieme della tua e della nostra vita. Ti hanno offerto un posto magnifico, hai deciso di accettarlo con la mia incondizionata approvazione, e proprio mentre dibattevamo sul trasferimento a Torino, tuo padre ci ha purtroppo lasciati. Non ci vedi un disegno della Provvidenza?

– Ma scusa Rossana... vuoi dire che è stata la Provvidenza a mettere in mano all'altro una scala reale, provocando l'infarto a papà?

– Chi può dirlo? Cosa ne sappiamo noi delle motivazioni divine? Quello che sappiamo è che Gianandrea con un gesto di grande amore paterno è venuto a mancare proprio al momento giusto. Doloroso, ma giusto. E del resto quella casa è tua. Tuo nonno l'ha lasciata a te. Sei stato anche troppo generoso, a privartene per tutti questi anni.

– No, scusa... mio padre aveva l'usufrutto. E comunque, io lavoravo a Firenze... e mi spiace tanto per Maria Cristina e le ragazze... la casa è grande. Forse potremmo starci tutti insieme.

Rossana trasecola. Vivere con la suocera e le cognate? Ma questo fustacchione che si è sposata è dunque pazzo, oltre che poco furbo?

– Ma sei pazzo?

– Non dico in casa, – si affretta Edoardo che ha, da sempre, un leggero terrore di Rossana, e soprattutto per quello le ha chiesto di sposarlo. Perché non osava immaginare come avrebbe potuto reagire se non lo avesse fatto. – Loro potrebbero sistemarsi nella portineria. È vuota, no? La usano per gli ospiti.

– Dépendance, – ribatte secca Rossana, che come tutti i socialmente insicuri si aggrappa ai termini. – Si chiama dépendance, non portineria. E comunque è troppo piccola per loro. Sono due camere, cucina e bagno. È perfetta per la coppia.

– Che coppia?

– La coppia, Edo! I domestici, quelli che prenderemo appena sistemati. Lui per i lavori pesanti e il giardino, lei in casa. Con loro, una stiratrice e un aiuto occasionale, dovremmo essere a posto.

– Scusa, tesoro, ma i domestici ci sono già. Stanno nelle camerette dell'attico.

– Non so, Edo. Credo che sia meglio fare piazza pulita dei domestici di tuo padre. Liquidazione e via, tornare al villaggio natio o sistemarsi altrimenti. Lo sai meglio di me... potrebbero avere delle gnagnere... affezionati alla tua matrigna. Sai... telefonare.

– A chi?

– Uffa! Sveglia, tesoro! A lei! Chiamarla di nascosto e raccontarle i fatti nostri.
– Ma quali fatti nostri?
– Qualsiasi. Qualsiasi fatto nostro che non vogliamo far sapere. Ce ne saranno, no?

Edoardo riflette. Non gli viene in mente nessun fatto suo da tenere segreto, ma Rossana sta già passando oltre.
– Guarda, lascia perdere. Non ti sforzare. Meglio gente nuova e basta. Gente fidata.
– Beh, però... comunque... in ogni caso... hanno le camerette nell'at...
– E basta con queste camerette! Noi cambieremo tutto, Edo. Lassú faremo un open space per...

A Rossana mancano un attimo le parole perché in verità non ha idea di come utilizzare un open space, sente però con la forza dell'innovazione che in una villa del Settecento l'open space è indispensabile a svecchiare.
– Per svecchiare! Vuoi svecchiare sí o no?

No, pensa Edoardo.
– Sí, – dice Edoardo. – Certo. Ma... forse i domestici potremmo metterli nel seminterrato, e lasciare la dépendance a...
– Non c'è nessun seminterrato. Nel Settecento non li facevano. Facevano le cantine. Vuoi mettere la coppia in cantina?

Questo chiude, per il momento, la discussione.

In realtà, la chiude abbastanza definitivamente, perché Rossana negli anni ha avuto modo di osservare la matrigna di suo marito, e le di lui sorellastre, e il risultato di queste prolungate e ponderate osservazioni è stato che le ha classificate a colpo sicuro come «pecore». Maria Cristina e figlie sono oppresse sia dal condizionamento territoriale della sobria piemontesità che dal pesante fardello della buona educazione, mentre lei è una ligure svelta e meschina, figlia di un ignorante e di una furbacchiona. Bruttina, magrolina, nasetto a punta e orecchie a sventola nascoste da un caschetto antipatico, si è intrufolata come un virus nella fiacca personalità del suo bel marito, e adesso sta lí, beffandosi degli anticorpi.

Cosí, quando i Cerrato junior sbarcano a Villa dei Lillà, Rossana mette subito in atto la tattica vincente del «io faccio finta di credere che siate contente e voi non avrete il coraggio di smentirmi». Non ha piú visto la suocera e le ragazze dal giorno del funerale, ma il lutto può considerarsi archiviato, a parte un fugace «Come va? Meglio?», e poi, senza aspettare risposta, una strettina inutile al braccio della prima che si è trovata accanto, nello specifico Margherita, che fa livido facilmente e quindi la strattona via con un «Ahia!»

Ma non appena si ritrova sola con gli anelli deboli, ovvero la vedova e Marianna, Rossana può piazzare la schiacciata, e chiedere con un sorriso smagliante e affettuoso:

– Allora, avete già pensato alla vostra casa nuova?

– Oh no, no, assolutamente no! – inorridisce Maria Cristina, iniziando già a tremolare come una buona crema catalana.

– Noi... non eravamo sicure... cioè... non sapevamo se voi... alla fine avete deciso di trasferirvi qui? – chiede con voce a sua volta tremolante Marianna.

Rossana fa uno sbuffetto impaziente, tipo «ma allora sei veramente cretina!»

– Sí, certo... per Samuele sarà meraviglioso crescere nella casa dei suoi avi... e con questo bel giardino. Gli abbiamo già ordinato la macchinetta elettrica e il minicampo da golf.

Le Cerrato si accasciano. La macchinetta elettrica... il minicampo da golf... armageddon!

Mentre Maria Cristina si lascia cadere su una panca senza piú né intendere né volere, Marianna tenta almeno una debole resistenza.

– Veramente noi pensavamo... magari... tenerci un piano per noi?

– Oh per carità, ci mancherebbe... diventereste matte, con un bambino per casa... no, voi avete i vostri ritmi, le vostre abitudini, noi i nostri... una coabitazione sarebbe di-sa-stro-sa.

Senza aggiungere altro, per il momento, Rossana lascia lí quelle sillabe ben spaziate e si allontana richiamata da un improvviso dovere. Marianna scoppia immediatamente, ma proprio immediatamente, in lacrime. Sua madre la guarda e, incoraggiata dall'esempio, scoppia in lacrime anche lei.

Le lacrime sono un grande piacere della vita, ma risolvono poco. Perfino Maria Cristina se ne rende conto, e cosí convoca le figlie alla pizzeria La Brace di Chieri per discutere della situazione lontano dalle orecchie di Rossana.

– Non posso crederlo, che vostro fratello ci butti fuori.

– Io posso, – interviene Margherita, – Edoardo si fa mettere i piedi in testa da quella, non lo sapevate? È una dominatrix.

– Una che cosa? – Sua madre è sconcertata.

– Mamma, ascoltami bene –. Eleonora dà un calcio a Margherita sotto il tavolo, e guarda con rimpianto la pizza Napoli che si fredderà nel suo piatto mentre lei cercherà di mettere sua madre in sintonia con la realtà. Certe cose non si possono dire masticando mozzarella. – Edoardo e Rossana non vedono l'ora che ci togliamo dai piedi. Possiamo tirarla in lungo un po', ma secondo me non ci conviene. È meglio se cominciamo subito a cercarci una casa.

– Una casa? – Maria Cristina si stupefà. – Un'*altra* casa? E dove? Come? Quanto costerà?

Marianna sorride a sua madre, e le stringe una mano, sorvolando con il suo braccio leggiadro la Quattro stagioni fra loro. – Non preoccuparti, mami, prenderemo una bella villetta qui a Chieri, con un giardino piú piccolo e meno faticoso, e staremo benissimo.

– Ah no! No! – Maria Cristina, come tante donne miti, al momento opportuno sfodera una certa ferocia. – Non possiamo restare a Chieri, assolutamente no. Soffrirei troppo. Io a Villa dei Lillà non metterò mai piú piede!

– Non c'è problema, mamma. Di sicuro non resteremo a Chieri, e non prenderemo nessuna villetta. Cercate di capire bene una cosa, ragazze. Siamo... – Eleonora sta per dire «povere», ma alla vista di quelle tre facce spaventate decide che con un poco di zucchero la pillola andrà giú meglio. – Siamo pronte per una nuova vita. E se andassimo a stare nell'alloggio di Mirafiori?

Ovvero nel due camere e cucina in un noto quartiere operaio, acquistato con i risparmi di una vita dai genitori di Maria Cristina, e a lei intestato, salvandolo cosí dalle grinfie dell'avvocato Cerrato.

– In due camere e cucina? Davanti alla Fiat?

– Adesso si chiama Fica, – dice innocentina Margherita, beccandosi un secondo e un terzo calcio dalle sorelle, uno per parte. Per fortuna la mamma non ci fa caso, essendo tornata alla modalità salice piangente.

– Povere noi... e comunque è affittato...

– Beh, – conclude Eleonora, – qualcosa troveremo. L'importante è che cominciamo a cercare.

– Io non voglio andare in un'altra casa, – taglia corto Margherita. Ho già abbastanza problemi, avrebbe voluto aggiungere. Mio padre è appena morto, il mio ragazzo è in Irlanda a studiare l'inglese e butta malissimo, mi risponde svogliato agli sms e non chiama mai e quando lo chiamo io ha sempre qualcosa da fare, ed è connesso a WhatsApp pure a notte fonda, e peggio di tutto mi sono innamorata di due tizi di cui uno morto e uno ultrasettantenne. Mi ci manca solo di cambiare casa.

– Margherita, cosí rendi tutto piú difficile per la mamma, – la sgrida dolcemente Marianna. Osserviamo Marianna, ventiquattro anni, che fatica a mangiare la Quattro stagioni, oppressa al pensiero di tutto quel buio confuso che sta dietro l'angolo della sua vita. È molto bella, non ci sono dubbi. Del genere Grace Kelly, Catherine Deneuve, bionde algide alla Hitchcock. È diplomata all'Accademia delle Belle Arti, considerando però questo diploma come un perfezionamento personale piuttosto che come uno strumento atto a introdurla nel mondo del lavoro, mondo in cui, sinceramente, non ha mai pensato di introdursi. Infatti da qualche tempo collabora gratis con un museo locale, creato da una ricca mecenate. La collaborazione di Marianna consiste nel partecipare a pranzi e cene con gli artisti, rispondere a qualche telefonata, essere presente alle inaugurazioni, farsi fotografare accanto alle opere. Prima della disastrosa dipartita dell'avvocato Cerrato, esisteva anche un vago progetto di ulteriore perfezionamento personale, che prevedeva l'Iscrizione all'École Nationale Supérieure des Beaux-Arts de Paris, con annesso soggiorno in un pensionato di monache locali e supervisione di una sparuta ma prestante pattuglia di parenti-di-parenti residenti al Marais. Ma ora anche il progetto in questione giace comodamente nella tomba di famiglia, marmo di Carrara con angeli al cimitero di Sassi a Torino.

Eleonora non trova utile l'approccio di Marianna ai capricci di Margherita. Prova col suo: – Dài, non sei stufa di vivere isolata in mezzo ai bricchi? Sarà una figata stare in città, potrai uscire molto di piú, stare sempre in mezzo alla movida.

– Eleonora, ti prego, ci manca solo la movida... – sospira Maria Cristina, sollevando con la forchetta un pezzetto di mozzarella dalla sua Vegetariana, e osservando poi, afflitta: – Avevo detto di bufala!

– Tanto voi non mi lasciate fare mai niente! Stare a Chieri o a Torino è uguale! Mi trattate come una bambina!

– Mentre sei? – si informa Eleonora.

– Ho quattordici anni non otto! Aglaia va pure in discoteca! Ha la carta d'identità falsa! – rivela incauta Margherita.

La sconvolgente notizia che Aglaia, la migliore amica di Margherita, si aggira per le discoteche munita di documenti fasulli conquista la totale attenzione di mamma e Marianna. Almeno per qualche minuto, l'argomento «Oddio dobbiamo mollare Villa dei Lillà» viene dimenticato.

– Documenti falsi? Stai scherzando? Come sarebbe documenti falsi?

– E dài mamma, non lo sai? Li fanno gli egiziani, costano cinquanta euro, li spacciano in piazza Vittorio. Sono fatti alla c… cioè molto male, ma i tipi dei locali manco li guardano, gli basta che gli metti in mano una roba tipo carta di identità con la tua foto e stai passata.

– Stai cosa?

– Passata, andata, messa dentro. Al locale.

Eleonora decide di ignorare per il momento l'evidente confidenza fra sua sorella e alcuni malviventi nordafricani, e si concentra sulla pizza. È il momento giusto per osservare lei, dunque.

Eccola qui. Eleonora ha ventisette anni, è chiara, ramata, grigioverde, azzurra. Maestra elementare per una sua bizzarra vocazione personale, ha rifiutato energicamente altri e piú prestigiosi percorsi di studio e carriera, e in questo preciso momento, mentre stacca un pezzo di lieve pizza con acciuga, ringrazia il cielo per questa scelta, che porta nelle casse di famiglia uno stipendio piccolo ma utilissimo. Se avesse dato retta a suo padre, adesso sarebbe praticante in uno studio legale, con uno stipendio ancora piú irrisorio, e la prospettiva di lunghi anni di nulla.

E la madre? La madre, già stanca del dibattito su «Come si educano le adolescenti» guarda le sue tre belle figlie e sospira. Impossibile quantificare quanto Maria Cristina Incisa vedova Cerrato abbia sospirato in vita sua. Limitiamoci a dire che è un'attività in cui eccelle, e che approfitta di ogni minima occasione per metterla in pratica. È un'ottima e affettuosa madre, una donna sensibile, amabile, timorosa e appassionata lettrice di romanzi d'amore. Ha adorato suo marito, quest'adorazione non è stata affatto scalfita dalle recenti scoperte sul suo conto, e mai, neanche per un attimo, penserà di sostituirlo, nonostante abbia appena cinquantatre anni. È convinta di aver vissuto un perfetto amore, e in un certo senso è vero, perché nei ventotto anni che sono stati sposati mai Gianandrea ha guardato un'altra donna, anche perché era troppo impegnato con i cavalli, le carte e le slot machine. Perciò, gli unici altri amori che Maria Cristina si aspetta dalla vita sono quelli delle sue figlie.

Che però, sotto questo aspetto, sono piuttosto dormienti. Margherita no, Margherita è molto, sia pure limitatamente, attiva, e a quattordici anni ha già un curriculum sentimentale di un certo spessore. Ma le sorelle, c'è qualcosa che non va. Marianna è vergine. Eh sí. Lo è. Ventiquattro anni, vergine. Ha avuto un solo ragazzo, dai quindici ai diciannove, con il quale ha fatto poco o nulla perché lui era gay e ci ha messo un tot a capirlo, e un altro tot a farlo capire a Marianna. Purtroppo per lei, glielo ha fatto capire nel modo peggiore.

Cinque anni prima, ecco Davide e Marianna che finalmente hanno deciso di farlo, nella piú romantica delle notti di luglio, su una spiaggia della Toscana, sotto la luna di Leopardi e tutte le stelle di Kant, stesi su un confortevole telo batik. Dopo anni di «non siamo pronti», «che fretta c'è», «per me tu sei qualcosa di speciale», «il nostro amore è diverso», finalmente Marianna ha convinto Davide che fare l'amore sarebbe stato il completamento anche ideale del loro sublime rapporto. E lui si lancia su quella meraviglia di ragazza, in un vortice di perfezione ambientale, solo per ritrarsi dopo qualche goffo tentativo strillando:

– Sono innamorato di Pierluigi!

Forse, se invece del nome anagrafico, Davide avesse usato il soprannome con cui il suo amato era conosciuto fra gli amici, e cioè Chico, l'impatto su Marianna sarebbe stato meno disastroso. Sentire il tuo ragazzo che urla «Sono innamorato di Chico!» può anche risultare vagamente surreale. Sentirlo urlare «Sono innamorato di Pierluigi!» è semplicemente squallido...

Affranta e ferita, Marianna aveva deciso di evitare altre storie destinate a fallire. Niente fidanzati casuali, tentativi a malincuore, mezze storielle, passioni di una notte, o bravi ragazzi un po' noiosini. No. Lei avrebbe vissuto in solitaria castità fino a quando non fosse arrivato il Grande Amore. In cui crede con fede assoluta smuovimontagne spostamaometti. E lo fa. Vive in castità. Dopo Davide, non si è innamorata piú. In trilioni ci hanno provato, ma lei sentiva ancora riecheggiare da qualche parte nei battiti del suo cuore quel grido notturno di un ragazzo errante sulle spiagge della Toscana, e restava indifferente. Un paio d'anni fa è entrata a far parte dell'associazione «Turris Eburnea», i cui membri considerano la propria purezza un inestimabile dono che si può fare una sola volta nella vita. E dopo sposati, per di piú.

Eleonora invece ha avuto vari fidanzati, anche abbastanza saltuari, e poi, dai ventitre anni, una storia lunga e seria, che ha interrotto lei stessa sei mesi fa, rendendosi conto che mentre facevano l'amore pensava ad altro, e spesso la sera, dopo l'ultimo bacio di saluto, provava l'irresistibile impulso, a cui infatti non resisteva, di fare degli sciacqui acqua e limone. Lei non crede nel Grande Amore, le basta un amore normale, ma si è resa conto che se ti sciacqui dopo i baci, l'amore in questione è parecchio al di sotto anche dell'asticella del normale. E cosí addio Robi, bye bye.

– Comunque non voglio cambiare casa –. Margherita è tornata al punto di partenza, ed è evidente che non si smuoverà tanto facilmente. – Non possiamo denunciarli? – chiede speranzosa.

– Chi? – Eleonora è l'unica che le dà retta, mentre madre e sorella sospirano sulle rispettive pizze.

– Edo e Rossana. Per crudeltà mentale, stalking e abuso di potere.

– Certo. Domani andiamo dall'ispettore Wallander, – le dice Eleonora, e poi si rende conto con orrore che anche l'ispettore Wallander insieme ad altri chilometri di ispettori, investigatori, medici, famiglie moderne, famiglie Borgia, assassini vittoriani e zombie texani, sta per uscire dalla loro vita, perché nessuna parabola di Sky le seguirà.

Scosta il piatto con ancora almeno un quarto di pizza Napoli e dice: – Non la voglio piú.

Capitolo secondo

È passato un mese dalla cena alla Brace e ben poco è stato concluso. Edoardo e Rossana sono tornati in Toscana a preparare il trasferimento, e la signora Cerrato e le figlie stanno confusamente tentando di fare altrettanto. Senza risultati: un'altra casa non è stata trovata, perché quelle in offerta sono troppo piccole, troppo brutte o troppo care, e le loro cose personali, le uniche che le seguiranno nella nuova vita, sono ancora tutte al loro posto. I trumeau rococò, l'argenteria vittoriana, le miniature russe, i quadri di Silvestro Lega, tutto venduto o consegnato a Christie's, ma le bambole, i gialli Mondadori, le boccette di profumo, i poster, i romanzi d'amore, non si muovono da cassetti, scaffali e tavolini, tenacemente riluttanti ad andarsene. Eleonora si è portata degli scatoloni in camera, se non altro, ma non ha ancora cominciato a riempirli.

Poi, in una bella serata di fine luglio, *scrrrech*, una macchina inutilmente alta si ferma sghiaiando davanti al cancello di Villa dei Lillà (che nome orribile, d'ora in poi, per quel poco che ancora sarà nominata, sarà soltanto VDL).

L'uomo che scende ha piú o meno l'età di Maria Cristina, è suo cugino, si chiama Gianmaria Pettinengo, e si tratta di persona a dir poco gioviale.

– E allora! Allora! Come va, belle cugine?

E sbadabam! Pacche, baci, risate. Nonostante il recente lutto? Eh sí... il funerale si era fatto, pianto si era pianto, ora un po' di tempo era passato e per Gianmaria la vita ha ripreso l'andamento frizzante che ha sempre avuto, e infatti si presenta alle cugine come una bottiglietta di Coca-Cola sul punto di esplodere e sparare fuori la schiuma della sua grande sorpresa.

– Allora, bellezze? Pronte a lasciare Chieri? E a venirvene giú in città, a farci compagnia sull'altro lato della piazza?

Maria Cristina ed Eleonora sono le uniche presenti al botto. Marianna sta dipingendo un iris in camera sua, e Margherita è al mare, ospite di una cugina. È bene specificare, per non tornarci piú sopra, che questa famiglia, come tante famiglie torinesi di stretta pratica anticoncezionale cattolica, ha una ragnatela di rapporti di parentela che permette di coprire vacanze al mare, in montagna, in campagna e in città d'arte senza mai, mai mettere piede in un albergo.

– Cioè? – Maria Cristina sta sul chi vive. Ha sempre trovato un filo esagitato il cugino Gianmaria.

– Cioè si è liberato un mio alloggio in via Giolitti, al 45, esattamente di fronte a casa nostra! E son qui a proporvelo, se vi va. Tre camere da letto, un bel soggiorno grande, cucina, bagno. Balcone che dà sui giardini. Ve lo dico subito, è una casa modesta. Ma è centrale, comoda, e non costa nulla.

– Come non costa nulla?

– Le spese, pagherete le spese, tutte fino all'ultima lira. Su quello non si discute. Ma non voglio affitto. Voglio il piacere di avere le mie belle cugine davanti a casa, a far compagnia a me e a Consolata. Non ne posso piú di inquilini. Gente che paghi, basta.

Dopo mezz'ora di salamelecchi, proteste, profferte, il cugino se ne va senza aver ricevuto né un sí né un no, ma siccome conosce Maria Cristina da quando era una bambina che ci metteva mezz'ora a decidere come voleva il cono gelato, e poi lo prendeva sempre crema e fragola, Gianmaria lo aveva previsto. Stritolandola in un abbraccio orsesco, le dice: – Fammi poi sapere cosa decidi –. E salta in macchina, sgommando via felice.

– Ciao Marghe. Com'è?
– Ciaaaooo Eleeee... bene.
– Perché non rispondi ai WhatsApp?
– Boh... non li ho visti.
– Perché non rispondi a mamma quando ti chiama?
– Chenneso. Si vede che il telefono era in fondo alla borsa.
– Síí, vabbè. Senti qua. Abbiamo trovato casa. Per un colpo di fortuna micidiale e abominevole, il cugino Gianmaria ci ha offerto gratis, ripeto gratis, un suo alloggio in via Giolitti, praticamente di fronte a casa loro.
– Chiii? Chi è?
– Gianmaria. Il cugino di mamma. Ti ricordi alla festa di Natale, quello che ha fatto la foto.
– E che casa sarebbe? Io voglio rimanere a casa nostra.
– Beh, se vuoi vivere con Rossana, prova a convincerla.
– Che palle, Ele.
– Lo so. Insomma, senti qua, la casa del cugino non è tanto grande, e non è neanche troppo in buono stato, ma ce la faremo andare, perché è carina, in un bel posto, e comodissima per la mia scuola e anche per la tua. Ti ho iscritta al Gioberti, ci vai a piedi in cinque minuti.
– Al Gioberti?? Io voglio andare al D'Azeglio!
– Niet. Gioberti. Comodo, vicino a casa e se la tira di meno.
– Io non torno.
– Resti lí? Tutto l'inverno?
– Sí. Chiedo a zia Valeria se mi ospita a Livorno. Io non torno in una schifosa casa in città e non vado al Gioberti e comunque Andre mi ha lasciata quindi che torno a fare.
– Ti ha lasciata? Ma come si permette? Per una irlandese?
– Magari! Una di Milano che era pure lei lí a studiare inglese.
– Ah, quelle di Milano sono terribili. Va bene, allora posso prendermi la tua camera, quella con la scala.

– Che scala?

– Nella casa nuova ci sono soltanto tre camere da letto, e quindi io e Marianna dobbiamo stare insieme, e tu invece ne avresti una tutta per te, una stanzetta specialissima a cui si arriva da una piccola scala a chiocciola... una mansarda, c'è pure una porta che dà nel sottotetto. Sai, tipo stanza segreta. Se non torni, me la prendo io. Ciao bella, dacci notizie.

Ha faticato abbastanza, Eleonora, a convincere la mamma ad accettare l'offerta di Gianmaria, ma ce l'ha fatta, ficcandole bene in testa, a piccole martellate gentili, la splendida utilità di una casa gratis.

– Pensa, mamma, pensa che risparmio. Se non avremo un affitto da pagare, con il mio stipendio e quello che prendiamo per l'alloggio di corso Traiano ce la caveremo abbastanza bene.

– Ma come facciamo a vivere in quattro camere? Ti rendi conto? E con un bagno solo? Non lo dico per me, per me va bene tutto, ma voi ragazze... che vita farete? Chi potrete frequentare?

Capiamo, dall'uso del verbo «frequentare», che Maria Cristina vive in una sua bolla atemporale, in cui si «frequenta», si vedono le amiche a «colazione», intendendo un'insalata all'una, e si usa l'aggettivo «grossolana» invece che «volgare».

Le geremiadi datate della vedova si susseguono, giorno dopo giorno, ma i nuovi inquilini incalzano, e il giorno in cui a VDL viene consegnato un enorme scatolone di Amazon contenente una miniauto elettrica Ford Ranger Wildtrak di lusso, due motori, a due posti in pelle, ruote EVA morbide, nera, 2,4 GHz Bluetooth, Usb, SD card, licenza originale Ford, prezzo 409 euro, Maria Cristina prende il cellulare e chiama Gianmaria.

Cosí, in una tiepida mattina di settembre la vedova Cerrato e figlie prendono possesso dell'alloggio al secondo piano di via Giolitti 45: un nobile portone ornato di due colonne, prospiciente a piazza Maria Teresa e al suo fresco giardino. Dentro, la situazione è meno nobile. Splendide scale mal tenute, e un alloggio che con molta fatica le ex abitanti di VDL possono considerare accettabile. L'ingresso dà direttamente sulla cucina, da cui è separato soltanto da una parete a vetri molati. Dalla cucina parte una scala a chiocciola che porta in camera di Margherita, una mansarda non del tutto rifinita. Attraverso la cucina, si raggiunge un corridoio che si apre su un bagno, da cui si passa direttamente in una camera da letto. Le altre due porte che si aprono lungo il corridoio portano in un salone di belle proporzioni con un caminetto funzionante, e nell'ultima camera da letto. Tutto lí.

– Diventerà delizioso... – commenta la signora Cerrato, che a questo punto ha scelto la linea «Non mi lamento, sarò coraggiosa, sopporterò la disgrazia con charme e dignità».

– Quando? – si informa Margherita, che alla fine è poi tornata, e sta guardando le pareti spartanamente imbiancate. Margherita ripensa per l'ultima volta alla tappezzeria a myosotis della sua ex camera. – Siamo cadute in disgrazia, – proclama con voce squillante. – Siamo eroine romantiche.

– Sí, siamo Jane Eyre, – la incoraggia Eleonora, che vede di buon occhio qualunque approccio positivo alla situazione. A dire la verità, Eleonora è parecchio stufa. Mentre apre uno scatolone in cerca di una padella in cui friggere qualcosa da scagliare in bocca alle congiunte, pensa che palle però. Che palle però che mamma e Marianna e Margherita si comportano come gente che vive dentro Čechov, e dànno per scontato che io invece sono quella a cui non frega una mazza di non avere piú la nostra casa, e la mia camera, invece di questa mezza stanza scarsa che mi sono presa perché naturalmente esiste una metà piú grande e una piú piccola, e chi se ne frega della geometria, e la metà piú grande l'ho lasciata a lady Marian. Beh, e invece io soffro eccome, tanto per cominciare, sono l'unica che veramente patisce la perdita del giardino. Per loro era un bel posto dove passeggiare, dipingere o fare le feste, ma io, io ero quella che piantava le peonie, annusava la menta, controllava se l'albicocco era fiorito. Io odio non avere un giardino, ma me lo tengo per me.

– Mi spiace per te, Ele, – dice all'improvviso Marianna, che sta vanamente tentando di costipare un guardaroba ricco, vario e numeroso in tre cassetti e mezzo armadio. – Lo so quanto ti manca il giardino.

Ah, pensa Eleonora, sono una cretina.

– Sí, però non è male scendere e avere tutti i negozi sotto casa. E anche arrivare a scuola in dieci minuti.

– E io cosa farò? – Marianna osserva perplessa un abito da sera di chiffon acquamarina che probabilmente non avrà piú modo di indossare, né di appendere in un armadio, essendo lungo, ampio, gonfio e inutile.

Sembrerebbe una domanda retorica, tipo «E adesso? Che ne sarà di noi?» e stupidaggini simili, ma la verità è che proprio in questo momento, di fronte a quella splendida quanto inutile creazione di Miu Miu, anche Marianna è entrata in collisione con il temuto principio di realtà. Il quale le ha morso un orecchio, sibilando: «Ti sembra giusto che soltanto Eleonora lavori, mentre tu piangi, ti lagni e leggi saghe di vampiri? Eh? Non ti vergogni?» E subito, con il suo tipico impeto destrutturato, l'appassionata sorella stabilisce che è arrivato il momento di rimboccarsi le delicate maniche.

– Mi devo trovare un vero lavoro, Ele, – annuncia, ficcando il vestito acquamarina in un sacco nero dell'immondizia. – Un lavoro pagato. Basta col museo.

– Ci penseremo. Per adesso rilassiamoci, che il peggio è passato. La casa è decente, dài, mamma si è placata, e la piccola sembra abbastanza contenta.

– Le è passata per Andrea, no?

– Direi di sí. Ma tu lo sai chi sono questi due di cui è innamorata e di cui parla sempre? Non c'è verso di far-

le scucire chi sono. Dice solo che uno è troppo vecchio, e l'altro peggio ancora.
– Se sono due, non può essere innamorata. Ci si può innamorare veramente solo di una persona, e solo una volta nella vita.
– Marianna, ma in che mondo vivi?
– Nell'unico possibile. Quello della verità.
Oh madonna, pensa Eleonora, cercando di sistemare da qualche parte le sue graphic novel.

– Sono proprio sfortunata.
Margherita, a pranzo, un paio di settimane dopo, quando la scuola è ricominciata sia per lei che per Eleonora.
– Nella A hanno un prof di italiano molto carino, invece noi abbiamo la Casavecchia!
– Ah, non parliamo della casa vecchia! – sospira sua madre, osservando orgogliosa il piatto di pasta che ha davanti, da lei stessa abilmente confezionato.
– Ma no, mami, è il nome della prof. Avrà novantaquattro o novantacinque anni. Potrebbe morire in cattedra da un momento all'altro.
– Speriamo di no! – Marianna è in grado di preoccuparsi per quasi qualunque cosa, e dunque per un attimo vede la povera prof senza volto accasciarsi sul registro, e una classe di alunni sconvolti cercare di rianimarla agitandole su e giú le braccia.
– Speriamo di sí, invece, cosí facciamo due giorni almeno di vacanza per lutto. Esiste la vacanza per lutto?
La settimana seguente, Margherita racconta la storia del prof carino toccato all'altra sezione mentre sono a cena dai Pettinengo. Gianmaria, infatti, non è il tipo che salva la vita alle cugine dando loro una casa gratis e poi se ne dimentica, con la coscienza tranquilla come il mare senza vento. No, lui è il tipo che salvate una volta si sente in qualche modo responsabile per sempre, e dunque ha stabilito una specie di regolamento in base al

quale almeno due volte al mese Maria Cristina e prole sono a cena da loro.

Consolata, la moglie di Gianmaria, non si è minimamente opposta alla procedura, un po' l'atteggiamento suo abituale. Consolata non si oppone. Basta che la lascino in pace. Suo marito vuole invitare? Che inviti. In cucina c'è sicuramente qualcuno in grado di preparare la cena, o il pranzo, il tè, la festa, il baccanale. Va bene tutto, purché lei possa dedicarsi anima e corpo a Clara Sofia, la robusta erede Pettinengo, anni sei. Essendo arrivata tardi e quando ormai nessuno ci sperava piú, Clara Sofia rappresenta la missione nella vita di Consolata, la Stella polare del suo firmamento, il suo lavoro a tempo pieno straordinari compresi. Non la lascia vivere, né respirare, né giocare, né sporcarsi, né farsi gli affaracci suoi mai. Clara Sofia è l'unica bambina al mondo che vorrebbe andare a scuola anche alla domenica, il giorno in cui si trova completamente prigioniera di sua madre.

– Un prof carinissimo, veramente. Quelle della A sono tutte innamorate di lui.

– E tu? – chiede Gianmaria.

– Mf, – risponde Margherita, che non può ammettere davanti a semiestranei come i cugini che lei al momento può amare soltanto due uomini, e nessuno dei due è un professore (supplente) di lettere.

– E come si chiama, questo professore? Clara Sofia, finisci il pesce.

– Non mi piace, mami.

– Scusa? Non ho sentito quello che hai detto, – risponde Consolata, che crede nel sarcasmo come metodo educativo. Margherita vuole soccorrere la cuginetta e cerca di distrarne la madre.

– Giulio Balbis. Ha i capelli rossi.

– Giulio Balbis! – gridano all'unisono i coniugi Pettinengo, facendo spaventare a morte Clara Sofia, che ha già i nervi molto fragili, per essere una seienne.

– Il figlio di Adriana, – completa Consolata.
– Ma chi? Adriana Balbis, la vedova del cognato di tua sorella? – chiede Maria Cristina a Gianmaria, dimostrandosi ferratissima nelle ramificazioni familiari.
– Sí, lui! E infatti è professore, certo... mi pareva proprio che insegnasse in un liceo.
– Sai che me li ricordo, i Balbis? Una volta Adriana e il marito hanno consultato Gianandrea per un tentativo di omicidio.
– Maria Cristina! – protesta Consolata, che non ha ancora introdotto i tentativi di omicidio nell'universo di Clara Sofia.
La conversazione si interrompe, ma non appena Clara Sofia si ritira nella sua suite gli adulti la riprendono con l'acquolina alla bocca.
– No, non mi pare che lei avesse tentato di uccidere qualcuno... credo fosse il giardiniere che aveva accoltellato l'autista. Però siccome il fatto era avvenuto nel loro bagno... – conclude senza concludere Maria Cristina.
– Nel bagno? – chiede Margherita, – E che ci facevano in bagno l'autista e il giardiniere? Erano gay?
Marianna si punge la lingua con la forchetta. Fa sempre cosí, quando si parla di gay. Tocca a Eleonora difendere la posizione politicamente corretta della famiglia.
– Perché, scusa, mica i gay si devono nascondere in bagno.
– E mica neanche possono fare sesso in cucina, sotto gli occhi della cuoca, – obietta, ragionevolmente, Margherita.
Consolata non è a suo agio. Anche nel Piemonte del 2014, come nel Surrey sul finire del Settecento, una certa classe di persone non ama intavolare una certa classe di discorsi durante un sobrio dessert a base di pesche con l'amaretto. A peggiorare le cose, c'è una certa avversione naturale che Consolata nutre per il sesso, e un marcato fastidio nei confronti dei corpi, a cominciare dal proprio, che da sempre cerca di ridurre al minimo indispensabile,

pur essendone invece generosamente provvista. Non esiste in tutta la regione donna che abbia sperimentato piú diete di lei.

– Margherita, che linguaggio, – sottolinea, provocando l'immediata reazione di Maria Cristina, che stava per dire la stessa cosa ma un conto è dirla lei, un conto Consolata.

– E infatti, hai ragione tesoro, se non ricordo male si accoltellarono nudi nella vasca da bagno.

– Comunque sia, – Gianmaria tronca quella discussione ormai quasi porno, – dato che Giulio è un tuo professore, una sera combiniamo tutti insieme, cosí magari ti prende in simpatia!

– Non è un mio professore, zio. È dell'altra sezione.

– Meglio! Cosí possiamo combinare senza che sembri un tentativo di corruzione.

La signora Cerrato lo guarda negli occhi, e tra i due vecchi compagni di giochi passa un lampo di comprensione. Eleonora e Marianna vanno un pochino incoraggiate, in quanto a fidanzati.

Capitolo terzo

In una fresca mattina di ottobre, Marida Simoni beve il caffè sul terrazzo, sfogliando i giornali sull'iPad. Lo fa soltanto per assicurarsi che durante la notte non sia successo qualcosa di significativo: morti eccellenti, scoppi di guerre, fughe di principesse con centometristi. La vera lettura dei giornali a scopo di piacere avverrà piú tardi, in forma cartacea. Marida finisce il caffè, chiude l'iPad, e osserva pensierosa il fiammeggiante autunno che si srotola davanti al suo terrazzo, situato in via Villa della Regina, strada dritta e però in pendenza che congiunge brevemente una piazza centrale di Torino con la collina. L'osserva pensierosa, ma non lo vede, perché in realtà è molto concentrata su Maria Cristina Cerrato. A dimostrazione, si volta verso la sua fidanzata e convivente Virginia, vicequestore aggiunto, e dice:
– Vorrei fare qualcosa per Maria Cristina.
– Troviamole un marito, – sbadiglia Virginia. Per essere un vicequestore aggiunto credibile, assomiglia troppo a una diva italiana degli anni Quaranta, quelle brune, voluttuose e con le calze nere a mezza coscia, ma provate a essere un delinquente torinese, e vedrete.
– Troppo presto. Pensavo piuttosto a Marianna.
In realtà, Marida sta già facendo molto, per Maria Cristina, perché continua a trattarla esattamente come l'ha sempre trattata, ovvero con un affettuoso senso di superiorità. Per molto tempo Maria Cristina è stata per lei, oltre che un'amica e compagna di burraco, anche una

cliente, e per la precisione la cliente ideale di una stilista con ambizioni locali. Da vent'anni Marida manda avanti con impeccabile slancio l'atelier Simoni, punto fermo nella vita delle signore torinesi benestanti, di buon gusto, e riluttanti a indossare capi firmati da gente che va sui giornali. Negli ultimi dieci anni Marida ha aggiunto un frisson quasi violento al placido tran tran dell'atelier aprendo una boutique annessa, in cui si vendono anche sciarpe, gioielli, borsette e altri oggetti di pronto consumo. E in tutto questo tempo Maria Cristina non ha mai fatto mancare il suo contributo al pingue Iban della titolare. Facile da vestire grazie a un fisico eccellente che tale si manteneva senza sforzo col passare degli anni, facile da accontentare grazie a un carattere amabile e a una scarsa dose di vanità, dotata di buon gusto ma disponibile, se incoraggiata, a qualche piccola eccentricità, assidua e puntuale nei pagamenti. Che meraviglia! Marida se l'è goduta per anni, e ora che Maria Cristina come cliente ha chiuso, questa severa signora bionda, un po' imperiosa, fa quello che può per addolcirle le mutate condizioni. E quello che può è questo:

1. Continuare a invitarla alle sfilate, anche se sa che l'amica non è in grado di acquistare neanche la piú semplice blusa in crêpe senza applicazioni, tinta unita, collo tondo, maniche corte, chiusura sul retro, bottoni, senza tasche, riprese. Farle capire con delicatezza che potrebbe comunque acquistare la piú semplice blusa in crêpe e saldare il conto con piccolissime rate da diluire nei mesi a venire.
2. Non offendersi per il categorico rifiuto della signora, avversa ai debiti in modo convulsivo, e continuare comunque a invitarla per le serate di burraco.
3. Offrire un lavoro a Marianna.

Il punto 3 non è però motivato esclusivamente da antica amicizia e generosità d'animo. Da anni la signora Marida sogna di arruolare Marianna. E non per i motivi che potremmo avventatamente desumere dal fatto che il vicequestore aggiunto che ama si chiama Virginia. La signora Marida tiene molto ben distinta la vita privata da quella professionale, e mai ha allungato un'unghia sulle belle signorine che lavorano per lei. Al massimo, qualche volta, ha preso a lavorare per lei qualche bella signorina su cui aveva già abbondantemente allungato le unghie. No, Marida ritiene semplicemente, e a ragione, che avere Marianna nell'atelier sarebbe molto ma molto utile. Bellissima, avrebbe attirato i mariti; morigeratissima, avrebbe evitato di portarseli a letto. Educatissima, avrebbe incantato le mogli. Modesta, innocente, taglia perfetta, grazia naturale, voce melodiosa, e gusto innato, sarebbe stata uno specchietto per ogni genere di allodola.

E adesso, mentre uno scoiattolo purtroppo grigio (per informazioni sullo straripare degli scoiattoli grigi a spese di quelli rossi consultare il sito www.scoiattologrigio.org) passa di ramo in ramo davanti a lei, Marida pidocchia sul cellulare e combina di vedere Maria Cristina al piú presto.

E cosí, la sera dopo, mentre mescola le carte, Marida ha l'occasione per dire alla sua amica: – Senti, Cri...

Le due signore stanno assaporando un tranquillo burraco a due nel confortevole soggiorno di casa Cerrato.

Alla fine l'appartamento è venuto niente male. Con un raro impulso di indipendenza, Edoardo ha preteso che la matrigna e le sorellastre prendessero tutti i mobili che preferivano («Cosa se ne fanno di queste meraviglie in quella stamberga dove vanno a stare?» aveva obiettato Rossana) e dunque la casa è arredata abbastanza al di sopra delle proprie possibilità, con un effetto piacevolmente iperrealista.

– Stavo pensando... ti dispiacerebbe se proponessi a Marianna di venire a lavorare per me?

Maria Cristina mette giú un inizio di burraco e scuote la testa, malinconica. – Non saprei... lavorare... – pronun-

cia questo esotico termine come se sputasse un nocciolo di ciliegia. Poi sospira: – Non so se è tanto il suo campo.
– La moda?
– No, lavorare in genere.
– Ah... – Marida è spiazzata. Essendo figlia di un idraulico e di un'ostetrica, ha sempre ritenuto il lavoro una componente abbastanza ovvia dell'esistenza umana, ma è evidente che Maria Cristina la considera un'opzione fra tante. – Non so neanche se definirlo proprio «lavoro»... piú che altro, dovrebbe creare un'atmosfera. Aggirarsi.
– Oh, se è per quello, si aggira benissimo! – concorda Maria Cristina, sentendosi su un terreno piú familiare. – E con grande charme! È esattamente quello che fa al museo.
– Sí, ma io la pagherei, – precisa Marida, calando un tris di re.

Eleonora insegna alla scuola elementare Niccolò Tommaseo, e la troviamo piantata davanti all'ingresso su via dei Mille, ore dodici e trenta, mentre osserva con una certa soddisfazione tutti i suoi alunni, classe IIIA, solidamente recuperati da genitori, parenti o colf. Ogni tanto si chiede cosa bisognerebbe fare se ne vedesse uno tristemente dimenticato nel cortiletto della scuola. Ad esempio le gemelle Claudia e Raffaella, dizigotissime, una grassa e l'altra magra, nessuna delle due particolarmente sveglia. O Paola Borio, piccolina, caschetto, già impiegata di concetto a soli otto anni. O Maurizio Grasso, bambino bruno, appuntito e romantico. Dovrebbe portarseli a casa? Arrivare e dire a sua madre: «Guarda, questo bambino non l'hanno preso, e siccome sono la sua maestra, per il momento dobbiamo tenerlo noi».
Niente, anche oggi la sfanga, tutti sistemati, e lei può andarsene ad aspettare Margherita, che esce da scuola all'una e venti. Si avvia insieme alla sua collega maestra Anna, che è molto presa da un problema etico che la tormenta da qualche mese.

– Secondo te cosa devo fare?
– Mollalo, – è la risposta che, da qualche mese, le dà costantemente Eleonora.
– Ma non possiamo vivere l'uno senza l'altra, lo capisci? Ci abbiamo provato, è impossibile.
– Lui può. Quest'estate è stato via un mese ed è tornato fresco come un fiore.

Eleonora è in grado di valutare lo stato di salute dell'innamorato di Anna perché costui è il loro preside, Claudio Parenzo, bell'uomo napoletano maritato con una bella donna napoletana, e padre di tre bei bambini napoletani uno dei quali è allievo di Eleonora, Leone Parenzo.

– Erano negli Usa, che poteva fare? Mi avrà mandato un milione di sms.
– E scommetto che mentre ti mandava gli sms ha messo incinta la moglie e fra un po' avremo il quarto marmocchio Parenzo.
– Sei pazza? Sono anni che non tocca piú sua moglie.
– Oh, Anna... e dài... ancora credi a queste puttanate?
– Ci credo perché è vero. Lei è cicciona.
– Non è cicciona, è curvy. Ad ogni modo, a te non te ne deve fregare se la tocca o no, perché tu, guardami bene in faccia, tu lo devi mollare.
– E tu guarda bene in faccia me e ficcati in testa questo: non lo posso mollare perché lo amo.
– Non importa. Che sarà mai. Mollalo lo stesso, perché tanto con lui ti fai solo un fegato cosí.
– Dice che dopo la prima comunione di Leone se ne va di casa. Non vuole rovinargli quella giornata.
– Eh già. Peccato che la prima comunione a Leone gliela farà fare a ventisei anni. Anna, senti qua, da quant'è che state insieme?
– Tre anni e sei mesi.
– Se l'uomo non molla la moglie entro i primi due anni, non la molla piú.
– Ele, tu non capisci un cazzo dell'amore.

– Ah, perché per te questo sarebbe amore? Dài Anna, fallo per me, mollalo. E vedrai che poi l'amore lo incontri.
– Seee... come no. Magari il nuovo bidello, eh?
– Buttalo via... Ha l'occhio lascivo.
– Appunto. Lascia perdere. Ci facciamo un aperitivo?
– Non posso, oggi. Vado a prendere Margherita.
– E perché? Abitate a cento metri dalla sua scuola, no?
– Sí, ma voglio vedere i suoi compagni di classe. Finora non ha portato a casa nessuno.
Anna sbuffa. – Eh già, per lei sarà un trauma aver cambiato genere. Dopo quei pesci secchi dell'Adoration!
L'Adoration è la costosa scuola privata e monacale che Margherita ha frequentato fino al momento del tracollo. Ovviamente nessuna delle sue compagne ha iniziato le superiori al per nulla esclusivo liceo Gioberti, hanno proseguito tutte all'Adoration medesima, che affligge le giovani con classi che coprono l'intero arco degli studi dall'asilo alla maturità. Solo alcune si sono lanciate nell'inquietante mondo della scuola pubblica presso il comunque abbastanza fighetto liceo D'Azeglio.
Quando vede le classi sciamare dal portone del Gioberti, Eleonora manda un pensiero affettuoso al defunto avvocato Cerrato, che grazie al vizio del gioco aveva, sia pure come effetto secondario, tolto Margherita da quel viscido acquario per sbatterla qui, tra esseri viventi. Tra gli esseri viventi di diverse età che si mescolano ai ragazzini, Eleonora nota un giovane uomo che punta decisamente verso di lei, affiancando una scarmigliata Margherita.
– Ciao Ele! Lui è Giulio Balbis. Sai quello che diceva zio Gianmaria...
– Ah... buongiorno. Ciao.
Ciascuno dei due vede subito nell'altro qualcosa di interessante. Lei trova singolare che lui abbia capelli e occhi esattamente della stessa sfumatura di ambra. Lui apprezza il contrasto tra il fisico sottile e l'apparente terza misura di lei. Si avviano insieme, perché Giulio quel giorno è invita-

to a pranzo da sua madre, e sua madre, la ben nota Adriana Balbis, abita a un tiro di sputo dalle Cerrato, in piazza Cavour, in un alloggio di classe che dà sui giardini. Giulio accompagna le sorelle Cerrato fino alle vistose colonne che fiancheggiano il numero 45 di via Giolitti, rivangando conoscenze e remote parentele in comune.

– Bene, allora... – dice lui al momento dei saluti...

– Ciao, e mi raccomando, fammi sapere se questa qui si comporta male nell'intervallo, – dice Eleonora, che fin dalla piú tenera infanzia ha sempre dimostrato un'ottima padronanza dei luoghi comuni.

– Ciao mamma! Come stai oggi?

Adriana Balbis scrolla le spalle, un'azione di un certo impegno, perché sono due belle spallone carnose, attaccate a una schiena di ampie dimensioni. Nell'insieme, il corpo, o corpaccione, di Adriana non è un oggetto che si scrolla facilmente, anche perché è sempre imbrigliato da oscuri indumenti intimi che comprimono, tendono, stringono, assottigliano, e da lucenti indumenti esterni che hanno l'andazzo della corazza pur essendo di materiali tessili. La definizione «donnone» trova in Adriana Balbis la sua perfetta incarnazione. Eppure lei è convinta di essere fragile, e si comporta come se lo fosse, scrollando le spalle e mugolando come una Sylphide dei Ballets Russes.

– Cosí. Come vuoi che stia. La sciatica non mi dà tregua, e Olena anche oggi ha rotto una tazza. E naturalmente non una tazza qualsiasi. E no, troppo comodo. Ha rotto una delle mie Rosenthal, quelle della zia Ottavia... un dolore grande, sapessi!

Giulio fatica a comprendere il complesso rapporto che lega sua madre a Olena, la domestica ucraina. Olena a quanto pare non sa passare l'aspirapolvere, stira malissimo, rompe ogni giorno qualcosa, usa il telefono fisso per chiamare i parenti a Kharkov e la domenica esce con compatrioti probabilmente delinquenti o comunque, secondo

un'espressione cara alla signora Balbis, «col coltello facile».
E allora perché, perché e poi ancora perché, si chiede anche quel giorno Giulio mentre si lava le mani per andare a tavola, non la licenzia, procurandosi un esemplare migliore fra le schiere angeliche di ragazze che cercano lavoro presso le famiglie della città, e che provengono, come il papa recentemente eletto, dai piú remoti luoghi di questa terra? Perché non mettere in regola una gentile peruviana, una energica senegalese, una silenziosa filippina, una statuaria moldava? Perché accanirsi con Olena, che ha due lauree, e appena può declama versi del poeta Ševčenko?

Per distrarre la mamma dai pensieri sicuramente amari che le curvano perennemente le labbra all'ingiú, Giulio le racconta di aver appena conosciuto Eleonora Cerrato, sorella di un'allieva del Gioberti. Non l'avesse mai fatto. Le labbra di sua madre si curvano ulteriormente all'ingiú, fino quasi a spezzarsi.

– Per carità! Le Cerrato! Stai ben bene alla larga!

– Perché? Mi sembrano ragazze carine. Sono parenti dei Pettinengo, quindi anche nostre, alla lontana, no?

– I parenti uno non se li sceglie. Gianmaria e Consolata sono ottime persone, ma frequentano male, lo sanno tutti. E le Cerrato sono donne da poco. Tanto per cominciare, sono sicura che Maria Cristina fosse l'amante di suo marito.

– Scusa?

– Sí, prima, quando lui era ancora sposato con la povera Andreina. Che, tra parentesi, potrebbero benissimo averla ammazzata loro.

– Ma non è quella che è morta di malaria?

– E allora? Si fa presto a dire «malaria».

È difficile controbattere a un'affermazione del genere, e Giulio, per lunga pratica, sa che è meglio sviare che opporsi.

– Ad ogni modo, le ragazze sembrano...

– Sgualdrinelle, cosa vuoi che siano. Figlie di quella donna... saranno tutte amanti di uomini sposati.

- Tutte? Una ha quattordici anni.
- Peggio che andar di notte. Adesso le ragazzine adescano gli uomini per comprarsi i cosi... gli smarfon. Li hai visti quei film francesi, no?
- A proposito, quand'è che parti per Mentone?
- Non so. Rudi deve restare ancora una settimana in Kenya.

In Kenya, Rudi Lantelme, il fidanzato di sua madre, ha una fabbrica di mattonelle, parquet e laterizi. Roba che non sempre si comporta come dovrebbe, e che spesso lo costringe a prolungare i suoi soggiorni piú del previsto.

- Potresti cominciare ad andare tu, poi lui ti raggiunge. Cosí apri casa in santa pace.
- Santa pace? Non scherzare. Io da sola non vado da nessuna parte.
- C'è Olena...
- E certo! Che appena arriviamo va a farsela bene coi mafiosi ucraini di Mentone! - Adriana Balbis affonda la forchetta nel risotto, e la tira su immediatamente, irritata. - Ecco! Lo sapevo. Se c'è una cosa che Olena proprio non sa fare è il risotto.

Capitolo quarto

– Ma è morto. Lo capisci? E se fosse vivo avrebbe... aspetta, tipo settantadue anni.
Eleonora è venuta a conoscenza dell'identità dei segreti amori di sua sorella. L'ha beccata a incidere col temperino sul legno della sua scrivania «I cuore George», e l'ha sfinita per scoprire di quale George si tratti. Un compagno del corso a Dublino? Clooney? Roba conosciuta on line? Alla fine, stremata dalla tenacia di una sorella nata in gennaio, Margherita ha confessato che quel George è George Harrison, di cui è innamorata già da parecchi mesi. Da qualche tempo, però, prova un sentimento che non osa dire il suo nome anche per Paul McCartney.
– I Beatles? Ma sei scema? Non esistono neanche piú!
– E allora? Tu da piccola eri innamorata di Milord, il fidanzato di Sailor Moon! Me l'ha detto mamma!
– Ero piú piccola! Tu hai quattordici anni e hai già avuto delle storie vere. Stai regredendo!
Queste insane passioni regressive erano nate da una ricerca su Internet: dopo aver ascoltato su Spotify, del tutto casualmente, la canzone *There's a Place*, a Margherita era venuta la curiosità di sapere com'erano questi famosi Beatles, e aveva aperto «Beatles: immagini». Da lí all'amore era stato un attimo. E da lí a scaricarsi tutte le canzoni, tutte le informazioni e tutte le foto possibili sul suo stanco, vecchio, ma valoroso MacBook, un acquisto antecedente alle mutate condizioni economiche, era stato metà

di un attimo. Ora Margherita, nata nel 2000, è perdutamente uguale a una qualunque Margherita nata nel 1952.
– Cioè, dài. Era carino, sí. Pure Paul. Anzi, pure di piú. Ma l'hai visto adesso? Sembra una prugna secca. È tinto. Secondo me si è pure rifatto. È un vecchietto. E George Harrison è morto. Morto, lo capisci? Non puoi innamorarti di uno vivo che abbia meno di settant'anni?
– Coi ragazzi ho chiuso. Sono merde del cazzo.
– Va bene. Innamorati di un attore, di un calciatore, di un cantante, di un manga se vuoi, ma giovani.
– I Beatles non hanno mai avuto piú di trent'anni.
– Ma li hanno avuti quarant'anni fa.
– E che importa! Guarda i vampiri! La gente si innamora dei vampiri, no?
– Nei libri e nei film! Qua siamo nella vita vera!
– E che differenza fa!
Sentendole urlare, Marianna si era affacciata dalla scala a chiocciola.
– Non strillate. Tra poco arrivano.
E infatti, dopo essersi tormentata per settimane, la vedova Cerrato alla fine ha deciso di dare una cena. All'inizio dell'esilio, la sola idea le era sembrata insostenibile, una macina di mulino appesa a un girasole. Senza villa, senza cuoca, senza champagne, senza servizio Wedgwood, che Rossana si è voluta tenere a tutti i costi... com'è possibile dare una cena in queste condizioni? Poi, però, erano subentrati due pensieri che l'avevano sospinta violentemente verso la decisione di farlo comunque: il sempre validissimo concetto del «ricambiare», ovvero invitare i Pettinengo da cui erano state ospiti almeno sei volte, e il prepotente desiderio di rivedere Giulio Balbis, che avevano conosciuto una sera dai suddetti Pettinengo, purtroppo anche in compagnia della madre. La serata, organizzata ad hoc da Gianmaria, non era stata un successo.
(Parentesi: come mai Gianmaria Pettinengo ha tutto questo tempo libero per cercare fidanzati alle cugine? Per-

ché è uno di quei fortunati di cui si sente sempre parlare ma è raro conoscere: gli uomini che vivono di rendita. Tanta, tanta rendita. La sua unica occupazione è presenziare a scopo esclusivamente numerico a parecchi consigli di amministrazione).

La serata era andata cosí, che agli antipasti Adriana Balbis si era espressa senza mezzi termini contro le ragazze che esercitavano il mestiere di maestra elementare «rubando il posto a quelle che ne avrebbero davvero bisogno». Durante la mousse di trenette al pesto angelicato aveva tuonato contro Marida Simoni, sostenendo che le signorine che lavoravano da lei (Marianna aveva iniziato da tre giorni) erano tutte «vacchette infoiate». L'espressione era piaciuta molto a Clara Sofia, purtroppo ancora alzata, che in seguito l'avrebbe usata in lungo e in largo presso la sua scuola elementare di suore. Al filetto cuore di bue con salsa di cavolo, oltre a dichiararsi improvvisamente vegetariana, aveva descritto il liceo Gioberti, dove suo figlio insegnava, come uno dei principali centri di spaccio di «estasi» e altre droghe sintetiche di cui purtroppo ignorava il nome. Notando che Giulio ed Eleonora chiacchieravano con insistenza, e che lei era proprio carina, aveva sussurrato fortissimo a Consolata che Giulio era praticamente fidanzato con la minore delle sorelle Biffetti, anche se per il momento non c'era niente di ufficiale. Al dolce, si era alzata di scatto portandosi una mano in zona vagamente fegato e aveva chiesto al figlio di accompagnarla subito a casa perché aveva LE FITTE.

Unico momento riuscito della serata, quando, già sulla porta, Adriana si era girata verso Consolata e aveva esalato: – Ciao cara, domani parto per il mio mese a Mentone... ci sentiamo prima di Natale.

Dopo aver atteso qualche giorno per essere sicura che la madre fosse effettivamente trasmigrata in Francia, la vedova Cerrato si era lanciata come un piranha reduce da una brutta dieta su Giulio, invitandolo a cena, insieme ai

Pettinengo, a Marida Simoni e Virginia e a una new entry, un certo giudice Accorsi, amico di Gianmaria.

Ed eccoli seduti a tavola. Sembra che vada tutto bene. La cena è stata preparata da Giuseppe di «Mychefhome», cuochi on line che cucinano a casa loro e portano a casa tua. Infatti, dopo mesi di pasti pessimi e sempre uguali, Eleonora aveva le idee chiare sulle abilità culinarie sue, di sua sorella e di sua madre: zero. E siccome era vitale per l'autostima di Maria Cristina che la cena riuscisse bene, grazie Mychefhome.

Mentre scorrono antipasti, lasagnette di zucchine, salmone con miele e soia e avocado, insalate, finto soufflé di formaggio e torta Capri, la conversazione scorre con altrettanto piacere. A tenere banco è soprattutto Virginia, che racconta di un inverosimile furto di gioielli avvenuto ai danni di una signora che tutti conoscono, ma anche gli altri partecipano fornendo ipotetiche stime dei rubini, pareri sulla dabbenaggine della signora, commenti sulla ladra, una signora che tutti conoscono ecc. Solo due persone non partecipano al flusso: Margherita, che al primo pretesto decente si alza da tavola sfinita dalla noia, e il giudice Accorsi, che non è in grado di fare conversazione perché purtroppo appena entrato in casa Cerrato si è innamorato come uno schianto contro la parete del Cervino.

Da quando Marianna aveva quindici anni e lei diciotto, Eleonora ha avuto modo di osservare in lungo e in largo ragazzi e uomini nell'atto di innamorarsi di Marianna. La cosa avviene sempre con grande naturalezza e velocità. Il ragazzo o l'uomo conosce Marianna, le parla per qualche minuto, ed eccolo pronto a sposarla, ma anche a fare cose piú complicate, tipo:

- smontare una bici e rimontarla con un braccio legato dietro
- recitare un canto della *Divina Commedia* al contrario
- segnare il rigore decisivo nella finale di Champions League.

Non succedeva proprio a tutti. Se l'uomo cercava una mente brillante, l'uomo non si innamorava di Marianna. La trovava bellissima e incantevole, ma soffocava un accenno di sbadiglio ed eventualmente si innamorava di Eleonora. Questo può essere successo, ad esempio, a Giulio Balbis. Potrebbe, ma non è detto, perché durante questa cena senza Wedgwood, Giulio conversa tantissimo con Eleonora, e molto la guarda negli occhi, ma non le propone di rivedersi, non le dice nulla di personale, e soprattutto se ne va presto, e frettolosamente. Non si può sapere, quindi, di chi si sia eventualmente innamorato Giulio, ma si può sapere, con certezza, che il giudice Accorsi è rimasto perlomeno fulminato da Marianna.

Il fulminamento è avvenuto, come sempre succede ai fulminamenti, a prima vista. Alessandro Accorsi ha accettato l'invito della signora Cerrato su insistenza dei Pettinengo. Lui questa vedova non la conosce personalmente, ma per lavoro ha avuto a che fare con l'avvocato Cerrato, e lo ha sempre profondamente disistimato. Ma il suo amico Gianmaria aveva insistito: dài, vieni, mia cugina è un tesoro, le figlie sono belle, hanno bisogno di distrarsi, fallo per me. E Alessandro lo aveva fatto per lui, ma appena era entrato nel soggiorno di Maria Cristina, e aveva visto Marianna che nervosamente sorrideva alle spalle della madre, il suo robusto e cicatrizzato cuore di trentottenne era esploso come un petardo casualmente pestato in un campo innevato la mattina dopo Capodanno. Boum, come cantava Charles Trenet.

Quand notre cœur fait Boum
Tout avec lui dit Boum
Et c'est l'amour qui s'éveille.

E l'amour si era eveillato nel cuore del giudice, dopo tredici anni di sonno ininterrotto. Per tutta la serata Alessandro Accorsi guarda e ascolta Marianna, senza trovarle una pecca. Per tutta la serata studia ogni battito delle sue ciglia e ogni movimento delle dita delle sue mani, ricostruendo da quei minimi segni il carattere, lo spirito, la personalità di Marianna. Ripone nei suoi pensieri, con avidità e ingordigia, l'inflessione della voce di Marianna, la lunghezza dei suoi passi, le variabili dei suoi sorrisi, l'esitazione delle sue risposte, per poterseli poi con calma riassaporare a casa, solo. In via della Rocca, a due passi da lí, nella sua camera da letto con le pareti dipinte di blu, dove trascorre sonni solitari, preceduti occasionalmente da brevi interludi con donne da dimenticare. Lí, fra qualche ora, Alessandro Accorsi porterà Marianna. Per il momento, si limita a conversare con sua madre, apprezzare la cena, e dominare la violenza dello sguardo.

– Ele...
– Sí?
Buio. Luna piena. Letti appoggiati a due pareti diverse, ma vicini abbastanza perché si possa chiacchierare sottovoce.
– Ti piace?
– Chi?
– Come, chi? Giulio, no?
– Perché il giudice non lo vogliamo considerare?
– Ti pare? È un uomo di mezz'età... casomai per mamma.
– Avrà al massimo quarant'anni, ma secondo me, meno. Ed è molto carino.
– Ma dove? E poi è cosí noioso...
– Perché l'hai fulminato, era noioso.
– Dài, non cambiare discorso. Ti piace Giulio?
– Sí. È intelligente, acuto, sensibile. Sí, direi che mi piace.
– Non in quel senso... ti piace come ragazzo?
– Quello stavo dicendo.
– Sí, ma... ti piace. Ti fa battere il cuore?
– Il mio cuore batte facilmente in un sacco di occasioni. Non vuol dir niente. Ieri ad esempio ha battuto un ca-

sino all'inizio della seconda ora, quando mi sono accorta che avevo dimenticato a casa gli assorbenti e dovevano venirmi le mie cose.
– E come hai fatto?
– Ne ho chiesto uno ad Anna.
– Comunque...
– Comunque niente. Giulio mi piace abbastanza. Fine. E tu? Il giudice?
– Il giudice cosa, dài! Ti pare che posso prendere in considerazione un quarantenne sempre ingrugnito.
– Non era ingrugnito. Era romantico.
– Mi sa che tu e io abbiamo un'idea molto diversa di uomo romantico. Stai tranquilla, Ele, che quando il mio amore arriverà, me ne accorgerò subito.
Questa frase inquieta vagamente Eleonora. Per la verità, la inquieta vagamente anche il comportamento di Giulio, che le piace molto di più di quello che ha lasciato capire alla sorella. E che la guardava tanto negli occhi, con uno sguardo che con semplicità le diceva «Mi piaci da morire», ma non arrivava mai fino alle labbra.
E raggomitolandosi su un lato, con la faccia verso il muro, Eleonora elenca a se stessa tutto quello che Giulio avrebbe potuto fare, e non aveva fatto:
Mandarle messaggini. Zero. Cercarla su WhatsApp, zero.
Chiedere la sua mail. Zero.
Chiederle se era su Facebook. Zero. Okay, lei non è su Facebook e mai ci sarà, però lui che ne sa?
Proporle una cosa qualsiasi da fare insieme. E sí che le possibilità si erano presentate a mucchi. Avevano parlato di film in programmazione, senza che saltasse fuori la proposta di vederne uno insieme. Di amici comuni, di locali, di mostre in quel momento brulicanti nei musei della città, di libri intonsi che attendevano solo un giro in libreria per essere acquistati. Pretesti, pretesti, pretesti, ma nessuna mossa. Avrei dovuto farla io? si chiede Eleonora. Ma lei

appartiene a quel genere di ragazze che, anche nel 2014, aspettano che a fare la prima mossa sia lui.

 Mentre Eleonora aspetta, Margherita dorme da un pezzo. Prima di dormire, ha incontrato George Harrison, versione 1966, famosa foto con il cappello da cowboy. Si sono baciati dopo molte avversità anni Sessanta, in un castello in Cornovaglia dove lui vive parzialmente recluso a causa di una precedente delusione d'amore. Margherita, che in quel caso non ha quattordici anni ma diciannove, è stata assunta come aiuto giardiniera, e lui l'ha vista per la prima volta mentre stava guardando imbronciato dalla finestra, e lei stava piantando una fila di viole del pensiero.

Capitolo quinto

Giulio ha un motivo, per non iniziare una storia con Eleonora. Se sia o no un motivo valido lo vedremo. Ma di certo non è perché non gli piaccia. Gli piace come ai pesci piace l'acqua, e alla crema chantilly il pandoro. Gli piace tanto, è probabilmente amore, o un tipo di amore, un genere di amore che ancora non conosce, una sperimentazione nuova, che vorrebbe tanto esplorare piú a fondo, ma prima di poterlo fare deve risolvere una situazione che però al momento si presenta irrisolvibile. Fino a pochi mesi fa, la sua vita sentimentale era fresca e ruscellante, variata e ricca di profumi. A trentaquattro anni non è e non è mai stato sposato, ha avuto parecchie fidanzate appassionate e, non appena la passione cominciava a declinare, le mollava, o era mollato, e saliva su un'altra giostra. Qualche lacrima, qualche nottataccia, e tante emozioni. Fino a quando... aveva fatto un errore, uno di quelli da cui ha inizio il male, come racconta in modo mirabile Javier Marías nel suo omonimo romanzo. E quindi adesso non ritiene prudente iniziare una storia con Eleonora, anche se nulla, nulla gli piacerebbe di piú.

Eccolo qui, ai bordi di un campo di calcio di periferia. È appena stato sostituito, nonostante sia il miglior laterale sinistro a disposizione, causa crampi. Gioca una volta al mese, nella squadra di un circolo Arci, anche quando l'inverno comincia a sgranocchiare le serate e a rendere le notturne aspre e faticose. È sdraiato nell'erba fredda, e pensa a Eleonora. La pensa, ma senza progetto. Non sono nelle condizioni di pensare a lei con progetto, si dice mentre il mister gli piega brutalmente il piede crampato. Come faccio a raccontarle in che casino sono?

Dopo la famosa cena, Giulio ha visto Eleonora tre o quattro volte. Ma l'ha vista cosí, senza costrutto. Una sera l'ha incontrata ai Murazzi, lei era con amici, lui era con amici. Ciao, ciao, come va, sorelle, madri, eccetera. Un'altra volta lei è andata a prendere Margherita, e hanno fatto la strada insieme. Ciao, ciao, film, teatro, hai visto, com'era, e poi, e comunque, siamo arrivati? Eh sí, siamo arrivati, ciao, ciao. E poi un aperitivo per il compleanno di una ragazza che conoscono entrambi, occasione scabrosa, perché cosa c'è di piú naturale, al termine di un aperitivo, che proseguire la serata per conto loro? Andiamo a farci una pizza? Vieni al Birrificio, c'è il mio amico Alo che suona? Passiamo allo Sbarco a vedere chi c'è.

O anche, come effettivamente era successo:

– Ma tu dove abiti? – Uscendo dall'aperitivo dell'amica comune Eleonora fa questa svagata domanda, frugandosi in tasca in cerca delle ultime noccioline.

– A San Salvario. Via Belfiore.

– Stai da solo?

– Sí. Non avrei comunque alternative, monolocale con bagno e cucinino. Grande, ma mono. Però ho un terrazzino.

Eleonora aspetta. Adesso, è sicuro, lui la inviterà a vedere il terrazzino. Cosí vanno le cose del mondo, nessuno ha mai nominato un terrazzino invano parlando con una ragazza che gli piace.

E invece no, non è successo, alla citazione del terrazzino era seguito un silenzio impacciato punteggiato da commenti banali e da sguardi che invece di impacciato non avevano nulla.

Dopo quella volta, era stato attento a non incontrarla piú.

– Rientri? – gli chiede il mister, mollando il piede.

– No, non ce la faccio, resto un po' qui.

Resta un po' lí, sdraiato nell'erba fredda, e quindi possiamo osservare il suo viso delicato, gli zigomi ben delineati, il naso leggermente a formaggino ma gradevole, i capelli ramati, le ciglia lunghe. Ha una bella bocca, che lascia intuire la possibilità della crudeltà. E questa bella bocca è socchiusa, perché respira male per il dolore dei crampi, e quindi si può entrare in lui, e attraverso la gola scendere giú fino alla zona cuore, e perdersi fra i cavi che collegano quel tenero computer al resto del corpo. Cosa c'è, lí? Quella nebbiolina che lo avvolge è paura o consapevolezza?

– Che fai lí? Ti stai riempiendo le orecchie di formiche.

Giulio salta su, inorridito a causa del fatto che ha molta paura degli insetti. Ma anche un po' sconvolto dal fato, perché a metterlo sull'avviso è stata esattamente la persona a cui stava pensando, Eleonora Cerrato, che si stringe addosso una pesante felpa acquamarina. Prima di qualunque altro pensiero, prima che la sua mente riprenda a funzionare secondo le regole del vivere civile, guarda le onde ramate di capelli che scendono a coprirle parzialmente il viso e pensa che se avessero dei figli costoro avrebbero sicuramente i capelli rossi.

Tutto questo in un lampo che dura meno del tempo di scattare in piedi e dire:

– Tu, cosa ci fai qui!

Eleonora gli indica il mister, che saltella a bordo campo.

– Il mister. Piace a una mia amica. Cosí stasera siamo venute a vedere la partita.

– Ma quando? Prima non c'eri.

– Eravamo nascoste tra la folla.

Accenna ai circa quindici spettatori, tra cui una ragazza bionda che li saluta da lontano.

– Guarda che il mister la ragazza ce l'ha.

– Lo sappiamo. Sappiamo tutto di lui. È il nostro idraulico.

Giulio sospira. Il destino gli ha fatto questo, e bisogna assecondarlo almeno un po' per capire quali sono i suoi piani.

– Vabbè. Io non gioco piú. Crampi. Mi cambio e andiamo a bere una cosa?

Sono un idiota, pensa Giulio mentre si fa la doccia nei rugginosi bagni del circolo Arci, e si asciuga e si veste e corre fuori. Sono un idiota cretino perché sto filando dritto verso i guai e lo so e basterebbe pochissimo per evitarli, basterebbe uscire dal cortile invece di salire le scale del bar, prendere la macchina e andarmene a casa e mandarle un messaggino con scritto tipo: scusa ma sono troppo stanco mi fa male un ginocchio mia mamma si è lussata un dito, mi hanno chiamato da casa che un cobra in fuga si è rifugiato sul mio terrazzino. La vita è cosí, Eleonora, potrei scriverle. La vita è piena di cobra imprevisti, e noi non possiamo farci niente. Mi spiace, ciao. Invece eccomi che salgo le scale del bar, entro, la vedo seduta al tavolo che finge di essere concentrata sulla Coca e sul limone che ha davanti mentre lo so che è concentrata su me che sto arrivando, e la raggiungo, e ci guardiamo e come cazzo farò stasera a non baciarla?

Poi non pensa piú a niente, ordina una birra, e prima ancora che sia arrivata, prende la Coca di Eleonora, ne beve un sorso e le chiede, da perfetto idiota cretino:

– Allora, come stai? Fidanzati?

Eleonora scoppia a ridere. – Che domanda è questa?

– Non lo so. Mi è venuta cosí. Scusa. Lascia perdere.

– No, figurati. Non è impegnativa. Niente fidanzati, al momento. Mi sono lasciata da poco.

– Tu o lui?

– Io. E tu? Fidanzate?

– Zero. Storielle, cosí.

Si guardano, e tra loro passa qualcosa come una breve onda da camera, un'alta marea da borsetta, un turbine ristretto in cui scorrono veloci pensieri logistici tipo lei avrà la macchina non posso accompagnarla lui avrà la macchina che ne faccio di Robi (l'amica) chissà se si piazza col mister potrei proporle un gelato da Silvano a piedi e poi potrebbe propormi qualcosa da fare adesso lasciando la mia macchina qui che dopo mi riporta che dopo la riporto o magari le chiedo se vuole guardare le stelle con la mia app che ti dice i nomi ecco questo forse potrebbe...

Da qui in avanti, però, le cose prendono una piega-cobra del tutto imprevista. Non è imprevisto che arrivino Robi e il mister, né che si siedano con loro e ordinino una birra e si discuta del fallo commesso dal centrocampista avversario su Giulio e del conseguente rigore che Giulio ha tirato sulla traversa. Non è imprevisto che Eleonora e Robi si scambino occhiate silenziose il cui senso è, piú o meno «Ognun per sé e Dio per tutti, ciao, ci sentiamo domani». Non è imprevisto che a un certo punto il gruppetto inizi ad alzarsi e a cercare di verbalizzare quello che è evidente a tutti e cioè che:

ELEONORA ANDRÀ VIA CON GIULIO
ROBI ANDRÀ VIA COL MISTER

È invece imprevisto che esattamente in questo momento, nel bar del circolo Arci entri Valentina Bongiovanni, la fidanzata del mister, reduce da una cena di classe nella vicina pizzeria La Frasca. Valentina è stupida come una biglia di vetro, e quindi non nutre nessun sospetto sulla volatile fedeltà del mister, semplicemente, ha pensato di fargli una bella sorpresa passando di lí. In un istante, le coppie si ricompongono in un imbarazzo ben nascosto da gesti come prendere la borsetta, dividersi il conto, spostare la sedia, andare un attimo in bagno, legarsi la sciarpa, controllare il telefonino. Il mister e Valentina se ne vanno insieme, Robi ed Eleonora se ne vanno insieme, Giulio se ne va da solo, di nuovo cosciente di se stesso, e quindi saluta Eleonora senza lanciare nessun ponte sul futuro.

Ho fatto bene, pensa, camminando veloce fra i tossici e le risse che costellano il marciapiede di casa sua. Ho fatto bene, benissimo, e benedetta sia Valentina che ha rotto tutte quelle uova in panieri di cui neanche sospetta l'esistenza. Stavo per fare la supercazzata dell'anno e non l'ho fatta, qualcosa vorrà dire. Entra nel portone, sale le scale, apre la porta di casa e vede, per terra, a pochi centimetri dalla fessura, una busta gialla con attaccato un Post-it rosa: «È arrivata questa per te lo ritirata io Florin».

La sobria comunicazione proviene dal suo vicino di pianerottolo, un gentile lavoratore rumeno. La busta gialla invece proviene dal Provveditorato agli Studi e contiene la comunicazione che è entrato di ruolo, destinazione Lecce.

Ecco, pensa Giulio, uno si smazza l'anima per cercare soluzioni ai problemi, e poi arriva la vita, e ci pensa lei con una raccomandata.

Sono passati tre giorni dalla partita al circolo Arci. Tre giorni stupefatti per Eleonora che, onestamente, si aspettava una telefonata ma neanche la mattina dopo, quella notte stessa. E invece niente, e niente, e niente. Eppure non mi sono sbagliata, continua a pensare, anche adesso, mentre osserva i suoi alunni che strisciano le penne sui quaderni, occupatissimi a scrivere tre pensierini a testa sul tema *Le parole piú brutte che conosco*. Sbirciando i quaderni, scopre con sgomento che Maria Melina, figlia di genitori molto biologici, ha scritto GRASSI IDROGELATI, che poi sarebbero due parole, che Matteo ha scritto prevedibilmente SCUOLA, e che Lauretta ha scritto, aiuto, CAZZO. Vabbè. Poi vediamo. È in quel momento che il suo cellulare buzza, e compare un WhatsApp di GIULIO. *Posso chiamarti?*

Tra dieci minuti che c'è intervallo.

In un quieto angolo del cortile, Eleonora fissa il display del cellulare, che puntualmente si illumina.

– Ehi, ciao, sono Giulio.

– Ciao. Come te la passi?

– Abbastanza bene. Bene, in realtà. Ho avuto la cattedra. Volevo dirtelo.

Ah, pensa Eleonora, forse siamo nell'Ottocento e non me n'ero accorta. Forse vuole dirmi: adesso che non sono piú un tiepido precario supplente al Gioberti, e invece

ho una cattedra tutta mia, posso dirti, Eleonora Cerrato, che vorrei vederti stasera, e poi stasera ti bacerò e da cosa nascerà cosa.
– Ehi, bene, bella notizia. Una cattedra tutta tua?
– Sí, tutta mia. Però a Lecce.
– A dove?
– Lecce. Capitale del barocco.
– A Lecce capitale del barocco? E cosa farai? Avanti e indietro?
– Ma no. Sono 1148 chilometri e 42 metri. E ho lezione quasi tutti i giorni. Mi trasferisco.

Certo che si trasferisce. Cos'altro potrebbe fare? Rifiutare il trasferimento non è possibile, non nel 2014, quando si languiva dal desiderio insoddisfatto di posti di lavoro. Giulio potrebbe anche fare a meno di languire, perché Adriana Balbis è ricca, ovvero possiede case e reddito, anche se non nella misura esagerata di Gianmaria Pettinengo. Ma non avendo una grande simpatia né affinità con sua madre, Giulio preferisce non farsi mantenere da lei. Una specie di tradizione di famiglia, tra l'altro: suo padre Sebastiano, nobiluomo elegante ma poco tenente, aveva serenamente sposato Adriana per i suoi soldi. Ma per quanti, e quanto gradevoli, fossero, non lo erano abbastanza da consentirgli di sopportare sua moglie per piú di vent'anni, al termine dei quali era scappato in Nuova Zelanda, dove aveva iniziato una nuova esistenza come factotum di una coppia di teatranti italiani trapiantati a Auckland. Giulio non ha la mancanza di scrupoli e il sorriso abbagliante di Sebastiano, e quindi bisogna accettare la cattedra a Lecce, in attesa che si schiuda la carriera universitaria, lenta però a schiudersi quanto le uova di drago.

Tutto questo è inutile dirlo a Eleonora, ed è un peccato, perché una breve spiegazione le avrebbe dato il tempo di ripigliarsi, invece il tempo non c'è, e da quel momento la conversazione stenta. Anche perché Giulio non aggiunge indicazioni di rimpianti, propositi, speranze o intenzioni.

Chiede solo, se non le spiace, di passare a salutare lei, sorelle e mamma, prima di partire.

E quando passa a salutare prima di partire, posa il suo iPhone sul tavolo della cucina e fa un autoscatto alle Cerrato piú lui, stretti in uno di quegli abbracci fasulli a scopo inquadratura. Ma la mano con cui improvvisamente stringe a sé con una specie di ferocia Eleonora non è affatto fasulla. E lei, di conseguenza, al momento dell'ultimo saluto lo bacia distratta sulle labbra invece che sulla guancia, e lui la bacia frettoloso sul collo anziché sulla guancia, e se non ci fossero intorno le sorelle, e se non fossero sulla porta, ancora sarebbero lí, a baciarsi, a struggersi, in una sera uggiosa di novembre.

– Anna, che succede se trovi l'amore ma lui non trova te?
– Fai bene a chiedermelo, perché se c'è una che lo sa, sono io.

Cosí risponde Anna, che nel frattempo ha occasionalmente incontrato nella pizzeria dei Fratelli La Cozza il preside e famiglia. C'era lui, Claudio Parenzo, c'era lei, signora Parenzo, c'erano i tre piccoli Parenzo, e c'era anche, ben visibile sotto la tunica a fiori, il prossimo quarto piccolo Parenzo. Era una gravidanza ancora contenuta, diciamo un quinto mese, ma molto si può fare, quando lo si desidera, per mettere in evidenza una gravidanza di cinque mesi (cosí come molto si può fare, quando lo si desidera, per dissimularla), e la signora Parenzo, Luciana, lo desiderava. Anna per fortuna era insieme a un gruppo di amici, che l'avevano aiutata a dissimulare, piuttosto che a mettere in evidenza, lo scoramento. Da quella sera, aveva rifiutato ogni chiamata e ogni messaggio del suo amato Claudio, su vivo consiglio di Eleonora.

– Anna, te lo devo spiegare io come si mette incinta una donna? O pensi che da casa Parenzo sia passato l'arcangelo Gabriele?
– E se lei...

– L'ha legato e violentato nei giorni fertili? Beh, comunque lui si è fatto violentare. Se l'uomo non vuole, non c'è niente da fare. Quella sull'uomo non è mai vera violenza.
– E se lei...
– Gli ha messo il viagra nella tisana della buonanotte? E dài, Anna, lo vedi com'è, quell'uomo. Gli piace avere il quarto figlio. E gli piaceva pure avere te. Peccato che adesso non ti può avere piú.

Per questo, mentre mangiano un kebab sedute su una panchina in piazza Vittorio, sfidando una promessa di gelo, Anna può rispondere che sí, lei lo sa com'è, se trovi l'amore ma lui non trova te.

– E cosa sai, allora?
– So che devi dargli un calcio ma forte, tipo kickboxing, e spedirlo a schiantarsi sul muso di una tigre affamata.

Eleonora la guarda inorridita. Ecco cosa fa l'amore alle persone quando va male. Anna è sempre stata uno zucchero di ragazza e adesso? Non si trasformerà mica in una di quelle imperatrici di Shakespeare che cucinavano i figli degli uomini che le avevano offese?

– Okay, lo faccio.

Eleonora annuisce e cambia discorso, perché non è il tipo che si confida. Di Giulio non parla con nessuno, neanche con Marianna, perché... sentiamo come lo spiega lei, a se stessa, mentre torna a casa dopo aver salutato Anna, e averle suggerito di uscire col maestro di inglese, che ha occhi belli, e se si tagliasse la barba forse verrebbe fuori che ha bello pure il resto.

Pensieri di Eleonora mentre torna a casa:
Basta con le confidenze d'amore, non se ne può piú. Possibile che se vedi due ragazze insieme sedute su una panchina, già sai che stanno parlando di quello? E poi, cosa sarebbe questo famoso «quello»? Per me l'amore non è cosí. Non è questa specie di bestiolina aguzza che morde Anna. Non è un tumulto, una mareggiata. È placida l'onda, prospero il vento. *Amore è un faro sempre fisso che sovrasta*

la tempesta e non vacilla mai. È un segreto, che se ne parli si sbriciola. È il bacio che non ci siamo dati, quelli che ci siamo sfiorati. È aprire un regalo piano piano, mettendoci un sacco di tempo, sciogliere tutti i nodi del nastro, poi arrotolare il nastro in una matassina, e legare la matassina e posarla lí accanto. Staccare lo scotch senza rompere la carta. Togliere la carta, piegarla seguendo le pieghe già presenti, metterla da parte, insieme alla matassina. Aprire la scatola. Ci vorranno mesi a fare tutto questo? Bene. Preferisco cosí, piuttosto che strappare nastro e carta, e scoperchiare con violenza, e consumare il regalo con avidità, per poi buttarlo via perché non mi piace piú, ce n'è un altro, per favore?

– Possibile che non ci sia niente di meglio?
La signora Clotilde Castelli considera un insulto personale il fatto di aver già provato sei abiti di Marida Simoni senza trovarne uno che le piaccia, ovvero che le stia bene. Questo dipende probabilmente dal fatto che si trattava di sei abiti pensati per donne giovani, belle e magre, mentre Clotilde Castelli è sui sessanta abbondanti e piuttosto inquartata, oltre a non essere stata bella mai, neanche a vent'anni. La Simoni ha anche una linea di capi creati apposta per tirare fuori il meglio da sessantenni inquartate, ma Clotilde Castelli li schifa ed è convinta di potersi ancora permettere quegli altri.

– Sí, certo che c'è... ad esempio, metti questo. Sono sicura che ti starà di incanto.
Marida ha pazienza. La Castelli è una cliente quasi famosa, nel senso che è spesso ospite dei talk show in quanto profonda conoscitrice dell'animo femminile in generale, e dell'animo femminile delle poetesse serbe in particolare, e inoltre è autrice, sia pure sotto pseudonimo, della vendutissima serie per adolescenti *Dany Delizia*. Quindi appunto Marida ha pazienza, ma non ne può piú e ha altre signore curiose di diventare eleganti che l'aspettano. Per questo,

le sta mostrando un vestito blu notte appartenente alla linea «Cerca almeno di passare inosservata».

Clotilde sbuffa: – Questo è noioso, da vecchietta. Fallo mettere a Margherita Hack. Io voglio qualcosa di sexy. Sai chi ci sarà, alla cena della Mondadori?

Marida passa rapidamente in rassegna gli autori Mondadori in grado di suscitare fremiti alle donne da tempo in menopausa. – Scott Turow?

– Ma quale Scott Turow... Sting. Pubblicano il suo primo romanzo.

– Aaah... beh. Sting.

– Quindi voglio essere indimenticabile.

– Allora manda lei al tuo posto, – propone Marida, di impulso. E indica Marianna, che si sta infilando il piumino per andarsene. Giaccone blu, capelli biondi, pallida.

– Ma va'. Se a Sting piacessero le belle ragazze, non avrebbe sposato sua moglie. Passami quello, svelta.

«Quello» è una nuvola oltremare, da posare su un corpo perfetto. Marida glielo dà, Clotilde se lo mette, si guarda allo specchio, e chissà cosa vede, perché sorride, estasiata.

– Ci siamo! E fammi lo sconto, perché il tuo vestito di sicuro finirà su «VIP Magazine».

Marida Simoni odia molte delle sue clienti, ma nessuna quanto Clotilde Castelli. Aumenta del cinquanta per cento il prezzo del vestito, lo comunica a Clotilde, poi le toglie il trenta per cento, e glielo fa comunque pagare il venti per cento in piú.

Marianna esce dall'atelier e si avvia verso casa. Il percorso è breve, da via Principe Amedeo a via Giolitti, ma anche un percorso breve può nascondere delle insidie se lo si compie pensando a Shakespeare, e Marianna sta appunto pensando a «Non ha limiti il mio amore, come il mare, e altrettanto è profondo; piú te ne do, piú ne resta per me, perché come il mare è infinito», e chiude gli occhi accecata dal desiderio di poter dire quei versi a un uomo, credendoci, e siccome Shakespeare è tutto, ma un angolino per Eros Ramazzotti rimane sempre, mentre ha gli occhi chiusi lancia anche il suo grido interiore, il suo motto d'appartenenza, e chiede *dove sarai, stella gemella, anima bella, dove sarai*, e tanto è il desiderio di quella stella gemella che tiene gli occhi chiusi anche mentre attraversa, e non si accorge della moto che sopraggiunge senza colpe ma troppo veloce da via delle Rosine. E cosí, proprio mentre nella sua mente si forma la parola «sarai», viene investita da Ludovico De Marchi, alla guida della sua Guzzi California 1400 Touring.

– Non ha voluto assolutamente andare all'ospedale, – spiega Ludovico a Eleonora, mentre insieme stendono Marianna su un divano. L'ha portata in braccio per due rampe di scale, dato che il palazzo di via Giolitti non è dotato di ascensore, ma non dimostra né stanchezza né affanno, e con preziosa delicatezza scosta dal viso di Marianna una ciocca di capelli.
– Non c'è motivo. Non mi sono rotta niente. Solo una botta.
– Hai battuto la testa? – chiede Eleonora, che si è presa un colpo vedendo arrivare un uomo bellissimo con sua sorella apparentemente morta in braccio.
– No... ho battuto solo le gambe, le braccia e la schie... ahia!
Per fortuna la mamma non c'è. C'è Margherita, che ha riconosciuto il portatore di Marianna, e lo fissa con intenso odio silenzioso. Eleonora si chiede perché con un centesimo del cervello, mentre con tutto il resto telefona a Carla Olivetti, la sua amica dottoressa.
– Grazie... davvero... sei sicura che... okay, ti aspetto.
Carla passerà a vedere Marianna, e decidere se è il caso di portarla al Pronto soccorso. Marianna stessa esclude questa possibilità, e Ludovico De Marchi detto Lux è d'accordo con lei.

– Guarda, è caduta bene, sul serio. Deve solo stare ferma e mettere tanto Lasonil sui lividi. Ce l'hai il Lasonil?

Eleonora è del parere che sia meglio aspettare il responso di Carla, ma Ludovico non aspetta, mai, niente. Si rivolge a Margherita con un sorriso che dovrebbe trasformarla all'istante in un mucchietto di gelatina.

– Senti... avresti voglia di scendere a prenderlo? La farmacia di via della Rocca è ancora aperta. Ti spiace?

– Sí, mi spiace, – dice seria Margherita, – e fosse per te non ci andrei di sicuro, ma visto che è per Mari, ci vado.

Ludovico si mette una mano in tasca, ma Eleonora lo blocca con un semplice sguardo. – Vieni, – dice alla sorella, – ti do i soldi.

Marianna e Ludovico restano soli. Si guardano negli occhi. Poi lui dice, con voce roca: – Perché tua sorella ce l'ha con me?

– Non lo so... – risponde Marianna con voce altrettanto roca, perdendosi negli occhi verdi di lui persi negli occhi azzurri di lei, – forse pensa che sia colpa tua se mi hai investita.

– Ha ragione.

– No... io avevo gli occhi chiusi...

– E quando ti ho vista, li ho chiusi anche io.

Si guardano, e ridono. Tutto è cosí meraviglioso, e assurdo, e completamente fuori luogo.

A rimettere tutto in luogo, riappare Eleonora, seguita da sua madre, che è tornata, e si agita come un robot fatto ad anguilla. Ma nonostante questo, Ludovico non prende garbatamente congedo. Sopporta tutto: ringraziamenti, recriminazioni, offerta di caffè, Coca-Cola, limoncello, non accetta niente ma non se ne va, e non se ne va neanche quando arriva la dottoressa Carla, a stento riescono a tirarlo fuori dal salotto quando Carla visita Marianna, e nessuno lo smuove finché non riceve conferma della non-necessità di portare l'offesa al Pronto soccorso. Rimane ancora anche quando la dottoressa Olivetti va via, nonostante lei tenti di portarselo appresso, ed è evidente che vorrebbe essere lui a spalmare il Lasonil sopraggiunto sui lividi di Marianna, ma a questo punto Eleonora ritiene che sia arrivato il momento di dire basta, e lo fa.

– Senti, sei stato davvero gentilissimo, piú che gentile, ma adesso credo che sarebbe meglio se Marianna andasse a letto.

– Certo, – lui sembra entusiasta all'idea. – Va bene.

– E tu andassi a casa, – completa Eleonora.

– Ah –. Questo gli piace meno.

Si avvicina a Marianna, è evidente l'intenzione di baciarla, che per fortuna rientra all'ultimo istante, ricacciata in sede da un'occhiata della madre.

– Ti chiamo dopo, – le sussurra, e lei gli risponde: – Sí, – come se quella telefonata fosse la piú normale delle consuetudini. Appena la porta si chiude alle spalle di Ludovico, le Cerrato entrano in totale e simbiotica agitazione. La prima a esplodere è Margherita.

– Lo sapete chi è quello? – strilla. – Quel grandissimo stronzo?

– De Marchi ha detto che si chiama? Mai sentito, – risponde sua madre, che dello sconosciuto ha notato soltanto, con sfavore, alcuni tatuaggi fuoriusciti dalle maniche, tre orecchini e un piercing al sopracciglio.

– Detto Lux! – esclama trionfante Margherita, ma i sei occhi che la guardano sono vacui.

– Madonna, ma non sapete proprio niente! Lux dei Superbuddha!

Ancora nulla? Ancora nulla.

– I Superbuddha! È un gruppo, sono abbastanza famosi. Hanno fatto un cd orribile, e il singolo è una schifosissima canzone che si intitola *Anziani Muffosi*, sui BEATLES! – Margherita è fuori di sé. – Li insulta! Ed è pure entrata in classifica a Radio Mole 24! Io li odio, anche se quelle cretine delle mie compagne sbavano per questo Lux, che figo, che fiiigoooo... – Margherita imita le sue compagne, dotandole di una vocetta stridula e svenevole. – Quando sapranno che ha investito mia sorella diventeranno pazze! Ma voi non fatelo piú entrare qui dentro se no lo spolpo!

– È un cantante? Ah ecco! – commenta soddisfatta Maria Cristina, trovando una spiegazione sostenibile per tatuaggi, piercing e orecchini, e annullando all'istante Lux come possibile Grande Amore per sua figlia.

– Ehi, mà, non dirlo come se fosse tipo un morbo. È un cantante. Un cantante di successo pure, a giudicare dalla moto –. Eleonora ha notato lo stordimento di Marianna, e vede con favore un possibile e imminente crollo della Turris Eburnea.

– E che importanza ha se è un cantante o un coltivatore di farfalle, se ha la moto o una piccola volpe? – chiede, molto scossa, Marianna. – Perché pensate a queste cose squallide? Avete visto com'è, no? Ha un sacco di... non so... empatia. È una persona speciale, cioè, proprio lui come persona.

Poi si volta verso il muro, e non parla piú con nessuno. Mamma ed Eleonora si guardano. Ci siamo. Speriamo solo che lui, oltre a suonare nei Superbuddha, abbia anche un lavoro. Nessuna delle due dubita minimamente che l'evidente colpo di fulmine non sia a doppio senso. Sperano soltanto che il senso non sia vietato.

Il giorno dopo Maria Cristina rientra gongolando da una visitina pomeridiana ai Pettinengo e comunica soltanto a Eleonora le ragioni per cui gongola. Ha saputo da Consolata che Ludovico De Marchi nasce di buonissima famiglia, suo padre è primario al Cto, in ortopedia. Certo, preferirebbe che fosse, lui, Ludovico, il primario, ma Consolata l'ha, appunto, consolata, dicendo che i De Marchi pazziano tutti da giovani, poi rientrano nei ranghi con docilità. In fondo, Ludovico ha solo ventott'anni, e da qualche parte deve anche aver preso una laurea. Basta che.

– Basta che la smetta con questa faccenda del gruppo.

Ci mancherebbe altro, povera Marianna, trovarsi sposata con uno che è sempre in tournée, con quelle ragazze che bazzicano.

Eleonora è stupefatta. – Mamma, l'ha investita con la moto, non le ha chiesto di sposarlo.

– Sí, lo so, probabilmente prima convivranno per un po' –. Maria Cristina sospira, rassegnata a concedere qualcosa al ventunesimo secolo. – Ma appena arriverà un bambino, vedrai che si sposano. Succede sempre cosí. Guarda tua cugina Beatrice.

Eleonora non vuole affatto guardare sua cugina Beatrice.

– Beh, vedremo, – dice cauta, e riempie il bollitore di acqua.

– Brava, il tè è proprio quello che ci vuole, – fa le fusa sua madre.

Capitolo sesto

– Turris Eburnea cosa?
Lux è perplesso. Sono passati quindici giorni da quando ha investito Marianna, e in questi quindici giorni sono stati insieme tutto il tempo in cui lei non lavorava e lui non suonava. In questi quindici stessi giorni lui non ha visto nessun'altra. È un omaggio che porge volentieri alle ragazze di cui si innamora: finché è proprio preso non le tradisce. E di Marianna è proprio preso. Piú di quanto ricordi di esserlo mai stato. È innamorato pazzo. Quindi non vede le altre, però non è che uno può stare quindici giorni senza fare sesso. E invece è quello che sta succedendo, perché Marianna, detto proprio malamente e senza garbo, non vuole scopare. Fanno tante altre cose, anche bellissime, quindi non è esatto dire che da quindici giorni non fa sesso, però, insomma, adesso sarebbe proprio ora. Ma lei dice no no no, come una famosa bambolina degli anni Sessanta.
– Turris Eburnea. È un… un'associazione di cui faccio parte. L'idea è di fare l'amore solo per amore.
– Normale, no? L'amore si fa per amore –. Pausa di riflessione. – Cioè, a parte se lo fai per soldi ma…
– No, non hai capito. Non «per amore» e basta. Lo farò quando troverò l'amore della mia vita.
– Non ha senso. Come farai a sapere che è l'amore della tua vita. Cioè, potrai saperlo con sicurezza solo il giorno in cui morirai.
– Vabbè, che c'entra. Devo sentire dentro di me che con quella persona ci voglio stare tutta la vita. Poi può an-

dare male per tanti motivi, però l'impulso iniziale dev'essere questo, l'eternità.

Sono sdraiati sul letto di Lux, nel suo appartamentino autonomo attaccato a quello del primario del Cto e di sua moglie Clarissa. I due appartamenti compongono una villa nella precollina torinese, raggiungibile con una semplice passeggiata da casa di Marianna.

– L'eternità? Che cazzo è l'eternità. Non esiste, cioè, nessuno può veramente dire esiste, l'ho vista.

– Perché per te esistono solo le cose che si vedono? E la paura, allora?

– La paura si vede eccome.

– E anche l'eternità si vede. Nell'amore per sempre. Per te esiste l'amore per sempre?

Lux ci pensa. – Non lo so. Magari l'amore per sempre esiste, ma credo che uno dei modi per capire se è per sempre sia proprio farlo. L'amore.

– Cosí è come fanno tutti.

– Se lo fanno tutti è perché funziona, no?

– No, è troppo facile, adesso. Ormai tutti fanno tutto con tutti. Il sesso non vale piú niente. Non ha piú… non so…

– Carisma? – propone Lux.

Marianna lo guarda male. – Sacralità, volevo dire. Noi della Turris vogliamo riportarlo a un ruolo speciale nella vita di una persona.

Lux annuisce, entusiasta. – E avete ragione. Ha un ruolo speciale. E adesso te lo dimostrerò.

Lux si avventa, ma lei si alza di scatto, e prende la borsa. – Ora devo andare.

– No… dài…

– È meglio. Credimi.

– Meglio cosa? Per chi? – grida non a torto lui. Ma lei è già scappata, e non gli risponde.

– Accidenti, Mari, questo discorso è preso di peso dagli anni Cinquanta –. Eleonora non ne può piú di sua sorella innamorata. Non vedeva l'ora che succedesse, e che la piantasse con la Turris Eburnea. È infatti convinta che queste associazioni che praticano la castità da un momento all'altro possano trasformarsi in associazioni che praticano la strage, e vorrebbe evitare a sua sorella questo destino. Perché lei lo sa che dentro Marianna c'è un'esagerata, una Giovanna d'Arco, una pronta a farsi immolare, o anche a immolare, per un ideale. E le piacerebbe molto che questo potenziale pericolo fosse disinnescato da un'impegnativa vita sessuale. A occhio, il tipo Lux sembrava perfetto per questo sviluppo, e invece macché, eccola qui che arde d'amore ma si guarda bene dall'agire di conseguenza.

– Tu non capisci. Tu sei fredda. Basta vedere con Giulio. È partito, e non te ne frega un tubo.

– Ah ecco. E tu invece non sei fredda, okay. E ti sei innamorata a picco di questo Ludovico, cosa che non ti succedeva da anni e anni. Quindi viviti questo amore senza tante storie, per favore!

– Tu le chiami storie. Per me è un percorso.

Se c'è una parola che Eleonora detesta è percorso. Come la sente, le si rizzano i peli sulle braccia.

– Ma quale percorso. Marianna, apri bene le orecchie. Hai ventiquattro anni e non hai mai fatto l'amore. Hai perso già almeno sette od otto anni di una delle massime figate della vita. Vedi di recuperare, per favore!

– Vale di piú farlo una volta con il tuo vero amore che diecimila con...

– Metti pure. Adesso questo stradannatissimo vero amore ce l'hai. Ti sversi per lui, giusto? Ok. Allora cosa cazzo aspetti?

– Di essere sicura. E se lui non mi ama veramente?

– Guarda, pazienza. Se non ti ama veramente, pazienza. A un certo punto la cosa verrà fuori, lo mollerai, soffrirai, piangerai un casino. Ma avrai vissuto qualcosa di bello.

– Che diventerà un ricordo terribile, un tormento per il resto della mia vita.

– E dài! Non esagerare! Sembri quelle tizie di Sofocle! Tu saresti pure capace di ammazzare i bambini come cosa... Medea.

Marianna nega indignata di poter ammazzare i bambini come Medea, e la discussione si chiude lí.

Non crediate, però, che per Marianna non sia difficile mantenere la posizione. Lei e Lux si stremano di baci e carezze, arrivano anche molto lontano, arrivano anche a piccole esplosioni astrali, ma proprio quello no.

– E perché non la mandi a cagare? – chiede a Lux il bassista dei Superbuddha, Olmos, un pomeriggio di una settimana dopo. Non è cambiato niente, Marianna e Lux continuano a vedersi tutti i giorni, ma lei continua a resistere, perché ha già sbagliato una volta e non vuole che succeda di nuovo.

– Io ti capisco. Quello lí era gay e ti ha sciocatta. Cioè, me lo posso immaginare. Ma io non sono gay. Lo so perché ci ho pure provato, tanto per sicurezza, ma niente, zero. I maschi mi fanno schifo. Niente da fare. Mi scoperei prima un BonRoll –. Cosí le aveva assicurato Lux, dopo che Marianna gli aveva raccontato la triste storia di quella notte in riva al mare. Ma non era servito a convincerla.

«È testarda marcia», ha appunto detto Lux a Olmos, ed è a questa accorata osservazione che Olmos ha risposto: «E perché non la mandi a cagare?» È noto che i bassisti sono gente concreta, e Olmos non fa eccezione. Ha conosciuto Marianna, ha visto che è bella, non fosse che lui le preferisce scure e nervose, ma trova che quasi un mese di baci da liceali è piú che sufficiente.

– Perché sono innamorato. E perché non esiste che una mi dice di no.

– E se non molla che fai, te la sposi?

– Boh. Magari. Tra l'altro, credo che mia madre conosca la sua. O tipo.

L'incontro fra Maria Cristina Cerrato e Clarissa De Marchi avviene, pensate un po', nell'atelier di Marida Simoni. La cosa è stata preparata in modo sopraffino dalla stilista, immediata sponsor di questa storia d'amore, nonostante qualche perplessità da parte di Virginia.
– Guarda che quello si fa. Ho controllato. Un po' di possesso qua e là. Fermi, arrestucoli, niente di che, però...
– E su, non essere ipocrita. È uno che suona in un gruppo rock, vorrai mica che fumi soltanto mentolo e inali aerosol?
– Sí, è esattamente questo che vorrei, in un mondo piú giusto. Anzi, neanche il mentolo.
– È anche l'età, Virgi. Qualche derapata ogni tanto...
– Va bene, però non vorrai che la tua protetta finisca impasticciata di brutto.
– Finora non le ha dato niente. Guarda che è figlio di un medico. Cioè, farà piú scena che altro.
– Comunque, lo tengo d'occhio.
– E bene che fai. Il passo successivo è: far conoscere le due madri.
– Ma è proprio necessario?
– Eh sí. Bisogna invischiarli, capisci? In modo che si ritrovino a vivere insieme senza neanche sapere come.
– Mmf.
Ma nonostante i suoi «mmf» di fatto è proprio Virginia ad avere l'idea giusta.
Una mattina alla fine di novembre, il vicequestore aggiunto, infilando la pistola nella fondina prima di uscire, suggerisce a Marida di fare una festa.
– Non qui. All'atelier. Inventati qualcosa. Tipo presentare un nuovo tipo di... non so... orlo. Ce l'avrai, un nuovo tipo di orlo, no?
– Se non ce l'ho, si fa presto a inventarlo. Che ne dici di un orlo retrattile?
– Sí, vabbè, non importa, uno qualunque. Tanto per

avere il pretesto, inviti un po' di clienti all'atelier, e presenti Maria Cristina a quell'altra.

– Problemino: Clarissa De Marchi non è mia cliente. Compra solo roba fatta.

– Eh ma che stronza. E tu invitala lo stesso. Party per conoscere nuove amiche. Con omaggio. Piazza l'omaggio. Quelle che comprano abiti fatti non resistono all'omaggio.

Non per nulla il vicequestore Virginia ha risolto tanti casi scottanti. Marida resta ancora una volta a bocca aperta di fronte all'intelligenza di quella donna, la bacia con un ardore che risale a tempi migliori, e passa all'azione.

Involtolini di salmone, che si distinguono dagli involtini del medesimo pesce per essere piú minuscoli e piú veloci da ingurgitare. Pallottoline di hummus. Crostinetti di cremine miste ai formaggi saporiti con erbette squisite. Straccetti di mele alla salsa di olive. Micromilanesi. Girano nell'atelier di Marida vassoi traboccanti di cibo in forma minima, che illude le invitate di non ingrassarle. Esse divorano, ammirando il nuovo punto di rosso che Marida ha creato appositamente per l'evento, e che consentirà a chi indosserà i suoi abiti rossi per Natale e Capodanno di non avere il solito abito rosso per Natale e Capodanno.

– Non è magenta... non è scarlatto... non è cremisi... – la pittrice Porzia Caccamo sfinisce le presenti con il suo tentativo di giungere all'essenza del Rosso Cartaginese di Marida. Ma è difficile buttarla fuori o metterla a tacere, perché, come Superman, Porzia ha un'identità segreta: oltre che pittrice, è moglie dell'assessore alla Cultura dottor Caccamo. L'unica che ha il fegato di risponderle decisamente male è Clotilde Castelli:

– Porzia piantala o ti faccio uscire dei rospi dalla bocca –. Soddisfatta del momentaneo ammutolimento ottenuto con questa sincera minaccia, Clotilde passa ad aggredire Marida:

– Bello il colore, ma i vestiti fanno pena. Non c'è niente di sexy.

– Sexy dev'essere la donna che lo indossa. Se, come nel tuo caso, non è possibile, resti almeno il conforto di essere elegante.

– Per quello compro Armani, grazie. Chi è quella rinsecchita accanto ai mojito?

– Clarissa De Marchi. La moglie dell'ortopedico.

– Ah. Conosco lui. Ha sistemato una gamba a Cristiano quando se l'è rotta cadendo da un albero, quell'idiota.

Dopo aver cosí amorevolmente ricordato il figlio, Clotilde si volta di nuovo verso Marida, che però non c'è piú. È infatti scattata come la famosa gazzella nella savana per trascinare Maria Cristina Cerrato nei pressi della De Marchi.

– Signora De Marchi… posso presentarle Maria Cristina Cerrato? Lei non lo sa, ma i vostri figli si sono recentemente scontrati.

– Ahh… – esala fredda la De Marchi, – è la mamma di quella bella signorina che viene spesso a casa nostra?

Le premesse non sono incoraggianti, ma Marida le lascia insieme a cuor leggero. Sa che un'iniziale avversione è quasi indispensabile alla felicità di due future consuocere. Saggiamente, ha fatto in modo che Marianna non fosse presente all'inaugurazione del Rosso Cartaginese: l'ha mandata a Milano a parlare con un fornitore di fibbie. Ma adesso, esattamente in questo momento, mentre controlla che i pacchetti con l'omaggio (una fascia di seta Rosso Cartaginese perfetta sia come sciarpa che come cintura) siano leggermente piú numerosi delle signore presenti, le si avvicina di soppiatto Consolata Pettinengo, con un'espressione da martire.

– Oddio, non so perché ci vengo, a queste feste. Non posso mangiare niente!

– Consolata, dài, hai già perso una taglia.

– Ma ne avevo prese tre. È un tormento… e tutto perché non hai dei sottaceti!

– Sottaceti?
– Ma certo! Non lo sai che sto facendo la dieta dei sottaceti? È meravigliosa.
– Come funziona?
– Che puoi mangiare tutto, ma tutto quello che vuoi, però sempre accompagnato da sottaceti.
– Anche i dolci?
– Certo! Vuoi la meringata? Benissimo, mangia la meringata, e subito dopo una manciata di sottaceti.
– Mi sembra una gran stupidaggine. Dove l'hai trovata?
– Nel sito della principessa Kate. Non è una stupidaggine. Funziona perché i sottaceti succhiano le calorie, e quindi dimagrisci.
– Succhiano le calorie?
– Sí, non solo non fanno ingrassare, ma proprio risucchiano le calorie degli altri cibi… piú sottaceti mangi piú dimagrisci.
– Síííí… – si inserisce Clotilde Castelli, – il cervello, ti dimagrisce. Avendolo, però –. E se ne va. Consolata la guarda, perplessa.
– Ma quella chi è?
– Una rancorosa, – Marida fa per allontanarsi ma Consolata non ha finito. La ferma mettendole una mano sul braccio e chiede:
– E dov'è Marianna? Si può sapere?
– A Milano. Perché?
– Perché LUI è venuto qui per LEI e LEI non c'è –. Con un gran volteggiare di sopracciglia, che nelle signore educate spesso sostituiscono le dita, Consolata indica il giudice Accorsi, che si sta tediando accanto a sua sorella, Lisetta Accorsi Bonfiglioli.

Marida è presa in contropiede. In tutta quella caciara sul giovane De Marchi, la moto, lo spavento, l'amore che ne era nato, aveva perso di vista Alessandro Accorsi, che dopo la famosa cena era balzato in pole position come possibile metodo per sistemare le fragili Cerrato.

– Oh caspita, già, Alessandro. Dimenticata.
– Brava furba. Molto meglio lui di quel De Marchi che gioca ancora a fare il cantante rock.
– Oh, beh... Marianna è una romantica...
– Si può guarire, sai. Non è una malattia mortale.
– Non saprei. È come l'herpes labiale, magari dorme per anni, e poi salta fuori. Meglio lasciarlo sfogare prima dei trent'anni.
– A saperlo non insistevo perché Accorsi venisse. Uno come lui volevo giocarmelo bene. Se non lo piazziamo con Marianna, mi piacerebbe farlo conoscere a mia cugina di Londra, te la ricordi Sarah?
– Se non è cambiata molto, non la vedo tanto moglie di un giudice. Gira sempre in tuta di ciniglia coi brillantini?

Brillantini o no, è difficile che una qualunque cugina Sarah possa interessare ad Alessandro Accorsi. Fermo accanto a sua sorella, sorride con annoiata cortesia a Porzia Caccamo, che gli sta vantando un'iniziativa del marito assessore: il Festival delle Formine di Rame Occitane. Il viso spigoloso, le lunghe ciglia, l'immobilità della schiena dritta del giudice attirano lo sguardo di molte signore, distraendole dal Rosso Cartaginese, ma lui pur restando composto e quieto, scannerizza ogni millimetro dello spazio circostante, aspettando sempre di veder apparire Marianna.

Dal momento in cui si è trovato improvvisamente con il *corazón espinado*, trafitto come una mano nuda in un rosaio, quest'uomo introverso e ardente si è stremato e sfilacciato nell'incertezza se telefonarle o no. Aveva cominciato a stremarsi subito, la sera stessa in cui l'aveva conosciuta, mentre tornava a casa dopo la cena dalle Cerrato: nel tumulto byroniano della sua mente, la telefonata aveva assunto la sua forma ideale.

«Pronto? Marianna? Ciao, sono Alessandro Accorsi. Ci siamo visti mezz'ora fa a cena a casa tua».
«Sí... ciao».
«Volevo dirti che ti amo e ti amerò per sempre. Che

non ho dubbi né incertezze, e che, se ti fidi di me, non perderemo tempo e inizieremo una meravigliosa vita insieme già la settimana prossima, quando avrò recuperato le chiavi dell'alloggio che ho ereditato da mia zia Clementina».

Cosa avrebbe risposto, Marianna? Non lo sapremo mai, perché Alessandro quella telefonata non l'ha fatta, e neanche una piú terra terra, tipo: «Ciao come stai? Andiamo a vedere la mostra dei Fiamminghi al forte di Bard?» Niente. Non l'ha chiamata affatto, paralizzato dalla consapevolezza che la ragazza non solo non si era illuminata d'amore come lui, ma proprio non lo aveva calcolato, considerandolo un appartenente al blocco «Genitori, cugini dei genitori, amici dei cugini». Non l'ha chiamata, si è sfilacciato, e però l'ha incontrata un paio di volte, a un'inaugurazione, una sera a teatro, e poi ancora una maledetta volta che lui usciva dal tabacchino di piazza Vittorio (sí, purtroppo il giudice fuma) e lei gli è passata davanti di corsa, ridendo, abbracciata a un tizio coi capelli lunghi legati in una coda. Il giudice Accorsi, in segreto, ha sempre desiderato tenere i capelli lunghi e legarli in una coda come il capitano Jack Sparrow, ma non gli è mai sembrato il caso di presentarsi cosí in tribunale.

E anche stasera, niente Marianna. Sarà con quello lí, cosa staranno facendo, cosa deve fare lui? Telefonarle? Farsi trasferire a Palermo?

Anche Eleonora si sta chiedendo cosa deve fare. Mentre sua madre osserva con il rimpianto dell'impoverita un cardigan Rosso Cartaginese, e sua sorella Marianna si aggira inutilmente per Milano, mentre Margherita traduce dal latino e contemporaneamente chatta su WhatsApp con la sua amica Aglaia, Eleonora legge e rilegge la quinta mail che Giulio le ha scritto da Lecce. Sono, piú o meno, tutte uguali, o almeno interscambiabili. Tipo... ehi ciao, o ciao, o ciao Eleonora, seguono brevi racconti della sua vita pugliese...

... qui c'è un fiume sotterraneo, quando passeggio in centro so che è lí, che scorre, nascosto, e mi dà come un'idea di Inferno che non so spiegarti.

... il Liceo dove insegno, il Palmieri, non è barocco per niente, è un casermone giallo proprio brutto, ma ho una bella classe sveglia, in particolare Maria Valentina Rizzo, che un poco mi rammenta tua sorella...

... passo alle Delizie Del Forno, una panetteria in centro, a prendermi un rustico, cioè una specie di sfoglia ripiena molto stuzzicante, e vado a mangiarlo sui gradini di qualche chiesa, stile mendicante in un romanzo dell'Ottocento, cosí recupero la mia dose quotidiana di barocco...

mescolati a lampi di letteratura, poesia, cinema e musica...

... l'ultimo di Baricco... ho visto un film pazzesco degli anni 70, La prima notte di quiete, di Zurlini, con una ragazza fantastica, Sonia Petrova... che poi non ha fatto piú niente, chissà perché. Immagino qualcuno se la sia sposata e l'abbia chiusa in casa... stranamente, trovo che la musica perfetta da ascoltare nell'iPod passeggiando per Lecce sia Rachmaninov. Che veramente non c'entra niente, però... tu hai qualcosa da consigliarmi... certi poemetti di Aldo Nove che ormai...

Mai una notazione personale, mai una proposta, mai un cedimento, sempre questo flusso straziante di vicinanza trattenuta che la manda fuori di testa. Ovviamente è costretta a rispondergli sullo stesso tono: essendo femmina, troverebbe facilmente il modo di introdurre comunque un po' di inquietudine in queste lettere da cugino, ma essendo Eleonora si rifiuta di farlo, perché se Giulio vuole l'inquietudine, pensa risentita chiudendo il computer e rimandando l'esercizio di stile di rispondergli, se vuole l'inquietudine faccia lui lo sforzo di mettercela. Non sarò io a trascinarlo qui da me, pensa. Deve trascinarsi da solo, e anche cogliermi di sorpresa.

Capitolo settimo

Abbiamo un po' perso di vista, in questo turbinare di sorelle Cerrato, il fratello Cerrato e sua moglie Rossana, per non parlare del piccolo Samuele. Ma ecco che li ritroviamo, l'ultima domenica di novembre, quella in cui si festeggiano i sette anni di Samuele. Per l'occasione, l'intera famiglia si è riunita a VDL. Dopo un'infinità di sospiri, singhiozzi e frasi abbandonate sul piú bello, Maria Cristina si è lasciata convincere a partecipare al compleanno di quello che a tutti gli effetti è una specie di nipotino. Eleonora e Marianna le hanno assicurato che soffrirà poco o nulla, perché Rossana ha rivoltato la casa come un calzino, e ben poco resta di ciò che era.

Di tante stanzette piccole e intime sono stati fatti grandi stanzoni panoramici, l'open space trionfa, e l'arredamento è talmente moderno che a volte è impossibile capire la funzione e l'identità dei mobili, tutti forgiati in materiali di scintillante aggressività quali vetro, acciaio, titanio e plastica. A completare l'effetto show room, chilometri di divani di pelle bianca, sistemati con tutti i giochi d'angolo possibili. In questo che sarebbe un peccato non definire «spazio», si muovono oggi ospiti di ogni età, tra i quali primeggia Clara Sofia Pettinengo, vera rivale naturale di Samuele.

Le due madri si sono fronteggiate fin dal primo momento come i magnifici sette col tipo nemico dei magnifici sette, Eli Wallach. Le pistole sono rappresentate dai bambini stessi, simbolo dello stile, del credo e della religione sociale materna. Ecco Samuele Cerrato, in completo Armani Bimbo composto da jeans stretch euro 80, camicia bianca con bordi a quadretti blu euro 90, gilet misto cotone euro 85, mocassini geox euro 79,90, valore totale del look euro 335. Ed ecco Clara Sofia Pettinengo, abitino di cotone a stampa primule con ricamo a nido d'ape ereditato dalla cuginetta e fatto in origine dalla vecchia tata di Bolzano, valore commerciale non quantificabile, golfino di cachemire giallo senza etichetta acquistato da una zia ai saldi di Zegna, valore commerciale sconosciuto, scarpe blu Start Rite modello Delphine euro 87,50, valore totale del look non stimabile. Samuele: taglio fatto dal piú caro parrucchiere per bambini di Torino. Clara Sofia: taglio fatto in casa dalla parrucchiera di sua mamma. Samuele: torvo. Clara Sofia: imbronciata.

Attorno a questi due grandi protagonisti, le sorelle Cerrato si muovono senza spasimi. Marianna e Margherita sono francamente disinteressate ai bambini, a Eleonora piacciono, ma ne ha già una dose quotidiana abbondante sul lavoro e nella vita privata li evita volentieri, specialmente quelli torvi e quelle imbronciate. Edoardo tratta con estrema cortesia la matrigna, verso la quale prova un costante ma sopportabile senso di colpa, e considera con perplessità le sorelle. Sono delle belle ragazze, pensa, perché non si curano un po' di piú? Eleonora ha... quanto? ventisette anni, giusto? E non uno straccio di ragazzo... E Marianna? Marianna se si truccasse un po' sarebbe molto presentabile. Sí sí. Ma anche lei, con quei vestitini slavati... non hanno un briciolo della classe di Rossana, che veste firmata da capo a piedi. Ha un vago ricordo, Edoardo, di sua madre Andreina, una donna che viveva in jeans e coltellino multilame, ma Rossana gli ha spiegato che non è quella, la classe, quella è sciatteria di sinistra. La classe è potersi permettere, gli aveva detto con solare semplicità.

Edoardo sa che ora matrigna e sorelle non possono piú permettersi granché, però... contempla l'ipotesi di far loro dei bei regali per Natale, poi, con il sollievo che sempre ci deriva dai buoni proponimenti, torna a concentrarsi sul festeggiato, che sta rompendo gli occhiali di Elisa Baccaglini, anni quattro, figlia di una cugina che in questo preciso momento sta cercando di spiegare a Samuele qual è il comportamento corretto da tenere in presenza di occhiali. Rossana non è del parere che se ne debba fare una questione.

– Voleva dimostrarle interesse.

– Lo capisco, ma gliene aveva già dimostrato parecchio tirandole i capelli, e in piú le ha anche spiaccicato una bignola sulla camicetta.

– Non è stato lui a spiaccicarle la bignola.

– Ah no? QUALCUNO HA PER CASO FATTO LA FOTO!?

Arriva un esercito di cellulari che hanno fotografato Samuele che spiaccicava. Consolata Pettinengo osserva il tutto da una benigna distanza, e intanto sobilla Clara Sofia a voce bassa ma udibile dagli astanti.

– Lo vedi, amore? Quello è un bambino maleducato. Guarda che brutte scarpe ha. I bambini che portano quelle brutte scarpe sono maleducati. Tu adesso vai da Elisa e le dici che ti dispiace tanto per i suoi occhiali.

– A me non me ne importa una beata mazza degli occhiali di Elisa.

– UNA COSA!!!?? – Consolata sta per svenire, e Pak, uno dei solleciti filippini che attualmente occupano la famosa dépendance, le porge sollecito un gustoso ma inutile cocktail analcolico, che lei rifiuta con fermezza.

– Grazie, ma... non credo di aver visto sottaceti al buffet...

Pak esita. Ha un istante di confusione, non ricorda cosa sono i sottaceti. Forse insetti? Come scarafaggi?

– No, signora, tranquilla. Non c'è sottaceti in cocktail.

– Appunto –. Consolata lo allontana con un gesto sbarazzino e si concentra su Clara Sofia, che sta ripetendo a cantilena:

– Beata mazza, beata mazza, beata mazza mazza mazza. Mi ha insegnato Margherita.

Consolata si ripromette di parlare a quattr'occhi con Gianmaria delle cugine Cerrato. Va bene tutto, ma se insegnano il turpiloquio a Clara Sofia, non va bene per niente.

– Va bene tutto, – dice infatti alla graziosa ragazza che le sta accanto. – Ma se le Cerrato insegnano il turpiloquio a Clara Sofia, non va bene per niente.

– Il? – chiede interessata la graziosa ragazza, che per essere nigeriana parla un italiano lodevole, ma non ancora del tutto rifinito.

– Sí, insomma, le parolacce.

– Le cugine non devono insegnare le parolacce a piccola Clara, – conferma la signorina, poi si guarda intorno, interessata. – Dove sono le cugine, signora?

– Sono quelle là…

Clara Sofia, stanca di rovesciare aranciata nel bruttissimo ma rigoglioso aurum accanto a lei, alla vista delle Cerrato si rianima, e corre verso di loro gridando: – MARGHERITAAA!!! CIAO!!!

Consolata sbuffa, ma non ha nessuna intenzione di alzarsi dal suo mezzo metro di divano bianco. – Lucy, le spiace… controlli Clara Sofia.

E Lucy va, aggraziata e ferale, agganciando senza sforzo lo sguardo di tutti i maschi presenti, compresi quelli molto piccoli. Acchiappa la manina di Clara Sofia, e insieme a lei raggiunge il plotoncino Cerrato, impegnate a cercare una forma di comunicazione con il festeggiato.

– Qual è il regalo che ti è piaciuto di piú, Samuele? – gli sta chiedendo Maria Cristina.

– Boh.

– E quello che ti è piaciuto meno? – propone Eleonora.

– Facevano tutti schifo.

A questo punto dovrebbe intervenire Marianna, che però è sguizzata in un angolo e sta trafficando col telefonino. Per fortuna, Samuele è distratto dall'arrivo della sua nemica, che accoglie con una dichiarazione semplice ma di sicura efficacia. – Puzzi.

Mentre Clara Sofia gli risponde come merita, Lucy sorride alle cugine.

– Buonasera. Sono Lucy Asa Zamani, la au pair di signora Pettilengo.

– Nengo, – sussurra Margherita, ansiosa di rendersi utile.

– Oh scusa, grazie, nengo –. Lucy dà le spalle a Margherita con un filo di determinazione di troppo, e rivolge un sorriso disarmante alla di lei mamma.

– Buonasera! Ah, sono contenta... Consolata era disperata, che non riusciva a trovare la persona giusta! – trilla Maria Cristina, con quel mezzo tono di giovialità in piú che i benpensanti riservano alle signorine nigeriane.

In forma privata, Eleonora riflette che solo un'intronata come la sua cara mamma può pensare che Lucy Asa Zamani sia la au pair giusta per una bambina provvista di padre convivente. Eppure, evidentemente, lo pensa anche Consolata. La quale a un certo punto aveva stabilito che Clara Sofia doveva imparare le lingue, e che lei stessa doveva affiancare alla dieta dei sottaceti qualche forma di attività fisica. Infatti aveva notato che nonostante ingurgitasse sottaceti a manetta, l'unica conseguenza certa era una persistente acidità di stomaco, mentre la bilancia continuava ad accumulare etti e perfino chili, come se nulla intervenisse a succhiare le calorie delle belle mousse al cioccolato con cui la dilettava quella perla di Alina, la cuoca rumena. Non capiva come fosse possibile, ma ben presto la sua agile mente aveva trovato la risposta: bisognava aggiungere ai sottaceti anche un pochino di ginnastica presso la palestra La Pantera, come già tante amiche e conoscenti facevano da tempo. La somma di queste esigenze aveva portato alla decisione di assumere una au pair che, parlando le lingue con Clara Sofia, liberasse per qualche ora al giorno Consolata dalla magnifica fatica di modellare sua figlia. Aveva quindi cominciato a diffondere la voce fra amiche e conoscenti (Consolata Pettinengo non avrebbe MAI assunto una au pair tramite agenzia) e dopo molti falsi allarmi... le inglesi sono sudicione... le francesi portano a letto i mariti e comunque non parlano inglese... le irlandesi sono inaffidabili... le scozzesi hanno un accento spaventoso... finalmente le aveva telefonato questa squisita ragazza nigeriana, che parlava un inglese e un francese perfetti, e arrivava con splendide referenze di un'amica della cognata della cugina di un nipote di Adriana Balbis.

Quando l'aveva vista, Gianmaria aveva detto a sua moglie. – Splendida ragazza. Sicura che non ci porterà i clienti in casa?

– Che clienti? – aveva chiesto, perplessa, Consolata.

– L'hai vista bene, tesoro?

– Ecco, lo sapevo. Sei maschilista. Solo perché è nigeriana...

– Non è tanto quello, quanto il suo guardaroba.

– Beh, certo, con noi si vestirà diversamente. Ma guarda che è una ragazza a postissimo, suo padre è un ministro di non so quale culto che seguono là, ma non stregone, un vero ministro stile inglese, e lei ha studiato, poi però è scappata di casa per non sposare un marito che le volevano imporre... un nano forse. O qualcosa del genere. Sarà stato un pigmeo?

– Di sicuro un pigmeo non sarebbe il marito adatto a lei.

– Vedi? E comunque io sono proprio contenta di avere una au pair nigeriana. Non ce l'ha nessuno. Ce l'hanno tutti irlandese –. Consolata aveva sorriso soddisfatta, e Gianmaria aveva sorriso soddisfatto pure lui. Era un uomo morigerato e fedele, ma avere per casa una con un simile stacco di coscia poteva essere corroborante.

Lucy Asa sorride con dolcezza alla signora Cerrato, poi si rivolge alle ragazze e chiede, con il miele nella voce: – E chi di voi è Eleonora?

– Io, – risponde Ele, abbastanza stupita. – Ci conosciamo?

– No, veramente no, ma abbiamo amico in comune.
– Dài! E chi?
– Una persona molto gentile. Giulio si chiama.

Da: eleonora.cerrato@gmail.com
A: giulio.balbis@yahoo.it

ciao come te la passi? Grazie per la recensione di «Il Rovescio del Ricamo» mi hai evitato di leggerlo, purtroppo non di comprarlo perché l'avevo già preso per mia madre, che stravede per la Gargaglione. A lei non dico niente, voglio proprio vedere se si accorge che è merda pura o se viene poi a dirmi che anche questo è un capolavoro, e che non capisce perché la Gargaglione non abbia mai vinto lo Strega. In effetti, dato che razza di libri vincono lo Strega, non lo capisco neanch'io. Ma non andrei tanto avanti con la conversazione letteraria (la tua preferita, lo so) perché questa volta ho qualcosa di piú succoso da raccontarti.
Ieri pomeriggio al compleanno di Samuele ho conosciuto una tua amica, Lucy Asa non mi ricordo il cognome, Lucy per gli amici. È diventata la au pair di Consolata. Non lo sapevo, che sei stato in Nigeria.
Ecco, questa è la novità del giorno. Per il resto, mia sorella grande è sempre innamorata persa del suo Lux, e mia sorella piccola del suo George. Al momento, il ragazzo di Marianna sembra un filo piú reale, ma chi può dirlo? Ciao, divertiti, Eleonora.

A questa mail, Giulio risponde con una delle sue solite mail a tema letterario, culturale, musicale, amichevole, esasperante. Solo un breve accenno a Lucy:

Sí, Lucy l'ho conosciuta in Nigeria, qualche anno fa ho passato un'estate a Malindi a insegnare italiano al figlio di un imprenditore locale. Suo padre, il padre di Lucy, è un uomo di vasta cultura e abbiamo fatto amicizia.

Eleonora è rimasta sfavorevolmente colpita dall'uso di una locuzione come «uomo di vasta cultura», e piú in generale dal tono particolarmente arido e distaccato di quella mail. Forse, pensa Eleonora eliminandola con un gesto deciso sia dall'ENTRATA che dal CESTINO, forse è veramente fidanzato con la minore delle Biffetti. Sull'onda di questo pensiero, e cedendo alla parte segretamente violenta della sua natura, Eleonora elimina sia da ENTRATA che da CESTINO tutte le mail di Giulio Balbis.

Capitolo ottavo

Il giovane uomo bruno è seduto sul gradino di pietra e ha in mano una splendida Martin. Indossa un maglione grigio chiarissimo, con il collo ad anello. Guarda con aria interrogativa la ragazza davanti a lui, una diciannovenne di quattordici anni.
– Cosa ti suono?
– Aspetta... Siamo nel 1963. Suonami *Chains*.
– Non mi è mai piaciuta tanto. Posso suonarti *Do You Want to Know a Secret*?
Margherita annuisce, con il cuore che le batte a mille. Sono sui merli del castello in Scozia in cui si sta svolgendo questa storia. Lei ha un maglione bianco pesante, e il vento le scompiglia i capelli. Lui è molto innamorato, ma non trova il coraggio di dirglielo, perché è fidanzato con una tipa che abita nel castello accanto, e che porta gli occhiali. Lei sa che la tipa se ne frega di lui perché l'ha vista baciare il giardiniere polacco, ma non lo direbbe mai a George, perché pensa che lui la ami, e che ci resterebbe malino. Ma adesso, sui merli del castello, mentre le nuvole si addensano e il giorno finisce, mentre il vento li sferza e una sottile falce di luna annuncia la notte (bella questa frase, pensa Margherita, devo riuscire a infilarla in un tema), George sta per suonarle *Do You Want to Know a Secret*, ovvero farle una dichiarazione d'amore verissima e propria. Ecco però che posa la chitarra, e si accende una sigaretta.
– Margherita, invece di continuare a vederti con me

sui merli del castello, non sarebbe ora di cercarti un vero ragazzo? Fossi in te, comincerei a guardarmi intorno.
– Intorno dove?
– Non so. Dove giri, tu? Scuola... palestra... che fai tutto il giorno?
– Vado a scuola, studio, esco con le mie amiche. Prima facevo pure shopping, ma adesso non abbiamo piú soldi.
– Beh, lavora. Vai a fare la barista.
Margherita lo guarda esasperata. La barista? Mica siamo a Liverpool negli anni Sessanta! E comunque ho solo quattordici anni! E poi cos'è tutta questa conversazione? Non doveva suonare per lei e poi baciarla?
– George, – inizia, – faresti molto meglio a baciarmi... George... George...
– È MORTO!!!!
Questo grido impietoso le rimbomba nelle orecchie, e Margherita alza lo sguardo dall'iPad su cui campeggia, come salvaschermo, esattamente quella foto di George Harrison.
– E dài, Ele! A momenti mi inghiottivo la lingua.
– E il cervello no?
– Sei venuta fin qui a rompermi le balle?
– No, a dirti che tra poco usciamo per accompagnare mamma all'inaugurazione.
– No, io non ci vengo a una merdosissima inaugurazione. Stasera vado a cena da Aglaia.
– Tu da quando vai al Gioberti non sei piú tu.
– Che c'entra il Gioberti. Io me ne frego delle inaugurazioni, ci sono solo vecchi.
– Portati le cuffiette e sentiti i Beatles...
– Non dirlo con quel tono. Sai quanti pseudonimi ha avuto George Harrison in vita sua?
– Secondo te lo so?
– Ok, te li dico. Pronta?
Margherita chiude gli occhi e snocciola: – Carl Harrison, Artur Wax, Bette Y El Mysterioso, George H., George Harrysong, George O'Hara, George O'Hara-

Smith, George Ohnothimagen Harrison, Hari Georgeson, Jai Raj Harisein, L'Angelo Mysterioso, Nelson Wilbury, Spike Wilbury, P. Roducer, Son of Harry.

Eleonora resta un attimo in silenzio. Sta ripassando mentalmente i sintomi della schizofrenia.

– Sai che a volte una è normale fino all'adolescenza, poi un giorno comincia a blaterare gli pseudonimi di George Harrison e dopo una settimana si spoglia nuda e ammazza tutta la famiglia perché gliel'ha detto santa Caterina?

– Quella era Giovanna d'Arco, – saputelleggia Margherita.

– Giovanna d'Arco se era mia sorella la mandavo dritta filata al consultorio psichiatrico la prima volta che la beccavo a chiacchierare con le sante.

Eleonora scende la pericolante scala a chiocciola, abbandonando Margherita a George Harrison e Aglaia, e va a vedere se almeno Marianna è pronta per questa stramaledetta inaugurazione.

Si tratta del primo evento sociale postnatalizio, a segnare il ritorno dalle vacanze invernali di quelle famiglie che praticano le vacanze invernali. Le Cerrato non le praticano piú, ma il loro primo Natale da vedove, orfane e quasi nullatenenti non è andato affatto male: lo hanno passato ospiti di uno zio ricco proprietario di un castello nelle Langhe, insieme a varie ramificazioni familiari, e il 26 erano già tornate a casa, ben contente di riprendere la vita quotidiana. Per Marianna, questa vita quotidiana era stata però avvilita dall'assenza di Lux, impegnato in una minitournée natalizia con i Superbuddha.

– Vieni anche tu, dài, – le aveva chiesto stropicciandole la gonna in un brumoso pomeriggio di dicembre.

– Non posso. Lo sai. All'atelier c'è molto lavoro sotto Natale.

– E sopra Natale? Raggiungimi il 26.

– Il 26 è sopra Natale ma sotto Capodanno.

– Raggiungimi il 2.

– No. Se ti raggiungo, poi dormiamo insieme.
– Certo. E facciamo tanto tanto tanto l'amore.
– Ma io non voglio.
– Sí che vuoi.

Lux comincia a provare una sorda irritazione quando Marianna attacca con unicità, e persemprità. È pazzo di lei, e la preferisce a qualunque altra ragazza abbia mai conosciuto, ma questa storia della castità è già durata troppo, e poi un uomo non può dire sempre no, e cosí alla totalissima insaputa di Marianna, durante la tournée Lux ha scopato in lungo e in largo, con la tecnica del service, una tipa chiatta ma focosa.

Neanche Eleonora ha condiviso i giorni di vacanza con il suo Amore in Sospeso. Giulio Balbis infatti ha passato tutte le vacanze di Natale con sua mamma e Rudi a Mentone.

– Non capisco il ragazzo, Rudi, – aveva commentato Adriana, quando suo figlio le aveva annunciato che non si sarebbe schiodato dall'appartamento a Garavan vista mare fino all'ultimo momento possibile per prendere un treno direzione Lecce. – Gli altri anni scappava già il 25 pomeriggio.

– Affari di cuore, – commenta malinconico Rudi, che sta pensando a trecento metri quadrati di parquet ordinati e poi disdetti da un generale georgiano. – Ci sarà di mezzo qualche ragazza. Avrà un'innamorata a Mentone.

– Ma su, Rudi! Le innamorate a Mentone si hanno a diciassette anni, non a trentaquattro. Poi ultimamente è cosí sfuggente, su questo argomento...

– È sfuggente perché tu gli stai addosso. Lo assilli, tesorina. Non assillarlo.

Superato lo sbalordimento per l'appellativo «tesorina» affibbiato a ottanta chili di donna, osserviamo Adriana brontolare a capo chino. – Non lo assillo. Ma vorrei tanto che trovasse la ragazza giusta.

– E se trovasse quella sbagliata, che faresti?

Adriana rabbrividisce. – Non mi ci far pensare che ho

già mal di stomaco con quello schifo di zuppa che ha fatto Olena anzi scusa ma vado un attimo di là a vomitare.

Così aveva fatto, e delle fidanzate di Giulio non si era piú parlato. Giulio, in quelle vacanze, non aveva mai cercato Eleonora, neanche per la piú trita e banale telefonata di auguri, in compenso stava ore a guardare il mare sul terrazzo, e quindi qualcosa si agitava nel suo cuore, ma cosa, ma chi?

Intanto, nel tempo di questo breve flashback in Costa Azzurra, Eleonora ha finito di scendere dalla pericolante scala a chiocciola, e va a vedere se almeno Marianna è pronta per questa stramaledetta inaugurazione.

Ma no, Marianna non è pronta. Sta sdraiata sul letto e ascolta per la centesima volta (solo quel pomeriggio) una selezione di canzoni dei Superbuddha che, oltre all'hit *Anziani Muffosi*, comprende *Capre*, *L'olio sul pane* e *Lunedí non vengo*.

– Ma ancora ste uscite di rappresentanza con la mamma come quando avevamo sette anni! – sgnaula Marianna, senza muovere un muscolo dal letto, appena Eleonora le fa presente che devono uscire fra dieci minuti.

Eleonora comincia a sentirsi pulsare le tempie. Pensava non fosse una cosa che esiste davvero, ma solo una di quelle robe che si leggono nei romanzi, tipo:

- si sentiva pulsare le tempie
- un brivido la percorse da capo a piedi
- il vento faceva sbattere le persiane e un gufo gufava in lontananza
- Oh mio Dio! – gridò, e la tazza si infranse sul pavimento.

Cose cosí, che si scrivono ma non avvengono. E invece, miseriaccia nera becca, le sue dannate tempie pulsano spesso, da quando anche Marianna è uscita di melone. E lei non ne può piú di essere l'unica persona di buonsenso in una famiglia di femmine variamente deragliate. La madre che continua a chiamare «il personale» quella ragazzetta truccata che viene due ore la settimana a lavare per terra, Margherita che si è trasferita negli anni Sessanta e Marianna che crede di essere entrata nell'inquietante mondo dell'amore rock. E lei, soltanto lei, a svolgere attività misconosciute quali stirare, comprare il pane, guadagnarsi uno stipendio e rispondere a insulse mail sul barocco leccese. Non è neanche su FB, quell'idiota di Giulio (ha fatto controllare ad Anna, che invece su Facebook c'è, e lo usa per lanciare strazianti messaggi criptici al suo ex amante) e quindi Ele non ha nessun'altra notizia sulle sue attività in Puglia se non quelle che lui stesso spontaneamente, ma chissà se veritieramente (esiste, c'è sulla Treccani) fornisce. In tutto questo, se lo possono scordare che lei sia l'unica a sciropparsi l'inaugurazione della galleria d'arte di Menta Rumi Burri, la figlia di una defunta amica di famiglia.

– So che Clitennestra ci terrebbe… – ha lagnato Maria Cristina, sventolando un cartoncino mauve con l'invito.

– Mamma, ma ti rendi conto che è morta da vent'anni? Ormai se anche esistessero i fantasmi, sarebbe consumata pure come spettro.

– Oh, non credo… – la signora ci riflette su. – Era una ragazza molto forte… per cui, anche come fantasma…

– Beh, certo. Cioè, si chiamava Clitennestra. Come la chiamavano, gli amici? Clite? Clito? Nestry?

– Cicci.

– Ad ogni modo, perché dobbiamo venirci anche noi? Con Menta ci siamo sempre detestate. Cioè, credo che lei ci detestasse solo perché avevamo dei nomi normali. Pensa chiamarsi Menta. Sua mamma si è proprio vendicata…

– Ma no… in quegli anni un sacco di bambine si chiamavano con nomi di erbe. Melissa, Angelica, Aloe…

– Aloe no, dài.

– Come no? E Aloe Rubatto? La figlia di Mario?

– Non so chi sia –. Spesso Maria Cristina nominava persone che le sue figlie non sapevano chi fossero. E guai, guai a chiederglielo, si rischiavano inchiodature di tre quarti d'ora. Ma adesso Maria Cristina non aveva testa per Aloe Rubatto. Voleva con tutta la prepotenza dei miti che le sue figlie l'accompagnassero all'inaugurazione di Menta Rumi Burri.

– Dài, ragazze. Ancora per un po' ho bisogno di voi.

Un po' quanto? si chiede depressa Ele mentre si infila una giacchina di velluto turchese sui pantaloni neri. Quand'è che la mamma si troverà un nuovo fidanzato? È ancora giovane, e tutte le sue amiche piú o meno coetanee sono fidanzate, sia quelle single che quelle sposate. Un fidanzato ce l'hanno tutte. E lei è pure carina. E invece ormai ha l'impressione di aver un senso solo quando è visibilmente MADRE.

Ma le dispute in casa Cerrato non hanno vero slancio, e cosí, alle fatidiche 19 e 15, ora classica dell'inaugurazione locale, Mamma Oca e le sue figlie maggiori entrano nella Galleria Rumi Burri, e ammirano, oltre al taglio di capelli di Menta, le opere di un neurochirurgo recentemente rigeneratosi in artista.

Ad ammirarle insieme a loro, grafici, attori, giornaliste, PR, neurochirurghi e professoresse, e, condotto lí da una specie di equivalente laico della stella cometa di Betlemme, il giudice Accorsi.

E gli va molto bene che Marianna se ne stia in un angolo, infilata fra due opere del neurochirurgo, ovvero una statua di Maria la Madonna fatta tutta con filo per suture, e un acrilico su tela 160 x 190 che raffigura l'asportazione di un rene creata grazie a piccolissimi frutti accostati. Non lo so perché. Nessuno lo sa, perché il booklet che accompagna la mostra è formato da pagine bianche al centro delle quali compare, in vari colori, la scritta NON ME LO CHIEDERE.

Marianna sta infilata lí perché si sente estranea a tutto e tutti, e perché qualche ora prima, mentre si metteva un po' di inutile mascara sulle già lunghissime ciglia, aveva avuto un'altra delle sue folgorazioni, questi impulsi elettrici che ogni tanto l'attraversano tutta inducendola a prendere violente decisioni. In questo caso la decisione è stata: sí.

Sí, è arrivato il momento di fare a Lux il dono supremo. Quelli di Turris Eburnea ancora lo chiamano dono supremo. E lei sa bene che, decidendo di donare il dono senza altre riluttanze, trasgredisce le regole delle Turris, che concedono solo dopo il matrimonio. Il problema è che Marianna non crede né nel matrimonio religioso né in quello civile. Marianna crede nell'amore eterno, punto. Nell'amore unico e infinito che unisce per sempre due creature umane, di qualunque sesso, purché coordinate, vale a dire etero con etero e gay con gay, non come lei e Davide, che non erano coordinati. Ma visto che lei e Lux sono coordinatissimi, e ormai non ha piú dubbi sull'infinitezza del loro amore, Marianna è pronta. In particolare è pronta dopo la minitournée natalizia, perché pur senza sapere niente della tecnica chiatta, Marianna ha quel senso sesto ma cieco che contraddistingue tante donne innamorate ma purtroppo per loro non sospettose.

Alessandro Accorsi non è ovviamente al corrente di questa decisione, per sua fortuna, e la vede semplicemente sola, seria, stupenda. La vede, e la guarda, e si chiede come andare lí, e cosa dirle, per farla innamorare all'istante in modo da poterle chiedere di sposarlo entro la serata.

La guarda, ma si sente in gola una tartaruga di velluto, una enorme soffice frittella di mela, che gli impedisce di iniziare una conversazione con la pallida padrona di ogni suo pensiero.

– Ciao, Marianna... ti piacciono queste opere?

Una caratteristica di Alessandro Accorsi che Marianna apprezza molto è che non fa mai lo spiritoso, non è brillante e non cerca di essere simpatico. È un uomo serio, che quando è divertente lo è senza metterci né impegno né intenzione, di natura, diciamo. A lei questa cosa piace tantissimo, la rilassa, rappresenta un'oasi di disimpegno

nell'estenuante fatica degli scambi sociali. Perciò risponde con garbo alla semplice domanda.
– No, per niente. E a te?
– Una mi piace. È di là.
Lei sorride, non gli chiede qual è, non dice «Fammela vedere». Sorride, poi stringe appena gli occhi, come per metterlo a fuoco. – Allora non è stata una visita sprecata.
Diglielo. Diglielo, Alex. Dille che non è stata sprecata soltanto perché c'è lei. Che vederla anche solo per cinque minuti dà un senso a tutto il tempo prima e a tutto il tempo dopo. Esagera, esponiti, fai qualcosa che non sia rispondere piatto...
– No, direi di no. È sempre interessante conoscere un artista nuovo.
Marianna alza le spalle. – Mah, dipende –. Poi lancia un'occhiata al cellulare, e sobbalza. – Oh, scusa, devo andare, è tardi. Ciao, a presto –. E scappa, un turbine di lana color mare che si porta via la giornata.
Ecco, tutto qui. Ore a decidere se mettersi la camicia blu o quella grigio perla, e poi sprecarla per questa insulsa e miserevole conversazione.
Mi faccio trasferire a Palermo, pensa cupo l'uomo innamorato, mentre la donna amata corre dal suo amore.
Lo troverà ai Docks Dora, nel locale L'Ibisco Alcolico, dove i Superbuddha si esibiranno in una specie di flash mob, suonando lí all'insaputa di tutti tranne qualche centinaio di amici e amici di amici che l'hanno detto ad altri amici.
Dopo il concerto, lei e Lux andranno a casa sua, e questa volta non ci saranno né ritrosie né incertezze. Lux, però, non lo sa. Non è stato preavvertito. Lo scoprirà quando dalle gonne di Marianna emergerà il completino acquistato per l'occasione.
Reggiseno a balconcino superferrettato e culottes, in pizzo panna. Marianna, già che c'era, avrebbe puntato sul nero, ma Eleonora aveva cassato.

- E dài. Pizzo nero. Non so se sia piú volgare o piú banale.
- Io lo trovo classico.
- Stiamo parlando di un rockettaro sia pure annacquato dalla provenienza sociale.
- E quindi? Mi presento in mutande e reggiseno coi teschi?
- Lo spiazzi. Cipria o panna.

E dopo lunghe ricerche, Marianna aveva trovato quello che cercava da Sary Calze, il negozio di intimo in via Andrea Doria a Torino che mette paura a chi non ci è mai entrato. Deponendo in cassa la somma di euro 84, era tornata a casa con l'incantevole imballaggio in cui avvolgere la sua resa.

Adesso, ascoltando i Superbuddha che straziano *She* in una cover ingiustificabile, Marianna sente ogni millimetro di quel pizzo panna a contatto con la sua pelle, e le sembra di avere anche il cuore di pizzo panna, per fortuna con ferretti, altrimenti non si reggerebbe.

Che ragazza fortunata, no? Agli albori del modernissimo 2015, è in grado di assaporare il gusto dell'attesa. Mentre per la maggioranza delle sue coetanee la prima volta è ormai un ricordo sbiadito, e in ogni caso un evento vissuto, se non sbadatamente, certo senza farne chissà che pietra miliare, lei attende, trema, pregusta e si lascia sbocconcellare dall'ansia. Per Marianna questo non è un piacevole scivolamento dei sensi, è una svolta cruciale dell'esistenza, è la presa di coscienza definitiva che sí, ha trovato l'amore della sua vita, e che sí, Ludovico sarà il padre dei suoi figli, e lei mai avrà altro uomo che lui.

- Perché ho capito che tu sei l'amore della mia vita, e il padre dei miei figli, e non avrò mai altro uomo che te.

Sono le 4 e 35 del mattino, quando Marianna pronuncia questa frase cosí splendidamente inopportuna. Circa mezz'ora fa è sgusciata dal suo involucro presentandosi in tutto l'ambiguo semicandore del pizzo panna, e ha spiattellato il dono supremo, nonostante lui fosse parecchio stanco e bevuto e, per una volta, avrebbe volentieri rimandato. Ma quando una vergine di ventiquattro anni decide che è il momento, non sente ragioni, e Lux stesso era ancora abbastanza padrone di sé da capire che se si fosse fatto sfuggire l'occasione, Marianna poteva decidere di tornare nella Turris e ciao.

Cosí, come è successo innumerevoli volte a troppe ragazze e troppi ragazzi anche solo negli ultimi trent'anni, la prima volta di Marianna è stata leggermente sottotono, e la prima volta di Lux con Marianna è stata leggermente un anticlimax, e sarà anche per questo, perché porca miseria uno non può suonare per delle ore e bere, fumare di tutto un po' e sverginare una e poi, invece di piombare istantaneamente nell'oblio e svegliarsi dodici ore dopo, sentirsi dire qualcosa che, di fatto, ti trasforma in una volpe nella tagliola. Forse a Lux piacerebbe pure entrare in quella dolce tagliola dagli aguzzi dentini, probabilmente sí, se ne avessero discusso tipo a mezzogiorno al bar davanti a due cappuccini forti, ma adesso che le dico? Sta per biascicare un assenso di massima che lasci il tempo che trova, quando viene salvato dal suono del cellulare, e nonostante sia semplicemente Olmos che chissà che cavolo vuole, trova comodissimo rispondere.

– Ehi... che caz... – Ma non aggiunge altro. Ascolta spalancando gli occhi e commentando con espressioni di incredulità gioiosa tipo «Maddai!» «Ma sul serio?» «Scherzi?» «Pazzesco» e simili. Poi attacca, salta giú dal letto, e dice a Marianna: – Amore, devo partire. Immediatamente. Aspetta che butto due robe nello zaino.

Otto o nove minuti dopo, Lux e Marianna sono in strada, che aspettano. Marianna è sotto choc. Non poteva andare peggio, la consegna del dono supremo. E adesso sta cercando di capire le sintetiche e frenetiche spiegazioni di Lux.

– Orio al Serio. Ryanair.
– Adesso?

– Adesso… eccoli.
«Eccoli» è il pulmino dei Superbuddha, con dentro Olmos, la sua ragazza Tania, e gli altri due Superbuddha, Trip e Bimbo.
– Devo andare, amore. Se non corriamo come dannati non ce la facciamo a prendere l'aereo.
– Che aereo? Non ho capito…
– Te l'ho detto. Londra subito. Aereo. Dobbiamo sostituire i Church of Venison.
I Church of Venison, il gruppo emergente torinese che i Superbuddha odiano con tutti e quattro se stessi. Da almeno una settimana Lux le parlava con astio infinito dell'inverosimile occasione capitata ai medesimi: Gemma Bounty, la nuova star del rock inglese, diciannove anni e un successo planetario con il singolo *Merry Me*, li ha chiamati per comparire in un video con lei, quello del futuro singolo e successo planetario *Rock My Belly*.
– Ieri è successo un casino, uno dei raga ha preso a calci il cane di Gemma, non so che cazzo aveva fumato, gli ha spaccato delle costole, ammesso che i cani abbiano le costole, comunque gli ha spaccato delle ossa, e la tipa ha avuto una crisi isterica e li ha sbattuti fuori e ha detto al suo manager di prenderle subito un altro gruppo di Torino. Ma subito è subito per quella, amore. Non è tipo, fra due giorni. È adesso.
– E perché vuole un gruppo di Torino? – Marianna ha le labbra bianche, il cuore che batte a mille, sa esattamente come si sente Kirsten Dunst gli ultimi trenta secondi di *Melancholia*, quando il pianeta sta arrivando dritto nel giardino di casa sua.
– Gemma ha una guru che le sta sempre appresso, e questa tipa le ha detto che le coordinate della sua vita passavano per Torino, non lo so, robe di magia, sai tutte quelle storie, no? Che lei adesso doveva lavorare con qualcuno di questa città. E allora il suo manager ha trovato i Church, e ora che lei li ha buttati fuori il tipo ha beccato noi e ha

chiamato Olmos e gli ha detto mettete il culo sul primo aereo. Cioè, ti rendi conto? Saremo nel video di Gemma.

Marianna si sforza di essere felice per lui, nonostante Melancholia stia arrivando sempre piú veloce.

– Suonerete nel video? Oh amore, è trop...

– No, macché suonare. Dobbiamo solo apparire. Facciamo finta di suonare. Lei ha i suoi musicisti. Però, chi può dirlo. Cioè, saremo lí. Qualcosa può succedere.

– E noi? – Marianna fa questa, la piú stupida delle domande, ma è talmente bella mentre la fa che Lux si sente sciogliere il cuore, e anche se di fatto sta già correndo verso il pulmino, anche perché Olmos ci dà di clacson senza pudore e tra un minuto tutta l'elegante strada collinare risuonerà di becere bestemmie dei residenti, anche se sta già correndo verso il pulmino le grida, e ci crede:
– Noi siamo l'infinito! Ti amo! Ci sentiamo appena arrivo a Londra!

Solo dopo che il pulmino si è allontanato, Marianna si rende conto che Lux l'ha lasciata lí, sola, alle cinque del mattino, senza preoccuparsi minimamente di lei. Se ne rende conto ma, purtroppo, non ne trae nessuna conclusione utile.

Una settimana dopo, Margherita e Aglaia, sedute sulla scalinata del Gioberti, esaminano con occhio critico la situazione sentimentale di Marianna.

– Non si sentono da due giorni. Cioè, lui si è dato, proprio.

– Ma ti credo. Sta a Londra con una band, primo sarà sempre strafatto e secondo pensa a che schiere di troiette allegre gli transitano sui jeans!

– Sí vabbè, guarda che mia sorella è il massimo, hai voglia a essere troietta, lei è il massimo, i ragazzi ci sbavano.

– Sí lo so però cioè sai com'è a Londra... e poi Lux... ti rendi conto, le avrà tutte addosso come i cani di quel tipo.

– Che tipo?

– Quello là di Diana. Quella storia greca che ci ha raccontato ieri la prof.

– Ah ah... sí... coso... ah ah... Adenone!

– Tipo. Comunque, com'è la storia alla fine? Prima si sentivano?

– Cazzo sí, i primi giorni che era via la bombardava, messaggi, telefonate, era sempre addosso. Adesso da due giorni zero ma zero assoluto. Non è raggiungibile, si è messo che non vedi se sta su WhatsApp...

– Ahhh minkia! Allora la tradisce! Quando uno non si fa vedere se è on-line, è perché c'ha roba da nascondere.

– A me lo dici, che quest'estate l'ho capito da quello che Andrea mi faceva le corna. Comunque, niente, non risponde, non vengono mai i baffi blu, niente.

– Non è che tipo è morto? Che ne so, overdose?

– Ma va'. Se fosse morto si saprebbe. È famoso. Famosino, almeno.

– Chissà quanto è sclerata Marianna.

– Piú che sclerata, è scema. Va in giro per casa con il sorriso scolpito a dire che lei si fida, che lui la ama, che un motivo ci sarà. Cagate, – conclude triste Margherita.

– Certo che quest'anno siete sfigate coi fidanzati, voi Cerrato, – è l'impietoso commento di Aglaia.

Ma Margherita non si fa sotterrare cosí. – Tu sta' zitta che stai con uno che ha piú brufoli che neuroni.

Si alzano, e rientrano in classe.

Ciao amore scusa scusa scusa ho avuto dei casini col telefono me l'hanno rubato e infatti come vedi ho un altro numero ti amo tanto adesso sono in sala poi ti chiamo e ti racconto bacios bacios a dopo

Eleonora legge questo messaggio, che Marianna le mostra con occhi scintillanti di gioia, e lo valuta per quello che è: un emerito mucchio di merda. Le viene in mente il simbolino di WhatsApp, la piramidina di cacca con gli occhi, una perfetta rappresentazione grafica di quelle stronzate. Lux è partito da una settimana, non accenna a tornare, e dopo i primi giorni in cui tempestava di messaggi la sua ragazza, non si è fatto vivo per due giorni. Scomparso dai radar. Morto, muto, assente. Qualunque cosa gli fosse successa, avrebbe avuto, volendo, un milione di modi per sentirla. Ma proprio il piú semplice? Farsi prestare il telefono da un amico, e chiamarla con quello.

– Mmm… sí. Certo. Però…
– Io credo in lui, Ele. So che mi ama, non ho dubbi. Mentre se ne andava, mi ha detto: «Noi siamo l'infinito».

Uau, pensa Eleonora. E si chiede: che faccio, glielo dico o non glielo dico?

… alla fine non le ho detto niente, perché se in questo momento il suo inconscio ha scelto di farsi ingannare non sarò certo io a disingannarla. Cioè, perché dovrei essere io? Cosí poi mi odia? Perché devo essere sempre io a ragionare? Sono stufa di ragionare.

Eleonora alza la mano dalla tastiera e si accorge di avere due lunghe lacrime che le scivolano dagli occhi e due lunghi singhiozzi che le rimbombano dentro le costole. Il perché in questo momento non è affrontabile, e quindi tira su col naso, si asciuga le lacrime con un pezzo di Scottex e continua a scrivere facendo finta di niente.

E comunque Marianna ha perso tipo tre chili, da quando quell'idiota è partito. Però sai cosa, io li ho visti insieme, e lui sembrava cosí perso e tramortito di lei che boh, magari ha ragione Marianna, e lui non è un vigliacco bugiardo, ma solo un pirla. Io lo spero tantissimo. Certo è, caro Giulio, che a mentire si consuma un sacco di vita propria e altrui che potrebbe essere usata meglio. Voglio dire, non è che siamo eterni, no? E allora perché perdere tempo a nascondere la verità, che tanto poi viene fuori, mentre se venisse fuori subito si farebbe prima? Oh, non lo so se quello che ho scritto ha un senso, ma spero che tu capisca. Come stai?

A questa mail, che non è tutta qui ma è soprattutto qui, Giulio risponde con un succinto messaggio:
Vengo a casa per qualche giorno. Dobbiamo parlare.

Capitolo nono

Succede spesso che, quando una decisione troppo a lungo rimandata viene finalmente presa, si riveli inutile. E cosí, ben prima che Giulio torni e le racconti in che ginepraio è andato a infilarsi, Eleonora scopre il ginepraio per conto suo, un pomeriggio freddo di febbraio, uscendo da Zara.

Come ben sa chi ha presente Torino nel 2015, Zara si trova in fondo a via Roma, a pochissima distanza dalla stazione di Porta Nuova. Uscendo da Zara, ci vuol poco a incontrare gente che trascina trolley, decisa a fare a piedi i pochi passi che la separa dagli alberghi del centro.

E infatti eccola lí, Lucy Asa Zamani, che scarrella con eleganza un minuscolo trolley, taccheggiando su dodici centimetri buoni di scarpe comprate sicuramente dai cinesi, almeno a giudicare dalla fattura in pelle similmerletto dorato. Eleonora non ci tiene a questo incontro, perché in Lucy ha percepito subito qualcosa di strisciante e minaccioso, tipo serpente per capirci. Dopo il compleanno di Samuele, l'ha incontrata spesso dai Pettinengo, o in giro per il quartiere con Clara Sofia, e ha sempre provato quella specie di piccolo vortice allo stomaco che dice: sei in presenza del nemico.

Anche se il nemico si mostra con la faccia della cordiale conoscente. E la cordiale conoscente, invece, tendeva sempre a salutarla, fermarsi, conversare, appiccicarsi. E infatti anche questa volta appena Lucy vede Eleonora molla la maniglia del trolley e agita il braccio con tanto entusiasmo.

– Eleonora! Ciao! Ma che fortuna!

– Ciao... come va? Perché «fortuna»?
– Perché volevo tanto chiedere il tuo numero del telefonino a signora Consolata, e chiamarti per vederti. E guarda! Ci siamo incontrate per il caso! Che fortuna!
– E già... io però avrei un po' fretta perché...
– Aspetta. È una cosa importante. Davvero. Vuoi cappuccino con me?

E cosí, recalcitrante ma educata, Eleonora segue Lucy in un bar, ordina due cappuccini e croissant, li paga, e si siede maledicendo gli aspri dardi della sorte e le saette della fortuna e tutte quelle altre cose che l'hanno inchiodata lí quando lei voleva invece andare da Sephora a comprarsi un mascara.

– Tu sei l'unica per fidarmi –. Con questo esordio raccapricciante, Lucy mette in allarme Eleonora, e questo allarme si rivela molto giustificato quando Lucy inizia il suo racconto, che per semplificare riuniremo in un unico monologo, eliminando la maggior parte dei peraltro scarsi interventi di Eleonora.

Monologo di Lucy Asa Zamani.

Tu conosci Giulio. Giulio Balbis. Nelle mail lui ha parlato di te e delle sorelle, di tua mamma. Che siete una bella famiglia, lui vi ama tanto. Che tu sei una molto intelligente amica. Lui non voleva che ti parlo di noi, dice che lo fa lui quando viene, ma secondo me è meglio dire da ragazza a ragazza, per cose d'amore noi capisce meglio, come si dice, al volo. Tu mi capisci al volo. Tu hai forse capito già. Ti vedo in faccia, che hai un po' capito. Vedi, è una cosa semplice. Io e Giulio stiamo insieme, ci amiamo. Lui mi vuole sposare a me. È una storia che va da un po', ci siamo messi insieme quando lui era in Nigeria per lavorare, un grande amore subito. Ma io ero fidanzata con un altro. Il figlio di un uomo molto ricco e molto potente. Molto criminale, anche. Mio papà è un professore, lui ha poco di soldi, noi viviamo casa senza acqua... acqua... quella che corre. Se io sposavo N'Kono, tutta la famiglia era a posto, fino a cugini di sesto grado. Forse anche settimo. Perciò io e Giulio ci siamo amati in segreto, nessuno doveva sapere, e poi lui è partito.E io piangevo, piangevo tanto, e gli ho detto che mi ammazzavo, mi ammazzavo cosí: prendevo macina del grano, appendevo al collo, e giú dentro il Niger. E lui mi diceva che no, non dovevo, che dovevo dire a papa che non volevo sposare N'Kono. Ma io non potevo perché se no era papa a mettermi macina al collo. E poi N'Kono aveva una casa bellissima che non era una casa era come una piccola città. E io dicevo a Giulio: se non ci fosse N'Kono, tu mi vorresti sempre con te? E lui diceva sí sí. E allora io ero felice. E dopo però N'Kono è finito in bocca a coccodrillo. Non lo so come, se lo hanno spinto o il coccodrillo ha fatto un salto. Gnam. Mangiato. E io ero libera! Solo che non ero libera.

Qui c'è stata una pausa drammatica. Ma Eleonora ormai non interviene piú da un pezzo. Si limita ad ascoltare, con il cuore che si raggrinzisce tutto come una scimmia di mare secca.

– Non ero libera, Eleonora. Perché c'era Onyeka. Il fratello di N'Kono. Ora dovevo sposare lui. Ma Onyeka non è soltanto criminale. È anche... mini.

– Mini, – ripete Eleonora.

– Un metro e cinquanta. Guardami, Eleonora. Io non posso sposare un uomo uno e cinquanta. Ha anche ucciso alcune persone. Cosí sono scappata. Di notte. Sono scappata in Italia. Ho preso aereo con i soldi che erano nella cassaforte di papà. Ho rubato a mio padre, pensa Eleonora. Per poter scappare da assassino piccolissimo, ho rubato i soldi di mio padre, cosí buono lui. L'ho fatto per venire da Giulio. Gli ho telefonato che venivo e lui era cosí felice che non riusciva a dire che era felice. Uomini. Poi mi ha scritto che per un po' dobbiamo stare segreti, perché sua mamma non sarà troppo contenta che lui sposa una ragazza nigeriana. Sai, è razzista. In Italia c'è tanti razzisti, no? Molte mamme non vogliono che i loro figli sposano persone nigeriane, io lo so. E poi Giulio è un po' fidanzato con una certa sorella minore, non ho capito bene il nome. Lui dice che deve preparare poco a poco signora Adriana, e per adesso dobbiamo fare di nascosto. Lui è stato bravissimo a trovarmi lavoro, ero a Rivarolo, barista in un bar. Ci vedevamo nascostamente poche volte però. Poi Giulio ha trovato lavoro a Lecce, e io gli ho detto, okay, ora vengo a Lecce con te, che bellezza, ma lui ha detto che sua mamma aveva avuto piccolo infarto. Infartino si chiama. Ed era meglio rimandare ancora un poco. Allora mi è venuta un'idea bellissima, cara Eleonora: lui doveva mandarmi a lavorare da sua mamma, cosí poco a poco la conquistavo. Lui ha detto no, meglio di no. Allora io ero proprio disperata, e cosí un giorno ho fatto suicidio.

Eleonora non commenta se non con uno sguardo che percorre tutta Lucy Asa nel suo metro e settantacinque di statuarietà. Non sei poi morta, però, dice quello sguardo.

– Ho preso moltissime pastiglie che ho trovato in armadio della signora di Rivarolo e sono svenuta cosí, che ho tirato giú tutte le bottiglie di profumo della signora. In bagno. Tutte rotte. Signora ha sentito il rumore, è venuta in bagno e ha chiamato ambulanza. Io ho mandato subito esemes a Giulio, sono in ospedale, io muoio ti amo tanto. Ma dottori bravissimi mi hanno salvato.

– Cosa avevi preso?
– Pastiglie. Entero... entro... germ... non ricordo.
– Enterogermina?
– Forse.
– Ti sei suicidata con i fermenti lattici?
– Non so cos'è. Erano pastiglie mortali ma i dottori bravissimi mi hanno salvata. Giulio allora è venuto a trovarmi e io ho detto che andavo lo stesso da sua mamma perché basta se no mi suicidavo ancora. Lui ha detto no, ma mi ha trovato lavoro da signora Consolata. Torino mi

piace molto, piú di Rivarolo. Ma Giulio è lontano. E non posso parlare di lui con nessuno, perché se signora Adriana sa, lei suo cuore scoppia. Pum. Ma io sto troppo male a non poter parlare con nessuno, per me Giulio è un amore grandissimo, ho bisogno di un'amica a cui confidare l'amore. E tu sei quell'amica, Eleonora, perché sei anche amica sua e ci proteggi come angelo.

– Ti ringrazio, Lucy, ma non vedo in che modo potrei proteggervi.

– Tu puoi. L'ho detto a Giulio. Dopo tanto che piangevo mi ha fatta andare da lui per weekend, a Lecce. Giulio non sta bene, Eleonora, ti dico questo. Non era felice, in questi giorni e io so perché. Lui mi ama tropo, non sopporta di vivere questo amore nel segreto nascosto. Lui vuole viverlo en plein air. Tutti lo devono sapere. Vuole portarmi in una casa per noi due. Soffre che io devo guardare quella bambina antipatica.

– Non è antipatica.

– Sí, è. Ma non importa. Nessun sacrificio è troppo grande se poi io divento la signora Balbis.

– Questo posso crederlo, ma continuo a non capire come…

– Tu stai dalla nostra parte, io lo so. Giulio ha detto che quando torna ti parlerà di me, e tu lo incoraggi, cara Eleonora. Gli dici che andrà tutto bene, che sua mamma sarà molto contenta e mi amerà come figlia e non penserà piú a quella sorella minore. Tu gli dici che io fatta per lui. Che deve avere coraggio e parlare subito con la signora Adriana. Perché io sono sicura che se tu glielo dici, lui fa.

Eleonora, nonostante lo stato di notevole subbuglio in cui si trovano i suoi pensieri e anche i suoi organi interni, socchiude gli occhi, messa in allerta. Forse costei non è una deficiente che la sorte malvagia ha messo sulla sua strada. Forse è una furbacchiona che la sorte malvagia ha messo sulla sua strada. Ma alla fine, idiota o astuta, cosa cambia?

– E io invece sono sicura che Giulio non ha bisogno che io gli dica niente, sa benissimo lui cosa deve fare. Tu aspetta, e stai tranquilla. E ora scusami, ma sono proprio troppo in ritardo.

Eleonora balza su e se ne va, ma non riesce a evitare le ultime gioiose parole di Lucy: – Grazie! Sono adesso molto piú tranquilla. Molto felice. Perché anche se lui è triste, questi giorni c'è stato molto amore per noi.

Evviva, pensa Ele, che non ha piú voglia di comprarsi un mascara, e neanche di camminare, respirare e tornare a casa. L'unica cosa che vorrebbe fare è telefonare ad Anna, e dirle: «Ahi! Anna! Avevi ragione tu! L'amore morde, punge, taglia e scortica! Perfino me».

Ma il nostro carattere non cambia cosí, da un momento all'altro, giusto? Ci vogliono giorni, settimane, mesi e anni di colpi e brutte botte, per modificarne l'impianto fondamentale, e per questo nonostante l'improvvisa illuminazione dei suoi reali sentimenti per Giulio e dei reali ma a questo punto improponibili sentimenti di Giulio per lei, Eleonora mantiene la calma esteriore e un po' indifferente che da sempre presenta al mondo: cappotto blu, pantaloni blu, stivali blu, sciarpa bianca, mani in tasca, borsa rossa, viso pallido, nessuno per strada la guarda due volte. Eppure, è una tempesta in un bicchier d'acqua.

Nessuna sorella Austen o Brontë, neanche nei momenti di massima ispirazione, avrebbe potuto immaginare i tormenti delle sorelle Cerrato in questi giorni all'inizio del 2015. Marianna, dopo quel messaggio falsamente rassicurante, da Lux ha ricevuto solo un'altra comunicazione. Un WhatsApp in cui lui le comunicava festante che si fermava un altro po', un altro bel po', a Londra perché Gemma aveva deciso di farli suonare davvero in una track del suo album, e quindi erano molto incasinati e ciao, ci sentiamo presto.

Un messaggio orribile, senza traccia di amore, tenerezza, passione o rimpianto. Un messaggio che le aveva trasformato il cuore in un prodotto Bofrost.

Poi, il silenzio. La pagina FB del suo innamorato era

stata bruscamente estinta, e quella del gruppo riportava semplicemente che erano a Londra a lavorare con Gemma Bounty. I comuni amici torinesi stavano sul vago. Dopo infinite esitazioni, e nonostante Eleonora la sconsigliasse vivamente, Marianna aveva perfino telefonato all'odiosa madre De Marchi, che con profonda soddisfazione le aveva riferito che Ludovico stava benissimo, lo sentiva tutti i giorni e il lavoro a Londra procedeva a gonfie vele.

– Perché cara? Non ti chiama? Oh, beh, siete talmente giovani...

Come mai la signora De Marchi ce l'ha cosí tanto con Marianna? Mah. Difficile dirlo. In parte perché Marianna è talmente bella che, tranne le sue sorelle e qualche sciroccata come Consolata Pettinengo, la maggioranza delle donne ne è gelosa. Poi a lei stava simpaticissima la precedente fidanzata piú o meno stabile di Ludovico, uno spaghetto di ragazza vagamente imparentata con gli Agnelli. E per finire, è una donna maligna in modo spontaneo, e le sofferenze altrui le mettono sempre una certa allegria.

Marianna ormai fatica a trovare giustificazioni al silenzio di Ludovico, e quelle che trova sono molto inquietanti. L'ultima che ha tirato fuori, dopo aver visto sei puntate di fila di una serie Usa insieme alla sua migliore amica Fabrizia, è che Ludovico sia malato di un tumore al cervello che ne altera la personalità.

– Guarda che succede, sai? – ha detto a Fabrizia, che è appena tornata da un Erasmus ad Amsterdam, e sta per partire per uno stage a Bruxelles. – La gente quando ha un tumore al cervello diventa pazza, e si comporta in modo completamente diverso.

– Ma scusa, ti pare? Cioè, vorresti che avesse un tumore al cervello?

– No! Però sarebbe una spiegazione. Cioè, se no perché, Fabri, perché?

– Si sarà messo con un'altra.

– Escluso. Ludovico ama solo me.

Fabrizia alza le spalle, e infila altri tre leggins in valigia. Marianna è troppo viziata dalla sua bellezza, pensa. Ma non lo dice, e cerca di consolarla.

– E allora non preoccuparti e aspetta. Tornerà, e riprenderete la vostra storia. Cioè, qualunque cosa sia successa a Londra...

– A Londra non è successo niente. Lui ama solo me. Altrimenti non gli avrei fatto il...

– Attenzione... se ti sento dire «dono supremo», ti sputo.

A differenza di Fabrizia, le amiche della Turris Eburnea non fanno niente per confortare Marianna, anzi.

– Sei stata precipitosa, – dice Sara, seduta a gambe incrociate sul tappeto liso, stringendo con decisione la chitarra. È possibile che da un momento all'altro canti qualcosa.

Sono nella sede dell'associazione, in via Avogadro 11, in quel quartiere torinese di anodina rispettabilità che sta tra via Cernaia e corso Matteotti. Il tappeto liso copre un bel parquet, i divani scialbi sono comodi, e al muro sono appese stampe e foto di gente casta, da Giovanna d'Arco a Pinocchio.

– Non è mica per bacchettonismo che consigliamo di aspettare le nozze. O almeno la convivenza. È perché conosciamo la natura dell'amore carnale, – rincara Lorena.

Sara e Lorena sono Turris Eburnee sui trentacinque, e data la loro conformazione fisica, sarebbero probabilmente caste anche se non facessero parte dell'associazione. Non si capisce a che titolo vantino una conoscenza dell'amore carnale. Marianna, però, annuisce convinta.

– Lo so ma, credetemi, io non dubito del suo amore. Sento che c'è qualcosa che lo tiene lontano da me. Qualcosa che non dipende dalla sua volontà.

Sara e Lorena si guardano e sospirano: – Cara mia, dài, lo sai –. Lorena è la piú spiccia delle due: – Oggi come oggi chiunque può comunicare con chiunque sempre. Se non comunica, è perché non vuole comunicare.

– AI TRE POETI APPPPAAAAAREEEEE L'ANGELO DELLA CASTITÀAAAA! – canta Sara, che è cantautrice, e ha messo in musica il canto 27 del *Purgatorio*.

Marianna vorrebbe alzarsi e prendere commiato, ma come per magia sulla porta della stanza compare Abelardo, il rottweiler di Sara, che non ama vedere gente andarsene mentre la sua padrona canta. Quindi Marianna resta e, durante quella forzata pausa musicale, nel suo cervello prende forma l'idea semplice ed efficace che risolverà finalmente quell'angosciosa incertezza.

Mentre torna a casa, si chiede se parlarne con Eleonora, o con la mamma, o con tutte e due, ma entrando nella loro piccola cucina scassatella, ha una brutta sorpresa: Eleonora è seduta al tavolo e sta piangendo come mai nessuno l'ha vista piangere, nemmeno quella volta che il suo amico Marco le ha calpestato una mano rompendole due falangi, anni nove.

– Ele! Che c'è... cosa è successo... la mamma... Marghe...

Eleonora si tira su di scatto. Merda merdissima, l'ultima cosa al mondo che voleva era farsi beccare a piangere da Marianna, che già sta patendo le pene dell'inferno, ci manco solo io con i miei stupidi rimpianti per una storia che neanche ci siamo mai baciati. Ora che le dico che le dico...

– Niente... no... no... tranquilla... è che... – pensa Eleonora, pensa... – È che il mio preside... poveraccio... ha quattro figli... o cinque... non mi ricordo bene... alcuni molto piccoli... uno è mio allievo...

– Oh Ele... mi spiace tanto... che gli succede? Ictus?

Elenora nel dire eventuali bugie ha sempre seguito un semplice criterio che le è stato instillato quando era bambina da suor Giovanna, la sua insegnante di catechismo. Se devi dire una bugia, di' qualcosa che, se fosse vero, non farebbe male a nessuno. Quindi non è che può affibbiare un ictus al povero Parenzo, per stronzone che sia.

– No... per carità... pare che lo trasferiscano in una scuola italiana in... in... Jakuzia.

Marianna non si capacita.

– Ma la Jakuzia non c'è solo sul Risiko?

– No no... esiste...

– E c'è una scuola elementare italiana?

Oh madonna, pensa Eleonora.

– Eh sí... fa parte di un progetto dell'Unicef.

Invece di soffermarsi a riflettere su quante possibilità ci sono che l'Unicef destini parte dei suoi fondi ad aprire una scuola elementare italiana in Jakuzia, Marianna lascia prevalere i sentimenti.

– Ma scusa... non lo puoi soffrire, tu, Parenzo... e piangi cosí?

– Per i bambini... pensa vivere in Jakuzia, con tutti quei... – Cosa diavolo ci può essere di terribile in Jakuzia? – Virus. Tutti quei virus...

Intanto Eleonora si è asciugata le lacrime, soffiata il naso, e ha ripreso l'abituale compostezza. E piazza il colpo della salvezza.

– E poi devono venirmi oggi. Sono piú lunatica.

– Ah certo. Allora sí. E poi sai cosa, Ele... – Marianna si avvicina alla sorella, e l'abbraccia. – Tu pensi a tutto, ti preoccupi di tutto, reggi tutto il peso di noialtre dementi sulle tue spalle. Devi essere cosí stressata. Perché non ti decidi a fare un po' di yoga?

– Ci penserò –. Forse l'ho sfangata, si rallegra, ma poi vede una luce di perplessità nello sguardo di sua sorella. – Comunque, scusa, ma dov'è esattamente la Jakuzia? Non è tipo in Siberia? Che virus...

– Siberia orientale. Capitale Jakutsk, – interviene Margherita, che è entrata di soppiatto. E quando la vedono, le sorelle inorridiscono compatte, dimenticando i virus siberiani. E i capelli?

– Che hai fatto! – esclamano in perfetto sincronismo.

Da sempre, Margherita è la meno bella delle tre. È come se Maria Cristina avesse avuto a disposizione un certo quantitativo di bellezza da distribuire alle figlie, e dopo averne usato il necessario per fare di Eleonora una ragazza molto carina, ed essersi lasciata prendere la mano con Marianna, per Margherita avesse dovuto un po' raschiare il fondo del barile. Ha fascino, piace, ma i lunghi capelli castano dorati e ondosi sono sempre stati la sua cosa piú bella. E adesso non ci sono piú, sostituiti da un caschetto stupido, che la fa assomigliare un po', ma né Eleonora né Marianna questo possono saperlo, ad Alvin Lee dei Ten Years After.

– Li ho tagliati. Questo è il taglio Paul 69. Uno dei miei preferiti. Ero incerta fra questo e il George 67, ma la parrucchiera ha detto che cosí mi sfinava.

– Non so. Forse coi capelli lunghi eri piú… ariosa –. Sempre gentile, Paul cerca di stroncare con garbo Margherita. Per quanto ami perdutamente la giovane bibliotecaria ventitreenne di quattordici anni che suo padre, lord McCartney, ha assunto per classificare i volumi dell'*Enciclopedia Britannica* in suo possesso e scoprire quanti ne mancano alla collezione completa, Paul non può fare a meno di pensare che era piú carina con i capelli lunghi, e che forse, tutto sommato, non cercherà con ogni mezzo di portarla via al suo miglior amico Mike, fidanzato della ragazza, nonché zoppo e cieco, e quindi non uno a cui si porta via la fidanzata a cuor leggero.

Comunque la bacia con ardore, nel corso di questo appuntamento clandestino su una spiaggetta del Galles a pochi passi dalla grande villa in arenaria nel Galles. Ma anche Margherita ha qualcosa sul cuore. Non soltanto il rimorso per essersi finalmente decisa a tradire George. È anche parecchio preoccupata per le sue sorelle.

– Secondo me Ele oggi non piangeva per il suo preside. Credo che ci sia di mezzo quel Giulio. Forse si amavano ma lui non si decideva e poi è partito. E anche Marianna sta male. Lux continua a non farsi vivo. Io lo sapevo, che uno che scrive una canzone contro di voi non poteva essere un uomo da amare.

– Quello non vuol dire. Chiunque può essere un uomo da amare. E quindi sarebbe meglio che lui tornasse da lei, perché se ne accorgono tutti, che senza di lui *she will be in misery, misery, misery*.

Capitolo decimo

– Marida, ti prego, non posso spiegarti, ma ho assolutamente bisogno di un giorno di ferie. Sabato. Ti prometto che lunedí pomeriggio sarò di nuovo qui.
– Sí che puoi spiegarmi, Marianna. Basta aprire la bocca e pronunciare delle parole. Anche solo delle sillabe: ba me bi gu ro. Unendole in maniera accorta, formeranno UNA SPIEGAZIONE di cui ho assoluta necessità. Se no, le ferie te le scordi.
Marianna inizia ad agitarsi. Sperava che di fronte a una richiesta cosí melodrammatica Marida annuisse silenziosamente, e a sua volta pronunciasse qualche idiozia letteraria tipo: «Non devi spiegarmi niente, Marianna, la vita è tua, vai cara, e se hai bisogno di qualcosa, chiama. Io sono qui».
Niente di tutto questo. Sono nel piccolo ufficio di Marida all'atelier, durante la pausa pranzo. Marianna ha appena convinto la moglie del sindaco a comprare una mantella scomodissima e di un verde importabile, quindi pensava di trovare Marida piú morbida. Perché la guarda cosí?
– Marida… credimi… io ho un grosso problema personale che mi impone di partire immediatamente.
– Ah sí? E per dove?
– Veramente questa è una cosa molto riservata perché…
– Marianna continua a parlare ma noi, come Marida, non l'ascoltiamo piú. Il fatto è che Marida sa già tutta la storia dell'inabissamento di Ludovico De Marchi nei misteri di Londra, perché gliel'ha raccontata Maria Cristina, agitata quanto e forse piú della figlia. E adesso, invece di ascoltare

le nenie di quella bellissima ragazza, Marida pensa a qual è la cosa migliore che può fare per lei. Impedirle di andare alla ricerca di quel cretino che sicuramente si sta drogando in compagnia di puttanelle britanniche? Lasciarla andare in modo che acquisisca l'insostituibile esperienza diretta? Forse, ma può fare di meglio. Invece di lasciarla andare a Londra, può *mandarla* a Londra. In questo modo, le permetterà, a cose fatte, di salvare un minimo della sua dignità. Quando tutti la irrideranno sprezzanti perché è corsa dietro a quell'incapace, lei potrà a sua volta sprezzarli dicendo: «Non gli sono corsa dietro. Ero a Londra per lavoro». Ottimo.

– Ad ogni modo –. Marida tronca le tiritere, e tira fuori da un cassetto una carta di credito. – Non posso darti ferie perché devi partire immediatamente per Londra. Devi portare dei vestiti a dame Marigold Trewelyan.

Questo le costerà una serie di telefonate, e almeno tre vestiti regalati a quella vecchia presuntuosa. Ma che c'è di peggio che compiere un gesto generoso e poi micragnare sui particolari?

Marianna la guarda, incantevolmente stupefatta.

– A... Londra? Ma è proprio...

– Benissimo. Questa è una carta di credito prepagata. Prenditi il biglietto e prenota un albergo. Noi di solito andiamo al...

Marianna ascolta e prende appunti, pensando, del tutto e clamorosamente a torto, che questo è un segno del destino, un destino deciso a ricongiungere lei e Lux.

– Siamo sicure che non ti sei presa una cottarella? – chiede diffidente Virginia, posando sul comodino la pistola semiautomatica Beretta 92FS calibro 9 x 19 parabellum in dotazione alle forze dell'ordine italiane. Nel gesto non c'è minaccia, comunque non è facile vivere con una fidanzata che sul comodino, invece del barattolo della Nivea o di una scatoletta di pastiglie Leone, appoggia una grossa pistola.

– Purtroppo c'è di peggio, – si rannuvola Marida, e Virginia sente che sta per calarle sulla testa la famosa scure dell'«è tutto finito fra noi». Lo sapevo, pensa, è sempre cosí, succede quando meno te lo aspetti, un tranquillo pomeriggio in questura a interrogare spacciatori, la vita che scorre placida senza scossoni, e pam, Marida mi molla perché si è innamorata di un'altra.

– Del resto, – commenta con aria assente, pensando ad alta voce. – Dopo tutti questi anni... è normale... mi uccide, ma è normale.

– Cosa dici?

– No, niente... cosa sarebbe, questo peggio?

– Temo mi sia venuto l'istinto materno proprio adesso che non possiamo farci piú niente –. Ed è vero, perché sono entrambe ormai preda di una pur gagliarda menopausa.

Virginia scoppia a ridere, sentendosi dieci chili di meno. – E meno male! L'istinto materno lascialo a quelle che non hanno di meglio. Sai cosa? Perché invece non ci facciamo un weekend sibaritico a Capri?

– Come le lesbiche degli anni Venti?

– Quello! – ride Virginia. E Marida si sente subito meglio.

– Sí, forse hai ragione. È che sono preoccupata per quella ragazzetta, sai. È cosí... – cerca la parola, e Virginia la trova per lei.

– Scema, – dice, e Marida annuisce con una certa tristezza.

Neanche Eleonora ha un'altissima opinione dell'intelligenza di sua sorella, mentre l'accompagna a Caselle, utilizzando l'unica auto rimasta in possesso delle Cerrato, una vecchia Punto che hanno comprato da uno dei domestici filippini defenestrati da Rossana.

Eh sí, perché Rossana l'ha fatto davvero. Ha cambiato tutto il personale di VDL. Invano sua madre, donna detestabile ma meno ignorante della figlia e perfino piú cinica, le ha fatto notare che i domestici di oggi non si appassionano poi tanto ai loro datori di lavoro.

– Non crederai mica che siano tipo gli schiavi negri di *Via col vento*, e miss Rosella qua e miss Rosella là?

– Non si dice «schiavi negri», mamma. Pensa se ti sente qualcuno.

I domestici filippini defenestrati si erano rapidamente sistemati nelle ville limitrofe, tranne uno, il giardiniere, che si era sistemato in Norvegia, e aveva deciso di sbarazzarsi della vecchia Punto. Che adesso caracolla verso Caselle, trasportando due sorelle di cui una pensierosa e l'altra ciarliera.

Marianna ha buoni motivi per essere ciarliera. Ieri, mentre preparava la valigia, sistemando con molta cura i vestiti per dame Marigold e buttandoci sopra qualcosa per sé, con quella beata noncuranza delle donne a cui sta bene tutto, si era chiesta come rintracciare Lux. Telefonare a sua mamma neanche parlarne: per quanto sempre pronta a pensare bene degli altri, Marianna non è del tutto stupida, e ha percepito benissimo l'ostilità sputacchiata dalla donna. Alla fine ha deciso di chiamare Tania, la ragazza di Olmos, che non le sta troppo simpatica in quanto molto sgarbata. Quello che Marianna non sa è che dietro e dentro tanta sgarbatezza si nasconde un cuore d'oro. Tania è buona. Beve troppo, consuma pasticche e sostanze in altre forme, spesso ha graffi derivanti da risse, ma è veramente buona, e veramente le spiace per quella fatina gnocca che Lux ha deciso di includere nella Top Collection. Perciò ha cercato di dissuaderla pur senza darle informazioni non necessarie.

– Ascolta me, Marianna. Lascia perdere. Non cercarlo.

– Perché? Sai qualcosa che io non so?

Altroché, pensa Tania, e vedrai che fra poco lo saprai anche tu. Ma è meglio se vieni a saperlo qui, cocca.

– No. Niente. Anch'io sento pochissimo Olmos. Credo stiano lavorando come schiavi e siano... – Tania improvvisa anche lei, ma in questo è piú brava e piú esperta di Eleonora, – ...vincolati a una specie di segretezza, non so, hanno firmato qualcosa con gli inglesi, boh.

Ahhhhhhh, pensa felice Marianna. Ecco perché! Non può, povero amore mio. Non può parlarmi. Ma potrà di sicuro vedermi, se vado.

– E poi... – Tania ci prova. – E poi sai cosa, in questo momento della carriera, Galletti si è raccomandato di non tirare fuori fidanzate.

Galletti, il manager dei Superbuddha, mai nella sua intera esistenza avrebbe pensato di fare una richiesta simile a un gruppetto di scalcinati torinesi semisconosciuti. Ma Tania incrocia le dita e Marianna ci casca.

– Ma perché, scusa?

– Perché stanno in Inghilterra e qualcosa ne può uscire e pare ci siano delle... delle fan che si raggruppano e... – oh minkia in che casino mi sono cacciata, – e hanno fatto un gruppo segreto su Facebook e seguono Olmos su Twitter e insomma, Galletti vuole provare a lanciarli, e lascia perdere, Marianna. Non cercarlo. Poi quando torna ti spiega lui.

– Scusa, ma non ha senso. Io vado a Londra, lui è a Londra, non ci sentiamo da una settimana, non so cosa cavolo sta succedendo, e tu mi dici di non cercarlo?

In effetti, pensa Tania. E allora sí, vai ragazza e beviti sto veleno fino in fondo. – Ok. Ti mando numeri e indirizzi su WhatsApp.

E cosí, Marianna adesso è armata di informazioni e confortata da bugie che sta allegramente condividendo con Eleonora.

– Capisci? È colpa di Galletti, del manager. Capace che gli ha tolto il cellulare.

– Sua madre la chiama.

– Lo dice lei. Magari non è vero. E comunque, forse gli lasciano fare tipo una telefonata al giorno, logico che chiama sua mamma.

– Primo, non è logico per niente, e secondo stiamo par-

lando di una roba alla *Seven*, che il manager li tiene legati a una catena in uno scantinato pieno di foto di lui adolescente travestito da groupie dei Duran Duran?
– Cosa dici?
– Niente, mi facevo trascinare. E comunque nella pagina FB del gruppo c'era una foto di loro a Piccadilly. Non sono prigionieri.
– Ascolta, Ele. Quello non vuole che si fidanzino. Ha capito che fra me e Lux è una cosa seria, e non gli va. Magari lo droga.
– Oddio, Marianna.
La accompagna al check-in, la vede partire, e poi decide di prendersi un caffè al bar. Le piacciono molto i bar degli aeroporti. Questo è anche edicola. Compra «la Repubblica», e mentre paga vede un ragazzino indaffarato a tagliare il cordino di un pacco di riviste. È il nuovo numero di «Gossip News», appena arrivato. Eleonora guarda la copertina, interessata a uno sprazzo mattutino di Gossip News, e quello che si trova di fronte è Lux abbracciato a una tipa che le pare di conoscere, e la semplice, esaustiva scritta: *Gemma Bounty col suo nuovo amore italiano: fiori d'arancio in vista?*
Senza neanche tornare a casa, Eleonora controlla qual è il prossimo volo per Londra. Poi chiama sua mamma, e le spiega succintamente la situazione. Sua mamma sospira, si agita, balbetta, ma è d'accordo con lei: Marianna non può affrontare questo da sola.
– Ma come fai con la scuola, tesoro?
Eleonora pesta un piede per terra. Il cervello di sua mamma è un colapasta che trattiene solo quello che interessa a lei.
– Mà, io insegno al tempo pieno, da tre anni. Faccio tre pomeriggi alla settimana e sabato sono libera. E per domenica sera saremo tornate tutte e due.
– Benissimo, cara. Ah... come vi invidio... Londra è sempre favolosa. L'ultima volta che ci siamo andati io e

papà era sotto Natale, una meraviglia... Harrods... i negozi di giocattoli... cos'era... il 2011? O 12?
A volte è proprio difficile, non attaccare in faccia alla mamma. Per fortuna, invece, trovare un volo per Londra qualche ora dopo quello di Marianna è facilissimo. Basta pagare.

E cosí alle sette di quella sera Eleonora è in pullman, nell'interminato percorso Stansted-Londra. Ha provato invano a chiamare Marianna, e con il cuore che le batte a mille si chiede in che stato, ma soprattutto dove, la troverà.

Alla stessa ora, Giulio Balbis, felicemente rientrato da Lecce, dopo aver mollato la valigia a casa, e senza aver mai risposto alle molte chiamate a) di Lucy Asa, b) di sua madre, si precipita dalle Cerrato e suona. Non ha neanche provato a chiamare Eleonora, la loro non è una conversazione che si possa fare al telefono. È un uomo che ha una sua specie di coraggio, e questo coraggio lo porta a volerla affrontare direttamente, occhi negli occhi.

Gli apre Margherita e gli comunica che entrambe le sue sorelle sono a Londra, e che lei le odia e le odierà per sempre.

– Perché se c'era una che doveva andare a Londra ero io!
– Oh per carità Margherita, non è proprio il momento! – Compare anche Maria Cristina, in affanno e già in vestaglia. – Vieni, Giulio caro... che piacere vederti...

Oh no, pensa Giulio, e ora come mi libero di queste due?

Capitolo undicesimo

Tania le ha detto che i ragazzi stanno in un hotel vicino agli studi di registrazione, che sono in Craven Road. L'Hotel Royal Eagle, tre stelle, un edificio bianco dotato di una certa grazia. Marianna ha prenotato una camera, e la camera l'accoglie, ma non sembra grande abbastanza per contenere il suo batticuore. Tra poco vedrà Lux, e tutto sarà chiarito. E poi passeranno tre giorni insieme, sempre insieme, ha deciso. Lei lo accompagnerà agli studi, lui l'accompagnerà a portare gli abiti a dame Marigold. Non si separeranno mai.
Una doccia, un cambio veloce, e scende nella hall. Ora non resta che scoprire il numero della sua camera...
Nessun numero, le risponde cortese la ragazza alla reception. La domanda l'ha capita, perché l'inglese di Marianna è squisito, ma la risposta è altrettanto inequivocabile.
Il signor De Marchi ha lasciato l'albergo. No, non sappiamo dove si è trasferito. Ma i suoi amici sono ancora qui, può chiedere a loro.
Un capriccio? Non gli piaceva la stanza? Ha litigato coi ragazzi? È partito per tornare da lei e si sono incrociati in volo, come in certi film francesi?
Marianna scuote la testa, perplessa, e si allaccia il piumino. Ora lei va agli studios, e lo trova lí, magari sta facendo una pausa caffè. O tè.
E infatti va agli studios e i ragazzi sono in pausa, ma sulla porta trova Olmos, che la guarda come Neve Campbell guarda lo Scream.

– Ma... rianna? Che ci fai qui?
– Ciao! Sono a Londra per lavoro e... niente, sono passata a salutare Lux.

Olmos maledice Lux fino alla settima generazione. Maledice lui e insieme a lui tutti gli uomini vigliacchi che non dicono le cose e aspettano che le fidanzate le scoprano da sole, sempre al momento sbagliato. Ma non questo però, pensa. Non deve scoprirlo adesso perché adesso il momento è troppo sbagliato. Dobbiamo finire la registrazione, e se Marianna entra lí dentro poco ma sicuro che oggi non la finiamo. Spostiamo la scena madre di qualche ora. Anche lui, come Tania, cerca una bugia veloce e plausibile.

– Ah... brava. Bello. Peccato che Lux non c'è. Stiamo lavorando noi a delle track ma senza di lui. È andato con Galletti a prendere degli strumenti.

– Dove?

– Nel Surrey. C'è un megastore musicale. Tornano stasera.

Sapete come sono quelle case di Londra, quelle lí. Quelle bianche, con qualche gradino e la porta di legno colorato. Questa è cosí. Sulla porta di legno verniciato acquamarina c'è Olmos, solo, e sotto, in fondo ai gradini, c'è Marianna, sola, bella come soltanto lei da sola può essere, e lo guarda da sotto, e forse vede nell'espressione a tradimento di lui qualcosa che la induce a esporsi.

– Olmos, che succede? Perché Lux è sparito? Non lo sento da giorni. Sta bene?

«Eeehh... altroché!» vorrebbe rispondere Olmos. Che invece scuote la testa, assumendo un'espressione guardinga.

– S... sí. Cioè. Ci sono un po' di casini con Galletti... senti qua, Marianna, stasera quando arriva Lux viene direttamente al Maddox, c'è una festa, siamo tutti lí. Vieni. Cosí lo becchi di sicuro e ti spiega lui –. Ansioso di liberarsi di lei prima possibile, Olmos le dà un bigliettino color glicine su cui ha scarabocchiato qualcosa.

– Con questo entri. Ciao bella. A stasera.

– Ma...

Niente, Olmos ha già chiuso la porta. Una volta dentro, sta per andare a cercare Lux dove è sicuro di trovarlo, e spiegargli la situazione, poi ci ripensa. No. Vediamo come se la cava, lo Splendido. Tanto, al Maddox, se anche succede un po' di casino, nessuno ci fa caso. O alla peggio domani siamo tutti in copertina sul «Daily Mirror», sai che figata.

Quando Eleonora arriva in albergo, Marianna è appena uscita e la receptionist non sa dirle dov'è andata. Sa dirle, però, che era vestita fighissima. Il cellulare di Marianna risponde con una tiritera in inglese, da cui si desume che non è abilitato a funzionare in quell'angolino di mondo. O forse ha finito il credito. O forse adesso Marianna ha un'altra scheda inglese, di cui però lei non ha il numero. O forse è il miserabile cellulare di Eleonora che non è all'altezza del cambio di stato. Uno smartphone antico, con la batteria che dura un paio d'ore e poi si eclissa.

E cosí eccola qui, a Londra, che a causa di un telefono disabile non riesce a rintracciare una sorella che si trova sull'orlo della catastrofe o forse già parecchio oltre l'orlo e come faccio e dove la trovo adesso e se vaga in lacrime per Shoreditch? Esisterà ancora Shoreditch? O altri quartieri sinistri della Londra vittoriana?

La receptionist per fortuna è spagnola, non inglese, quindi ha una minima propensione a occuparsi dei fatti altrui. Vedendo tutti i lineamenti di Eleonora curvarsi all'ingiú come gelati al sole, le viene da partecipare.

– Aspetta, – le dice. – Chiedo al portiere se ha sentito cos'ha detto al taxi.

Il portiere, benedetto uomo del Pakistan, ha sentito. La signorina bellissima andava al Maddox, il famoso locale dei vip.

Eleonora non è vip e non ha un vestito adatto, ma è una maestra elementare, e le emergenze fanno per lei. Si fa chiamare un altro taxi e si fa portare al Maddox. Non sa come, ma non ha dubbi: entrerà in quel locale.

Marianna intanto ci è già entrata, grazie al cartoncino di Olmos è passata senza problemi attraverso un drappello di buttafuori nubiani, ma probabilmente sarebbe passata anche senza, perché qual è il buttafuori che butta fuori una ragazza con quell'aspetto?

È entrata, ma adesso, mentre aspettiamo Eleonora, non la vediamo da nessuna parte. Anche intrufolandosi fra i tavoli, le piante acquatiche, le statue di plexiglas, i muretti a secco, le finte badanti rumene di cartapesta (opere dell'artista norvegese Rein Usmus), anche scrutando sotto e sopra gli arredi, e tra un cappotto e una pelliccia e l'altro e l'altra nel guardaroba, di Marianna non c'è traccia.

C'è traccia di Lux, invece, eccolo lí, che stringe mani e sorride, e beve, e fa battute in italiano, perché l'inglese lo parla male, ma chi se ne frega, non è con la conoscenza delle lingue che ha fatto pazzamente innamorare Gemma. E infatti vediamo anche lei, Gemma Bounty, abbarbicata a lui, Gemma in tutto il suo metro e sessanta scarso di faticosa bellezza costruita a tavolino, Gemma che sfoggia uno sguardo adorante, oltre a un bicchiere di Deadly Mix, l'ultimo cocktail creato personalmente per lei da un team di creatori di cocktail professionisti. E siccome è al quarto Deadly Mix, è al culmine del buon umore e della felicità, stati d'animo che al quinto DM si trasformeranno implacabili in rissosità aggressiva, ma questo Lux ancora non lo sa. Per il momento, Gemma è socievole, estroversa e molto entusiasta di aver trovato finalmente l'uomo della sua vita almeno per i prossimi sei mesi. Lux di Torino, la città dove si deve compiere il suo destino. Gliel'aveva detto, la guru Benadir Draupadi Pandu, che dalla città dei tre fiumi sarebbe giunto il suo destino, ed eccolo qua, il suo destino, un metro e ottantacinque, occhi verdi, capelli neri ricci, belle camicie. In piú pure canta, e suonicchia la chitarra.

– Canticchi suonicchi, – gli ha detto mezz'ora prima mordendogli un orecchio, ed è stato proprio mentre gli mordicchiava l'orecchio che è entrata Marianna, e li ha visti. Ha visto il suo Lux avvinto a Gemma Bounty che gli succhiotta un orecchio, gesto che lui contraccambia palpandole il culo. Anche Lux, mentre palpa il culo di Gemma, vede la sua Marianna entrare, e mai gli è sembrata piú bella. A entrambi si ferma il cuore per un istante, per lo choc, lo stesso choc, ma vissuto da due prospettive diverse.

Lei potrebbe anche svenire, perché effettivamente esistono sensazioni che provocano in una donna innamorata e sconvolta una sospensione delle funzioni vitali, ma ciò non avviene perché Trip e Bimbo, gli altri due Superbuddha, sono schizzati verso di lei appena l'hanno vista, e adesso la reggono saldamente per i gomiti.

Va detto subito che nessuno dei Superbuddha ha mai avuto eccessiva simpatia per Marianna. Bella ma, come dire, non il loro genere. Era il tipo che, se non la bloccavi, ti citava Shakespeare ogni minuto. E non ti offriva mai niente, né canne né coca né paste. Al massimo, in borsa aveva dei TicTac. Però, un conto è non trovarla simpatica, un conto è vedersela svenire davanti agli occhi perché quel coglione perso di Lux non l'ha avvertita che si sta facendo una storia con Gemma Bounty. Anzi, che lui e Gemma Bounty si sono fidanzati ufficialmente fissando pure la data delle nozze, perché le giovani rockstar inglesi dell'ultima generazione sanno che la vita può finire a ogni istante, e che volendosi sposare, meglio farlo. Adesso.

Trip la fa sedere su un divanetto di plastica silver e Bimbo va a prenderle un bicchierino di roba distillata marroncina.

– Bevi questo.

Marianna beve questo. – Mi ha vista.

– Sí, beh...

– Digli se può venire qui per piacere. Gli parlo due minuti e me ne vado.

Lux sta già arrivando, perché Gemma, ignara al massimo, è andata in bagno con la sua migliore amica, Zoe. Dopo tutto, ha pur sempre diciannove anni.

Vedendolo arrivare, Trip e Bimbo si dileguano, ed ecco lei e lui uno di fronte all'altra.

Marianna è la rappresentazione vivente del cerbiatto ferito. Avete presente Bambi quando vede la mamma morta? Nemmeno Bambi quando vede la mamma morta è cerbiatto quanto Marianna, vi dico solo questo. Marianna è la cerbiattitudine personificata, l'innocenza ferita De Luxe Edizione Limitata, il Cuore Spezzato versione Director's Cut. Anche se in questo momento saperlo non le sarebbe di nessun conforto, lo sguardo che adesso rivolge a Lux lo farà sentire una merda per anni e anni, ogni volta che se lo ricorderà. Anche nel 2025, per dire, impegnato in una conferenza sull'ambiente (non possiamo stare qui a dar conto del futuro di Lux, ma vi sorprenderebbe) a un certo punto qualcosa in una delegata lituana gli rammenterà lo sguardo di Marianna al Maddox il 14 febbraio 2015, e si sentirà una merda merdosa.

– Lux? – il tono è interrogativo, come a dire «Vero che adesso mi spieghi, e va tutto a posto?»

– Ciao Marianna. Che ci fai qui?

– Sono venuta da te. Tu sei sparito, e ho pensato... ho pensato che ci fosse qualche problema.

– No... beh... niente. Sto bene. E tu?

La strada scelta da Ludovico De Marchi è la piú vile, nonché la preferita dal maschio medio. Minimizzare. Fingere che la sciocca femmina abbia equivocato di brutto. – Io? Io non ho mai detto che... tu sapevi che io... non ho mai cercato di nasconderti che... pensavo che tu avessi capito che io...

Con Marianna, però, non funziona.

– Amore mio. Guardami. Sono io.

Eh, lo so, che sei tu. Sono io che non sono piú io, perché mi è capitata l'occasione della vita, e che faccio, la butto?

Gemma Bounty si è presa una cotta, si è voluta fidanzare, mi fa suonare nel suo disco, facciamo un duetto, divento superfamoso, una star assoluta, guadagnerò milioni. Posso io buttare tutto questo per te? Sapendo che non esiste per me altro modo di conquistare la fama, dato che sono un musicista men che mediocre e un uomo debole come pasta di pane? No, è evidente, e lo devi capire anche tu. Ma come te lo spiego?

– Cosa c'è, Marianna? Sono contento di vederti, ma... adesso è un casino e...

– Sei contento di vedermi? Cosa vuol dire? – giustamente lei si ribella a quel frasario da party in ufficio. Cioè, stiamo parlando di noi, cos'è quell'aria impacciata?

Lui sospira, rifugiandosi nel «non facciamo scene». – Senti, spero che tu non sia venuta fino a Londra per farmi una scena, perché non è proprio il caso, okay? Stai allegra, divertiti, e ci vediamo quando torno a Torino, ok?

– Sei impazzito? Non sei tu che parli, vero? Tu, il vero tu, mi ami.

Oddio. Con la coda dell'occhio, Lux intravede Gemma che è tornata dal bagno e lo sta guardando. Se almeno Marianna non fosse bella in modo tanto spettacolare. Gemma penserebbe che è una tizia qualsiasi che lui conosce e non ci farebbe caso. Ma nessuna donna degna di questo nome può vedere il suo uomo parlare con una ragazza cosí senza mettersi in allarme. E Gemma, nonostante i suoi pochi anni, o forse proprio grazie ai suoi pochi anni, è una donna degna di questo nome.

Perciò marcia dritta verso di loro. Lux deve chiudere quella conversazione e anche molto in fretta.

– Io non amo nessuno, non so cosa voglia dire, non sono piú un ragazzino delle elementari. Sono stato benissimo con te, poi sono andato avanti, e devi andare avanti anche tu.

Lei è frezzata, incapace di reagire. Il dolore fisico lo potrebbero capire solo quei tipi del Medioevo che per malasorte sono finiti dentro la Vergine di Norimberga. A lui un

po' dispiace vederla cosí, ma non può farci niente, anche perché Gemma è arrivata, e gli mette una mano sul braccio.
– Ehi darling... mi presenti la tua amica?
– Si chiama Marianna, è un'amica di Torino.
– Ah... Torino! Allora ci vedremo là, quando veniamo a fare le nozze!

Marianna guarda lei, guarda lui, annuisce, e con un sorriso che vale una medaglia d'oro alle Olimpiadi si allontana per andare a suicidarsi in bagno.

Ecco perché quando Eleonora entra al Maddox dopo aver staffilato a parole i nubiani ed essere riuscita a farsi ammettere nonostante l'abbigliamento e l'anonimato, non trova traccia di sua sorella. Trova però traccia di Lux, che sta chiacchierando con alcuni rappresentanti minori del governo, tenendosi Gemma sulle ginocchia e sbaciucchiandola fra un sorso di Dragon Breath e l'altro. Un maelstrom di intenzioni inizia a turbinare in testa a Eleonora, ma prima che possa decidere da che parte dirigere la bufera, Trip e Bimbo le compaiono accanto, uno a destra, uno a sinistra.

– Tua sorella è andata in bagno.
– Chi siete?
– Superbuddha.
– Sapete chi sono?
– Le assomigli.
– Un po', – aggiunge per onestà Trip.

Eleonora è già nei bagni, dove trova Marianna che piange seduta fra due lavandini. Mentre piange, fruga nella borsa, in cerca delle forbicine da unghie con cui ha intenzione di tagliarsi le vene. Nel beauty non ci sono, si vede che sono scivolate fuori, e la sua borsa è enorme, e pienissima, e non le trova... non le trova... Intorno, modelle e attrici che neanche la considerano. Piange? Peggio per lei.

– Vieni che andiamo a casa, – le dice una voce che è come una boa arancione. Marianna alza la testa, e il sollievo di quella presenza è tale che finalmente fa quello che avrebbe dovuto fare già da un pezzo. Sviene.

Capitolo undicesimo bis

Sorvoliamo su quel che resta di questa notte triste. Marianna rinverrà, perché cosí di solito fa chi sviene. Eleonora la riporterà in albergo, e l'ascolterà piangere e disperarsi, poi entrambe dormiranno qualche ora, e il mattino seguente, nascosti gli occhi affranti dietro i rispettivi Persol, prenderanno un aereo per Torino. Ed è proprio adesso, mentre attraversano Londra in taxi dirette a Stansted, che possiamo abbandonarle a cuor leggero. Il tassista è una brava persona che non compirà nessun atto criminoso. Non ci saranno incidenti, non perderanno l'aereo, e tutto si svolgerà nel piú prevedibile dei modi. Quindi è il momento giusto per separarci momentaneamente da loro e andare a conoscere cinque personaggi che avranno un ruolo piccolo ma importante nella loro vita.

Perché nelle storie di noi umani ci sono persone che non sono protagoniste ma contribuiscono a determinare il nostro destino. Nel caso di Eleonora e Marianna Cerrato, questi attori non protagonisti sono, ad esempio, Davide Remondino, Cecilia Urbani, Giancarlo Fonzarelli, Lucrezia Torre e Pasquale La Rizzuta.

Tra non molto entreranno in scena, ma adesso ancora non lo sanno, neanche se lo immaginano, e sono occupati con la routine quotidiana. Anche a Torino, come a Londra, è una mattina di febbraio fredda, e in particolare è fredda in corso Quintino Sella, bella strada della precollina in cui vive Davide Remondino. Sí, è proprio quel Davide che cinque anni fa ha terremotato l'immaginario sentimentale e sensuale di Marianna. Sono le nove, e sta per uscire di casa, diretto al suo ristorante, il Bellatrix. Davide l'ha aperto da circa sei mesi, insieme al suo Chico, che nel frattempo è diventato un giovane chef. Il problema di Chico (e di Davide) è che come chef non vale molto, e quindi il Bellatrix non decolla, anzi, barcolla. Davide è piuttosto preoccupato perché nel ristorante ha investito tutto, sentimenti e soldi, ma la sera prima la sua adorata madre gli ha dato una notizia che in qualche modo lo rasserena: lo zio Ugo ha avuto un infarto devastante, e i medici scuotono la testa: magari vivrà ancora qualche mese, ma il panettone a Natale non lo mangerà di sicuro. E infatti, Davide sorride a se stesso mentre si dà un'elegante arruffata ai non piú molti capelli, per aumentarne artificiosamente il volume, e si spruzza senza discrezione con Pomegranate Noir di Jo Malone. Poi esce, per raggiungere Chico al ristorante. Non vivono insieme? No, non possono. Vedremo poi perché.

Cecilia Urbani sta facendo colazione da Querio, rinomata pasticceria di via Cernaia, trafficata strada del centro cittadino. È una ragazza non molto alta, spessotta senza essere grassa, con corti capelli resi color miele dalla tinta Golden Topchic Natural Nuance 8n, e indossa abiti acquistati prevalentemente da Zara, a parte le scarpe, stivali bassi comprati in un piccolo negozio di via Cavour, quasi nascosto in un palazzo elegante. Mentre mangia un croissant alla marmellata accompagnato da un cappuccino su cui il barista ha, un po' stancamente, ripetuto il rito del cuore (che comunque a Cecilia fa sempre piacere), Cecilia messaggia con il suo fidanzato, combinando una pausa pranzo insieme. Ma la sua attenzione è in parte distratta da un tipo che sta ordinando un caffè macchiato e un minipanino di prosciutto. Da sempre, Cecilia è intrigata da chi fa colazioni salate, in particolare se sono uomini sui trentacinque niente male. Essere fidanzata non ha in nessun modo attutito questo interesse, che Cecilia ha da tempo imparato a trasformare in azione. Il destino le viene in aiuto perché l'uomo ha sotto braccio una copia della «Repubblica», e la apre alla pagina dello sport. Cosí Cecilia trova molto semplice avvicinarsi e dire, in tono cordiale: – Bah... anche quest'anno il campionato è una gara in cui ci sono venti squadre, si fanno tante partite, e vince la Juventus –. L'uomo alza lo sguardo. Chi diavolo è questa che cita a sproposito una frase famosa di Lineker? E che brutti capelli! Per cui sorride freddo, paga il cappuccino ed esce. Cecilia non ha tempo di restarci male, è già in ritardo e deve correre in ufficio: risponde al fidanzato che sí, all'una da Bettina va benissimo, e si precipita in direzione di via Revel.

Giancarlo Fonzarelli invece fa colazione in casa, nel vecchio alloggio in cui vive, in via Cibrario, quartiere Cit Turin. Ha finito di spremersi otto arance: è infatti il fortunato proprietario di un oggetto invidiabile: l'Oranfresh Express Spremiagrumi Professionale (euro 1950 su Amazon) e ne fa un uso costante. Insieme alla spremuta, mangia pane tostato e marmellata di limoni. È un uomo che crede negli agrumi. Quando suona il cellulare, sorride. È la sua amica Samaritana, una ex fidanzata a cui è rimasto molto legato, soprattutto da quando si è fidanzato con sua figlia. La figlia di Samaritana, chiaro. La mamma per ora non lo sa, ma non ce ne dobbiamo preoccupare, perché la loro storia non ci riguarda. Ci riguarda, invece, la conversazione fra Giancarlo e Samaritana, perlomeno da un certo punto in avanti.

– Certo che se avessi casa mia sarebbe diverso, – dice Giancarlo, pucciando un novellino Gentilini nel tè.

– Oh, figurati... casa mia è come fosse tua, lo sai benissimo.

Giancarlo lo sa benissimo, ma sa benissimo anche che non sarà piú cosí appena Samaritana scoprirà chi è il misterioso fidanzato di sua figlia.

– Sí, tesoro, ma insomma, invecchiamo tutti, e a una

certa età è bello avere il tuo guscio. Poi lo sai, scrivo meglio se non ci sono presenze.

– Sí, lo so... va bene, tranquillo, se so di qualcosa in vendita, o anche solo in odore di vendita, ti avverto.

– Sei un tesoro.

– Di', invece, sai che Luce non apre bocca sul suo misterioso fidanzato? Mi ha solo detto che lo adora, ma che non sa quanto durerà se lui non migliora parecchio a letto...

– Ah, – commenta Giancarlo.

– Poveraccio, star dietro a una ventiduenne... non lo invidio, – chiude Samaritana che forse, invece, sa benissimo chi è il fidanzato di Luce.

– Ahh... – sospira Lucrezia Torre, posando il romanzo che sta leggendo. Il motivo per cui è a letto e sta leggendo invece di essere al lavoro è una brutta influenza con febbre forte. Lucrezia ha venticinque anni e vive con i suoi, meglio, è tornata a vivere con i suoi sei mesi fa, dopo aver mollato il fidanzato e la loro comune casa. Del resto, l'aveva comprata lui, perciò. Sua mamma le ha appena portato un tè accompagnato da frollini fatti da lei, e Lucrezia sarebbe molto a suo agio in quella dimensione da scuola elementare, se non si fosse appena resa conto di essere di nuovo innamorata. E anche questa volta, probabilmente, di un uomo che vale meno di una rotella di liquirizia. Se ne è resa conto perché lui è stato la prima persona a cui ha pensato svegliandosi quel mattino, e la bella faccia senza carattere del tipo ha continuato a sovrapporsi alle interessanti pagine del *Mattino dei maghi*, il libro che sta leggendo in questi giorni. «Cosa devo fare? – pensa Lucrezia. – Sarà amore o me la posso cavare con poco?»

E Pasquale La Rizzuta? Pasquale La Rizzuta dorme nel suo piccolissimo loft, un modo piú incoraggiante per definire il monolocale in cui vive. È abbastanza grande, e ha un paio di mezze pareti sparse a caso che ne giustificano il nome. Dorme, Pasquale, anche se sono già le dieci passate, e ne ha tutto il diritto, dato il lavoro che fa. Dorme tutto solo in un letto a due piazze, dorme in boxer e canottiera, e questo ci permette di ammirare il suo fisico elastico e strutturato, forte e delicato, le lunghe gambe muscolose ma non ipertrofiche, la schiena dritta larga abbastanza da contenere una ragazza snella, le braccia dai muscoli impliciti. Il viso non lo vediamo, affondato nel cuscino, tranne un po' di naso leggermente a becco, e un angolo di labbra invitanti. I capelli sono scuri e ricci, com'è giusto aspettarsi da lui. Dorme, e tra le lenzuola spicca il telecomando del megaschermo al plasma che incombe davanti al letto. Sul comodino, invece, spicca la foto di due bambini, una femminuccia sugli otto anni, e un femminuccio di cinque. Sopra la foto è scritto, in stampatello: A PAPINO DA GIADA E KEVIN TI VOGLIAMO TANTO BENE.

Capitolo dodicesimo

– Per me è finita, non lo capite? L'unica cosa che mi interessa è seppellirmi in un posto lontano... voglio andare a curare i lebbrosi in Tasmania... – singhiozza Marianna, circondata da Kleenex appallottolati.

È a letto, luogo dove ha trascorso tutto il tempo da quando è tornata da Londra. Non vuole vedere nessuno tranne la madre e le sorelle, e piange e vomita a ritmi alterni, anche se, non mangiando mai nulla, vomitare sta diventando sempre piú complicato.

Margherita la guarda in silenzio e apre Safari sull'iPhone. Non è per niente sicura che in Tasmania ci siano lebbrosi. Eleonora invece le mette la borsa del ghiaccio sulla testa e le porge un bicchiere d'acqua.

– Bevi, – le dice. – Altrimenti con tutto quello che piangi ti disidrati.

– Cosa vuoi che mi importi...

– Se vuoi andare a curare i lebbrosi, devi avere un minimo di energia. È una cosa faticosa, credo...

– Non posso fare niente di faticoso... sto malissimo. Non mi reggo in piedi.

– È la depressione, poverina, – dice sottovoce Maria Cristina a Eleonora. Maria Cristina da tempo aspettava una visita della Depressione nella loro famiglia, l'unica del circondario di ragnatele familiari che non ne fosse stata ancora toccata. Questo elegante disturbo, che affligge tra sussurri e stanze in penombra tante amiche, zie, cugini e conoscenti, non poteva tardare a far capolino fra persone sensibili quanto lei e le sue figlie. – Povero tesoro... è la depressione... – ripete vagamente soddisfatta, e annuncia: – Vado a prepararti qualcosa... – per poi sparire in cucina, dove non preparerà niente, perché cosa mai si può preparare per aggiustare un cuore spezzato?

– Ci penso io, – sussurra a sua volta Margherita, scostando Eleonora con decisione e avvicinandosi alla sorella. Si sussurra parecchio, attorno al letto di Marianna. L'unica che parla in tono normale è Eleonora, notoriamente priva di delicata sensibilità.

Margherita ha in mano il suo iPhone con le cuffiette inserite, e ne infila una in un orecchio di Marianna, dicendo: – Ti faccio sentire *Abbey Road*, vedrai che ti... – ma è interrotta da uno strillo sorprendentemente energico di Marianna:

– Nooo! Musica nooooo!!! Non voglio mai piú sentire una sola nota di musica in vita miaaaa!! Ma non capite? La musica è lui! È lui! Mi basta una nota, una nota qualsiasi, a squarciarmi l'anima!

Margherita non risponde, e si allontana, offesa a morte. Perché, come spiegherà piú tardi ad Aglaia:

– È proprio una deficiente. Cioè, io le volevo far sentire *Abbey Road*, che cazzo c'entra con le cagate che suona quel coglione?

Il linguaggio di Margherita, dopo sei mesi di Gioberti, si è spaventosamente deteriorato. Questo è stato oggetto di riprovazione da parte di George, che preferisce la sua Margherita in versione pudica e contegnosa. Aglaia invece non ha problemi sulla forma, ma sul contenuto. – E piantala con sti Beatles, cazzo. Senti qua, l'ultima dei Brutal Ends...

Sono ferme dietro il loro banchetto nel cortile del Bunker, un locale alternativo dove una volta al mese si tiene un mercatino illegale. Anche Aglaia e Margherita si sentono alternative e illegali, visto che vendono perlopiú oggetti che non appartengono strettamente a loro. Il fatto è che i genitori di Aglaia sono compratori compulsivi su Amazon, e ricevono di continuo pacchi del cui contenuto spesso restano delusi. Sembrava cosí bello questo vestito di pizzo rosso a soli nove euro e novanta spedito da Shanghai! E invece fa schifo. Ho ordinato degli zoccoli neri Dansko e invece mi sono arrivati dei mocassini di plastica blu. Ho comprato tutta la *Saga dei Cazalet* in inglese, per avere uno stimolo forte a imparare la lingua, ma poi lo stimolo non è bastato, peccato. Cosí Aglaia e Margherita hanno ramazzato tutto, e adesso lo vendono per finanziarsi un pomeriggio pazzo al centro commerciale. Il pezzo piú pregiato del loro banco, però, è un'enorme scatola di Lego, ancora intatta coi sigilli. È il Lego Star Wars Set #7190 Millennium Falcon, euro 1937,40 che qualche delinquente ha regalato a Samuele per il compleanno, e che sua madre aveva messo via in attesa che i neuroni di Samuele raggiungessero lo sviluppo necessario a montarlo (mai, questo non sarebbe avvenuto mai). Margherita ha avuto di recente l'occasione di rubarla, e non se l'è fatta sfuggire. La rivenderà a metà prezzo, e si comprerà TUTTA H&M!

 La vita è bella. Ma torniamo attorno al letto di Marianna, dove è rimasta solo Eleonora.

 – Marianna, calmati. Non è successo niente di grave. Ti sei innamorata di un imbecille, che si è comportato da stronzo. Succede. A tutte. A quelle fortunate succede una volta, alle altre anche tre o sette o ventidue. Speriamo che tu sia fra le fortunate.

 – E io anche, – aggiunge solo mentalmente. Eleonora non ha informato nessuno del fidanzamento fra Giulio e Lucy Asa. Sa che lui è venuto a cercarla, e sa che prima o poi lo vedrà, e guarderà negli occhi il suo personale imbecille che si è comportato da stronzo, ma per il momento non ha fretta. Per il momento la priorità è evitare che Marianna perda quel po' di lume della ragione che le resta.

 – Sei proprio… proprio… – Marianna ansima, e sente di essere sul punto di insultare Eleonora. Questa cosa è successa molto di rado nella loro vita di sorelle. Marianna ricorda di aver detto «ti odio» a Eleonora quella volta che la suddetta aveva tagliato i capelli di Barbie Sposa di Sogno con l'intento di farne una sposa punk, e un'altra volta in cui Eleonora le aveva detto «Sei una cretina senza cervello», quando lei aveva infilato la testa fra i piloni del terrazzo e poi non riusciva piú a tirarla fuori. Se no, erano sempre andate d'accordo. Ma adesso era venuto il momento di informare Eleonora di un'amara realtà: – Sei... insensibile. Non hai la piú vaga idea tu, di cosa vuol dire amare qualcuno. Sei fredda come un merluzzo surgelato!

– Lo so, tesoro. Hai ragione. Ma devi cercare di riprenderti per mamma... papà è morto da neanche un anno... non ce la fa a reggere altro dolore. Sorridi, dài.

– Non posso sorridere. Tu non capisci, Ele. Ho sacrificato per lui la cosa piú preziosa della mia vita, e lui l'ha calpestata come... come... come una merda!

È raro che Marianna usi termini come «merda», essendo la ventiquattrenne piú morigerata del quartiere Centro, ma non è tanto questo a colpire sua sorella, quanto la definizione della cosa.

– Tu sei scema. Scusa, lo so che stai male, capisco tutto, ma non è la cosa piú preziosa della tua vita, dài! La verginità? Ma per favore! Non puoi parlare come una tizia di quei romanzi... quelli di quella tipa di Cuneo che leggeva la nonna Luisa... E poi... sacrificato? Ma che cazzo dici!

Marianna scuote la testa. – Okay, lo so... ma ho fatto il dono supremo alla persona sbagliata!

– Amen. Succede. Ti ricordi quella volta che ho preso per mamma un profumo dell'Oviesse? Quello, era un dono sbagliato.

Marianna piange ancora piú forte. Probabilmente i vicini di pianerottolo, ovvero la famiglia Sclarandis, antiquari in Torino, la sentono benissimo, e si chiedono se non saranno quanto prima chiamati a testimoniare su un fatto di sangue.

– In piú... in piú... – singhiozza Marianna, ormai lanciatissima. – In piú è anche stato ab... abbb... ab...
– bominevole?
– Abbastanza br... brutto... n... non come me lo aspettavo...
– Vedrai che la prossima volta andrà meglio. Lo farai con uno che non ha bevuto e non si è impasticcato, e sarà un trionfo.

Marianna sta per risponderle qualcosa di straziante, invece strilla e salta su come un pupazzetto a molla, perché ha visto l'ora.

– Aaaah!!! Sono quasi le tre! Devo andare a lavorare... oh no... non posso... mi do malata.

Eleonora comincia a essere parecchio stufa. Già le girano parecchio di suo, anzi, avrebbe un gran bisogno di piangere LEI in santa pace per una mezz'ora, e invece le tocca come sempre fare l'amministratore delegato di una famiglia di tuonate, ci manca ancora che Marianna si comporti male con quella santissima donna che l'ha assunta a fare niente. Perciò l'afferra per un braccio con la forza di Mastro Lindo, e la tira su.

– Tu ora vai a lavorare. Fallo per mamma. Se Marida ti licenzia, non potremo permetterci piú neanche Evelyn.

Evelyn è la signorina che una volta alla settimana viene a fare i lavori pesanti a casa Cerrato, e che nonostante il nome è un'italiana doc, per la precisione proviene da San Mauro Torinese, via Mezzaluna. Truccatissima, giovanissima, incapace, ha un ottimo rapporto con Maria Cristina, e contribuisce piú al suo benessere personale che a quello della casa. «Evelyn è una che impara...» dice sognante la loro mamma. «Cosa?» chiede Eleonora, osservando i vetri sporchissimi del soggiorno. «Beh, ad esempio, le ho insegnato come si apparecchia quando c'è il pesce».

Sia pure dagli abissi del suo dolore, Marianna si rende conto di quello che rappresenterebbe la perdita di Evelyn per la mamma, e prova a mettersi le scarpe.

– Non ce la faccio, Ele. È inutile. Mi metterò a piangere davanti alle clienti.
– Vedrai che picco, le vendite.

– Hai saputo? – sussurra infatti la signora X alla signora Y, mentre osservano insieme gli ingombranti gioielli etnici che occupano un angolino nella boutique Prêt-à-acheter, annessa all'atelier di Marida Simoni. Collanone pesanti con grandi dischi d'argento e roba nera. Rafia. Pelle. Acciaio inox reso etnico dall'imbrunimento. Perlone. A febbraio il gioiello etnico va forte, promessa e premessa di un'estate ancora lontana, richiamo ai luoghi tropicali dove le clienti hanno recentemente trascorso una di quelle vacanzine «mordi e fuggi» (le chiamano cosí) che impreziosiscono certi inverni ad alto reddito.
– Del ragazzo De Marchi? – ri-sussurra la signora Y alla signora X, provandosi un medaglione grande come un 45 giri che acquisterà, e che causerà un netto peggioramento alla sua cervicale.

In questi giorni, la maggior parte dei sussurri socialmente rilevanti riguardano lo scandaletto De Marchi, una delle rare occasioni in cui il mondo per bene e il mondo rock si mescolano nello stesso pettegolezzo. Perché Ludovico De Marchi per la maggior parte delle madame che sollevano a fatica pesanti ciondoli in pietra lavica, orribili, e dicono «Magnifico!» non è Lux dei Superbuddha, è il figlio di Clarissa e Alberto De Marchi, lui è un ortopedico fantastico, meraviglioso, quando Olghina si è rotta la gamba e pensava di non sciare piú, lui... bla bla bla, avete capito. E lei, beh, Clarissa è amica di Naomi Campbell. Nessuno sa perché, e come, ma si dice che siano davvero intime, e che Naomi Campbell, quando viene a Torino, o se dovesse venire a Torino (perché a tutt'oggi non risulta che sia mai venuta) certamente starebbe a casa di Clarissa. E quindi bzz bzzz, si parla parecchio di questo fatto che...
– Pensa... si sposano... pazzesco. Ludovico De Marchi

e Gemma Bounty... è come se... non so... mio figlio sposasse Scarlett Johansson.
— Tuo figlio ha diciassette anni.
— Appunto. Cioè.
— Veramente. E quell'altra? Che è andata fin lí a strepitare?
— Sí, la Cerrato... pare abbia tentato il suicidio...
— Sí, vabbè... una cretina... gli è corsa dietro fino a Londra... mi hanno raccontato che è piombata in discoteca e l'ha visto che baciava la Bounty... e gli ha schiantato un bicchiere da whisky in testa. Sai, quelli di vetro spesso.
— Oddio... chissà quanto sangue...
— Ma no, lui non si è fatto niente. La Bounty invece l'ha graffiata a sangue, lei sí. Come una furia! Altro che Madonnina infilzata!
— Strano... — la X è un filo piú riflessiva della Y. — Mi pareva avesse le unghie corte, Marianna.
— E allora? Avrà messo quelle finte. Ti assicuro che hanno dovuto chiamare Scotland Yard!
— E pensare che lui non le aveva mai promesso niente... figurati... una scopatina di una notte...
— Povera illusa... l'hai vista, in atelier? È tornata a lavorare oggi... con una faccia che sembra Madre Teresa delle Troiette...

La signora X e la signora Y non si rendono conto di due cose. Non è facile non rendersi conto di due cose in una volta, ma la signora X e la signora Y sono campionesse regionali di ottusità, e l'insolito affollamento di quel martedí pomeriggio aiuta a confondere le percezioni. Quindi è piuttosto semplice, per le signore X e Y, non rendersi conto di avere alle loro spalle:
a) Marianna
b) Marida stessa.

Che vede Marianna sbiancarsi e capisce che di lí a poco avremo un clamoroso svenimento pubblico. Mentre trascina lontano la ragazza, si ripromette di consigliarle un bravo analista, o almeno un dietologo che le prescriva un'alimentazione a base di ferro, in modo da svenire meno. Svenire è okay, ma svenire ogni volta che due deficienti nominano un imbecille, beh, allora e chi mai starebbe in piedi?

Cosí rimugina fra sé Marida, e intanto deposita abilmente Marianna su un divano. Svenimento a parte, è molto soddisfatta di lei: appena si è sparsa la voce che Marianna è valorosamente presente sul posto di lavoro, le clienti fioccano come bambagia sul presepe, ansiose di dare un'occhiata alla romantica ragazza innamorata del rockettaro che l'ha mollata per una star. Ora però capisce che la mossa successiva è mandare a casa Marianna, in modo che i pettegolezzi si infittiscano, nessuna lasci l'atelier, e tutte quante si sentano in obbligo di giustificare la permanenza acquistando gioielli etnici, abiti Verde Nilo (il colore che passato il Natale ha sostituito il Rosso Cartaginese), e il regalo piú figo da fare ai figli degli amici, quelli per cui non sai mai cosa prendere quando fanno il compleanno: la T-shirt bianca o nera o rossa con sopra l'ammiccante disegno di una grossa cacca a ciambella e la scritta a colore contrastante T-SHIT. Eh, che ideona?

Mentre prende a picchiettate sulle guance Marianna, Marida sente il jingle di WhatsApp e spera che sia Virginia. Ha bisogno di un tocco di donna reale, che nulla ha in comune con quelle streghe melense. Invece è un messaggio criptico di Consolata Pettinengo:

Stasera niente teatro non posso uscire Gianmaria è a Mosca. Dimenticato che au pair esce, dice è arrivato il suo fidanzato. Sarà scultore nigeriano? Ci sentiamo domani.

E perché, si chiede la stilista, e intanto Marianna apre gli occhi, e si vede che avrebbe preferito continuare a essere svenuta. Perché mai la au pair dovrebbe essere fidanzata con uno scultore? Va bene nigeriano, ma scultore perché?

– Per oggi basta, Marianna. Sei stanca, vai pure a casa.

La ragazza annuisce, si alza, ringrazia, va a prendere cappotto e borsa, ed esce. Per andare dove?

Ignara della svolta che sta per prendere la vita di sua sorella, Eleonora per il momento, pensate che novità, si sta occupando prevalentemente dei fatti suoi.

È seduta insieme a Giulio su una panchina del Valentino, perché alla fine, tanto vale ammetterlo, la gente ci va veramente in questo parco, e si siede sulle panchine, mangia i gelati e passeggia con i cani. Cioè non è un luogo comune, è un luogo geografico, molto frequentato dagli abitanti di quella città.

– E quindi, hai capito, – dice lui, al termine di un monologo abbastanza lunghetto. – In agosto è arrivata qui, con il terrore che i suoi la ritrovassero, o il fratello del fidanzato. Che dovevo fare?

– Aiutarla senza impegnarti con lei?

– Mi ero già impegnato con lei. Come un idiota imbecille, quando ero in Nigeria le ho detto che se non fosse stata fidanzata l'avrei voluta per me. NON MI GUARDARE COSÍ. Ero sotto l'influenza di un amore giovanile.

– Amore?

– Desiderio giovanile. Poi, appena sono tornato in Italia, mi è uscita di mente ma proprio come se non fosse mai esistita. Lei però continuava a scrivermi queste mail, dicendo che non poteva lasciare N'Kono ma ero io il grande amore della sua vita.

– E tu le rispondevi?

Giulio alza le spalle. – Boh. A vanvera. Mica potevo scriverle che lei non era nessun amore della mia vita, né grande né piccolo.

– Perché no?

Lui ci pensa un attimo. – Perché mi spiaceva per lei. Mi sembrava brutto essermela... scusa... diciamo spassata con lei per mesi, averle detto cose, e adesso smentire tutto, farla sentire... quello che veramente era: una tipa che mi sono fatto soltanto perché è una gran gnocca e in Nigeria mi sentivo bene, forte e pieno di energia. Tanto ero tranquillo. Cioè, ormai il matrimonio era fissato. Avevano già pure trovato il ristorante.

– Il risultato è che adesso sei incastrato.

– Quante probabilità c'erano che il suo fidanzato finisse in pasto a un coccodrillo?

– Dato che era un criminale nigeriano, tante.

– Vabbè, senti Eleonora. Ho fatto una cazzata come se ne fanno tante. A me è andata male. Non mi ha detto che aveva intenzione di venire in Italia, se no magari avrei cercato di fermarla. Invece è arrivata, punto e basta. In lacrime, disperata, terrorizzata da quella banda di criminali che ha lasciato là.

– Sicuro?

– Scusa?

– Com'è che non l'hanno cercata?

– Perché ha fatto finta di suicidarsi.

– Cioè?

– Cioè ha lasciato un biglietto che si buttava nel Niger per seguire N'Kono.

– E loro ci hanno creduto?

– Beh, perché no. Hanno trovato i vestiti in riva al fiume.

– E un coccodrillo che digeriva?

– E smettila. Capisci che questo mi obbliga ancora di piú. Non posso dire a questa tizia torna in Nigeria, di' che hai scherzato, e sposati il tuo nano psicopatico oppure fatti ammazzare dai tuoi, perché io non ho mai avuto nessuna intenzione di mettermi veramente con te, e tra l'altro nel frattempo mi sono pure innamorato.

Eleonora inspira profondamente. È bellissimo sentirgli dire con quella noncuranza derivante dall'ovvietà che è innamorato. E non può neanche dargli torto sul resto. Lei, probabilmente, farebbe uguale. Ma in un attimo di dolorosa obiettività, si rende conto che raramente una ragazza si trova in situazioni del genere.

– Beh, la cosa del coccodrillo ci credo. È il suo stile. Hai presente quando si è suicidata a Rivarolo?
– Ti ha raccontato anche questo?
– Nulla mi è stato risparmiato.
Pausa. Ripresa.
– E insomma. Si è suicidata con i fermenti lattici, perciò...
– Con cosa?
– Non lo sapevi? – Eleonora non aveva intenzione di spiattellarlo, credeva che lui lo sapesse. Immaginava i medici dell'ospedale che gli correvano incontro festanti: – Ehi, signore, non si preoccupi! La sua ragazza ha preso quaranta pastiglie di Enterogermina! Solo tanto tanto mal di pancia!
– Enterogermina. Non te l'hanno detto all'ospedale?
– Non sono andato in ospedale. L'ho vista quando è uscita. Mi ha detto che aveva preso delle pastiglie per dormire della signora.
Pausa, durante la quale Giulio si automaledice intensamente.
– Allora che fai? La sposi?
– No, un momento. La sposo non esiste. Le darò un legame serio per un po', e poi piano piano, in qualche modo, me ne libererò. Non penserai che abbia intenzione di passare la mia vita con quella ragazza, no?
– Non lo so, e la cosa non mi riguarda. Tu e io chiudiamo qui. Cioè, chiuderemmo se mai avessimo aperto.
– Dài. Lo sai. Avevamo aperto eccome.
Lei alza le spalle, lo guarda senza dire niente, si alza per andarsene, poi torna a sedersi. La cosa peggiore, quella di cui veramente non si capacita, è che in tutto questo le spiace per lui. Sto perdendo un uomo che avrei potuto veramente amare perché si è impegolato come un idiota con una cretina probabilmente in malafede, e mi dispiace PER LUI???
– Che farai, adesso? – gli chiede.

– Torno a Lecce.
– E lei?
– Resta qui. Dà i quindici giorni a Consolata. Quando torno per Pasqua la riporto a Lecce con me.
– Vivrete insieme.
Lui non risponde. Sa che non è una vera domanda. Sa che Eleonora dice quella frase soltanto per rendere reale un pensiero che fatica ad affermarsi. La capisce. Giulio capisce ogni cosa del cuore di Eleonora, e tutta questa conoscenza non gli serve a niente, perché deve comunque farla soffrire.
– E tua madre? È contenta? – chiede lei, che in effetti non aveva fatto una domanda.
– Non essere scema.
– Lo sa?
– Ancora no. Non la conosce neanche. Forse l'avrà vista dai Pettinengo... boh.
– E quando le darai la grande notizia?
– Stasera. Tra... – Giulio guarda l'ora e rabbrividisce, – ...meno di un'ora.
– E che fai, l'hai preparata prima, o arrivate direttamente mano nella mano?
Giulio rabbrividisce ancora. – Non infierire.
– E perché non dovrei?
– Giusto. Comunque, no, non l'ho preparata. Se no, avrebbe trovato di sicuro un modo per evitare la cosa. Devo piombare lí.
Eleonora, suo malgrado, ride. – Che scena. Come vorrei esserci!
Giulio ride pure lui. – Ah no! Non esageriamo.
Ed è cosí che si separano ridendo, nonostante forti incrinature nel tessuto del cuore.

Capitolo tredicesimo

Cosí, in una sera d'inverno, ma non proprio sera, l'ora rossa che fa da confine, a quell'ora Eleonora sta combattendo una dura battaglia per non piangere lungo il percorso, peraltro breve, tra il Valentino e casa sua. Non è da lei piangere per strada, ma proprio non riesce a tenersi, per la rabbia di aver intravisto qualcosa che le sarebbe piaciuto afferrare. Dovevo essere piú decisa anch'io, pensa soffocandosi di singhiozzi, sedurlo, trascinarlo, rendergli impossibile qualunque altra scelta, o almeno straziarlo. Invece ho scelto la strada del rispetto, attesa, discrezione e il risultato è niente, non avere niente. Non posso neanche andarmene a vivere da sola, perché come fanno quelle senza il mio stipendio? Porcaccia la miseria, ho ventisette anni e ancora sto a casa, in mezza camera con mia sorella che sta diventando una fanatica borderline.

Ma poco dopo risulta che almeno per il momento la camera è tutta sua. Alle otto, alle nove, alle dieci, alle undici, a mezzanotte, Marianna non è ancora tornata. Al telefono non risponde, non aveva progetti particolari per la serata. A Marida non possono chiedere nulla, perché lei e Virginia si trovano malauguratamente a teatro, immerse in una maratona: tre spettacoli uno di fila all'altro, dalle otto di sera alle quattro del mattino, per un evento intitolato *Una notte in Bretagna: tre pièces di Remy Lisieux*. Eleonora per calmare sua madre dice che le sembra di ricordare solo adesso, che scema mamma, scusa, che Marianna avesse manifestato l'intenzione di partecipare alla notte bretone. Maria Cristina, che sceglie appena può le soluzioni meno impegnative, ci crede all'istante, e va a dormire tranquilla. Anche Margherita va a dormire tranquilla, senza neanche porsi il problema di dove sia Marianna, ma ben decisa, benissimo decisa, a non restare a vivere con sua madre oltre i diciott'anni, perché se no è come averne per sempre quattordici.

Eleonora invece sa con certezza assoluta che Marianna non è andata a teatro con la sua datrice di lavoro, e lo sa perché Marianna l'aveva informata che piuttosto che sorbirsi tre pièce del regista bretone per complessive otto ore di teatro si sarebbe strappata le orecchie per poi gettarle in pasto alle volpi. Quindi non va a dormire, e continua a chiamare sua sorella, sentendosi sempre rispondere che l'utente richiesto non è al momento eccetera. All'una decide di chiamare una di quelle disossate della Turris Eburnea, perché le viene in mente che Marianna potrebbe essersi rifugiata da loro, uniche depositarie del vero significato dell'amore. Per fortuna Eleonora ha il numero di cellulare di Sara (ricordate? la cantautrice) perché una volta Marianna glielo aveva dato per qualche motivo, e cosí con grande piacere la sveglia dal suo casto sonno.

– Mi dispiace, – mormora Sara una volta esauriti i convenevoli, piuttosto bruschi data l'ora. – Se sapevo...

– Se sapevi cosa? L'hai vista?

– Sí... ecco... è passata in sede dopo il lavoro, oggi. Verso le sette.

– Ah. E come stava? Com'era?

– Era giú. Molto giú. Al lavoro ha sentito delle clienti sparlare di lei. E questa è una delle inevitabili conseguenze del Sommo Spreco. Il Sommo Spreco macchia la nostra vita come succo di ciliegia, che nulla piú riesce a ripulire. Il Sommo Spreco si compie con leggerezza, ma se ne portano le cons...

– SARA! Piantala. Dov'è adesso mia sorella? Perché ti dispiace?

– Perché purtroppo non abbiamo potuto accoglierla e confortarla. Abbiamo dovuto espellerla...
– Avete dovuto cosa?
– Espellerla. Purtroppo le regole sono ferree. Marianna non è piú vergine. Perciò, sia pure molto a malincuore, abbiamo dovuto espellerla dall'associazione. Guarda, ci è spiaciuto tanto, perché lei era stravolta, piangeva... ma non possiamo creare precedenti. Cerca di capire... se riprendessimo tutte quelle che si sono concesse senza la creazione di un legame solido e duraturo oltre il momentaneo soddisf...
– Guarda che vengo lí e do fuoco alla sede, – annuncia senza alzare la voce Eleonora. – Perciò vedete di non esserci. Mia sorella è arrivata da voi in lacrime e disperata, e voi l'avete espulsa? Ma siete delle merde! Degli esseri spregevoli! Delle... puttane!
Sara non reagisce a questo supremo fra tutti gli insulti, perché comprende il punto di vista di Eleonora, ma ribadisce che non si poteva fare altrimenti perché se la castità è il valore piú alto, è il valore piú alto. Non è che poi possono mettersi l'umanità e la comprensione a cambiare le carte in tavola.
– Io ti cambio la disposizione degli arti, se ti metto le mani addosso, – spiega Eleonora, e poi aggiunge, senza speranza: – Ti ha almeno detto dove aveva intenzione di andare?
– Eh... no. No. È uscita piangendo e basta.
Eleonora non può che augurarsi che il passo successivo della sua singhiozzante sorella sia stato rivolgersi a Marida, e quindi alle tre e mezzo esce, e attraversa la relativa tranquillità di una notte torinese in centro per andare ad aspettare Marida e Virginia davanti al Carignano.
– Signore fa che non si siano stufate e non se ne siano andate prima...
Ma è chiedere troppo al Signore. Marida e Virginia erano scappate dopo la seconda pièce, e invano Eleonora le

aspetta davanti al teatro... tra la gente variamente assonnata e disperata che sfila loro non ci sono. Però c'è... c'è...
– Ehi! Ciao!
Eleonora si sbraccia, e Alessandro Accorsi, con il viso un po' grigio, le sorride.
– Ciao. Eri dentro? Non ti ho vista.
– No, sono venuta perché speravo di intercettare Marida e Virginia...
Lui la guarda, interrogativo, ma non fa domande.
Eleonora non esita. Non è il momento di esitare. – Senti... ti hanno per caso detto qualcosa di mia sorella?
Il giudice Accorsi si drizza e dimentica quelle otto ore di strazio a cui si è sottoposto in compagnia di un'avvocatessa, anzi, avvocata bisogna dire oggi, un'avvocata amante del teatro a cui ha provato vanamente a interessarsi. Poi l'avvocata se n'era andata, proponendogli di seguirla, e lui era rimasto, un po' per non seguirla, un po' perché voleva vedere fino a dove poteva arrivare la noia bretone prima di ucciderlo. E meno male che la stella cometa dell'amore lo aveva indotto a essere lí, in quel momento!
– No. Perché? Che succede?
Eleonora lo soppesa, veloce. La velocità nel soppesare è una delle caratteristiche che piú amiamo in lei, vero? La rapidità con cui il suo cervello valuta, misura e decide. E anche questa volta, quel curioso miscuglio di istinto ed esperienza che chiamiamo intuito le viene in aiuto, perché lei sa, con certezza, che Alessandro Accorsi è innamorato perso di sua sorella, e sa, con certezza, che è a lui che deve chiedere aiuto.
Cosí glielo dice, gli dice che è scomparsa, che non sanno dov'è e che non risponde al telefono.
– Sarà con lui.
– No. Quel povero imbecille è ancora a Londra.
– Ripartita per Londra?
– No. Cioè... a meno che abbia deciso di ucciderlo.
– Andiamo ai Murazzi. Vediamo se è passata di lí.

Vanno ai Murazzi, entrano in tutti i locali ancora aperti, chiedono informazioni a tutti quelli che sono in grado di darne, ma di Marianna si sono perse le tracce. Alle sei, Alessandro riaccompagna Eleonora a casa, perché lei vuole esserci quando si sveglierà sua madre.

– Non dirle niente. Dille che è con Marida. Appena sono le otto, faccio partire le ricerche. Sottotraccia.

Eleonora non vuole sapere cosa sono le ricerche sottotraccia. Le basta. Si fida.

– Va bene. Trovala, che cosí poi l'ammazzo.

E non sarebbe stato facile trovare Marianna, anche perché in quel momento, alle sei del mattino di questo giorno, si trova ricoverata all'ospedale Cto di Torino.

E visto che noi, a differenza degli autori e delle autrici del primo Ottocento, padroneggiamo la tecnica del flashback, utilizziamola per tornare velocemente alla sera precedente, e osserviamo Marianna che esce in lacrime dalla sede della Turris Eburnea. Non lontano da questo luogo crudele c'è la famosa Cittadella, il mastio nei cui sotterranei il valoroso Pietro Micca si fece esplodere allo scopo di bloccare l'esercito francese (credo). Attorno alla Cittadella sorgono dei giardinetti, e proprio su una panca di questi giardinetti Marianna ha spontaneamente condotto la propria disperazione. Una ragazza di notevole bellezza che singhiozza su una panchina alle otto di una sera di febbraio attira inesorabilmente gli sguardi, ed è una fortuna (o almeno, al momento sembra una fortuna) per Marianna, che il primo sguardo attirato sia quello di Cecilia Urbani, sua ex compagna scout a Chieri, dove Eleonora e Marianna erano state a lungo coccinelle.

– Ehi... Marianna?

Cecilia Urbani si catapulta sulla panca accanto a lei, fiutando emozioni, la cosa di cui è maggiormente ghiotta nella vita. Ha ventisei anni, è laureata in Economia e Commercio, e lavora nello studio di commercialista del padre, da cui è appena uscita. Per una fortunata (o almeno, al momento sembra fortunata) coincidenza, lo studio si trova in via Revel, a poche decine di metri dalla Cittadella.

Mentre Marianna continua a singhiozzare, per nulla frenata dalla comparsa di Cecilia, costei le porge in rapida successione un pacchetto di Kleenex, una bottiglietta d'acqua e un Bacio Perugina, invitandola a servirsi liberamente di tutto ciò e una volta che si sia un po' ripresa, spiegarle cosa diavolo le è successo.

Marianna docilmente esegue. Esegue a fondo, e senza trascurare il minimo particolare. Racconta a Cecilia tutta la storia, dal primo incontro con Lux e la sua moto, fino alle orribili parole con cui è stata buttata giú dalla Turris Eburnea. Va detto che già ai tempi delle coccinelle Marianna e Cecilia erano state molto amiche, prima che il ragazzo di Cecilia si innamorasse di Marianna. Ma ormai tre fidanzati sono trascorsi nel frattempo, e Cecilia, una persona di animo gentile, non prova nessun risentimento nei confronti dell'antica compagna di gite in pullman, a parte naturalmente ripromettersi di non presentarle mai piú, e per nessun motivo, altri fidanzati.

Ed è per questo che, quando Marianna finisce di raccontare, e annuncia a Cecilia la sua intenzione di vagare senza pace sulle strade del mondo come un ghoul, Cecilia, pur senza avere la piú vaga idea di cosa sia un ghoul, scuote la testa con decisione.

– Non se ne parla. Tu hai semplicemente bisogno di distrarti. E mi sa che è la tua sera fortunata. Sto andando a un evento di bungee jumping clandestino notturno. Ti va?

Gli eventi di bungee jumping clandestino notturno sono una conseguenza abbastanza naturale del coccinellismo. Superata l'età degli scout, non tutte le ragazze si rassegnano a una vita senza piú raduni al chiaro di luna, e Cecilia infatti non si era rassegnata. Come tante ex coccinelle, aveva sviluppato un certo gusto per il crimine, e le attività sportive legali e diurne non l'attiravano. Era stato quindi quasi inevitabile per lei accostarsi al bungee jumping clandestino notturno, molto praticato a Torino, soprattutto da quando in questa città hanno cominciato a costruire grattacieli. Ma anche buttarsi semplicemente dal terrazzo panoramico della Mole Antonelliana ha il suo fascino. O da uno dei molti ponti che solcano il Po e la Dora, quei due affabili fiumi di quartiere. E infatti alle tre di quella notte, ecco Cecilia, Marianna e altre quattro persone pronte a tuffarsi dal ponte di corso Belgio, appese a un elastico. Hanno dedicato le ore precedenti a provare nuovi cocktail a casa di uno di loro, Diego, perché non è che puoi fare bungee jumping notturno clandestino alle otto di sera, e piú in generale prima di mezzanotte. Ci dev'essere poca gente in giro, e quel po' di gelo che ancora incastona le notti di febbraio.

Marianna si è alcolizzata con mojiti, caipirinhe, lemon fizz, crème de menthe, raspberry vodka, e bourbon al vin santo. E adesso sta molto meglio! Gli artigli dell'amore non le uncinano piú il cuore, e quindi, prima ancora di capire cosa sta facendo, e prima che lo capisca chiunque altro, eccola che sale sulla spalliera del ponte e alé hop si butta, senza neanche controllare se l'elastico è ben stretto.

Capitolo quattordicesimo

Quella stessa sera, qualche ora prima che Marianna faccia bungee jumping senza controllare se l'elastico è ben stretto, Giulio Balbis mette in pratica la sua versione personale del bungee jumping, presentandosi alla porta della madre in compagnia di Lucy Asa Zamani.
La visita era stata preannunciata da una telefonata a dir poco vaga.
– Mamma? Sono Giulio, ciao.
– Ciao amore... come stai? Possibile che sei a Torino da tre giorni e ancora non ti ho visto? E pensare che avrei tanto bisogno di te, perché pensa che Ol...
– Senti, mamma, che ne dici se domani vengo a cena?
– A cena? – Pausa disperata. Adriana Balbis detesta avere gente a pranzo o a cena, lo trova scomodo, fastidioso, implica la fatica di decidere cosa preparare e assicurarsi che venga preparato come si deve, una noia, una scocciatura, no no, molto meglio cenare fuori. Cosí lancia un piccolo gemito, e riprende: – Per carità... lo sai che Olena non è in grado di mettere insieme del cibo commestibile. Perché non ce ne andiamo a cena fuori io e te? Tanto domani sera Rudi ha il calcetto.
– Il calcetto? A sessantadue anni?
– Fanno calcetto soft, uno sport messicano...
– No, guarda, preferirei a casa. Perché... porterei una persona con me. Qualcuno che voglio farti conoscere.
– Qualcuno come? Chi? Una ragazza?
È già allarmata. Adriana non vuole conoscere nessuna ragazza che non conosca già.

– Brava mamma. Indovinato. Una ragazza. Una ragazza che per me è importante e...
– Ma Giulio! L'unica ragazza importante per te è Adelaide Biffetti e la conosco benissimo!
– Adelaide non è mai stata importante per me. Sono anni che non la vedo.
– Non ci credo! Lo sanno tutti che siete praticamente fidanzati. Pensa che mi ha perfino mandato una cartolina da Goa.
– Mamma, non è lei. È zia Adele. È lei che è andata a Goa.
– Ahh... ecco... infatti la firma era un po' breve.
– No, la ragazza che ti porto domani sera invece è davvero importante. Andremo a vivere insieme.
– Insieme? Ma dove?
– A Lecce.
Adriana si sente mancare. – È pugliese?!
– No. Perché, se lo fosse?
– No, niente, figurati... pensavo... avevo sperato... una ragazza delle nostre...
– Ma nostre cosa, mamma? Nostre chi?
– E dài, lo sai. Betta... Maria Giulietta... Sofi... Ho sofferto tanto, quando ti sei lasciato con Maria Sole...
– Beh, io no. Il giorno in cui mi sono lasciato con Maria Sole è stato uno dei piú belli della mia vita.
Adriana è profondamente offesa da quest'affermazione. La prende come un insulto personale.
– Ecco... lo sapevo... io le volevo bene come a una figlia ma per te questo non contava niente, vero?
Giulio riflette un attimo. – In effetti, non contava niente.
– Giulio... mi spezzi il cuore...
– Allora mamma, la vuoi conoscere o no questa ragazza?
E quale madre risponderebbe di no? La curiosità vince su un numero sorprendente di altri sentimenti.
– Certo, tesoro... allora? È pugliese?
Giulio sospira. Odia sua madre.

– Ci vediamo domani sera.
– Dimmi almeno come si chiama... di che famiglia è... sai che ci sono dei cugini della mia amica Amelia che sono una vecchia famiglia pugliese... hanno delle masserie...
– Mamma. Non è pugliese. E di sicuro non è figlia di amici tuoi.
– Dimmi almeno come si chiama...
– Lucy.

Giulio riattacca stroncando i commenti, e sua madre si butta in ginocchio davanti alla statuetta di santa Rita (una santa nota per aver chiesto al Signore di ammazzarle i figli, tanto per chiarire). – È inglese! Il Signore sia ringraziato! – poi chiama Olena, stridendo come un cardine poco usato.
– Olena! Giulio si è fidanzato con una ragazza inglese! Probabilmente nobile!
– Yuhu, – dice Olena, molto seccata per aver dovuto interrompere quello che stava facendo, ovvero tradurre un testo di Massimo Recalcati in russo.
– Vengono a cena domani sera... cosa prepari?
– Per un'occasione cosí sensazionale, signora, proporrei la shuba.

Quando Olena apre la porta e vede di fronte a sé Giulio in compagnia di una ragazza alta, nera come un pezzo di liquirizia di Rossano Calabro, non si stupisce per niente. È una persona istruita e di ampie frequentazioni on line, e sa benissimo che un'inglese non è necessariamente bianca e rosa come le fragole con la panna. Ma dubita che la signora Adriana abbia altrettanta competenza in fatto di sfumature. Cavoli loro, comunque. Unica cosa, tenersi pronta in caso di svenimenti e malori. Per fortuna in cucina c'è attaccato da qualche parte il numero della Croce Rossa.

E quando Giulio e Lucy entrano nella sala da pranzo di casa Balbis, in effetti per un attimo sembra che il numero della Croce Rossa tornerà molto utile. Alla vista della «persona speciale» di suo figlio, la signora Adriana resta inchiodata, incapace perfino di salutarla. Poi si riprende, fa appello all'educazione che le è stata impartita nel collegio di Montreux cinquant'anni prima, e tende dolorosamente le labbra in un sorriso triangolare.

– Ma che piacere! Lei è la signorina...
– Lucy Asa Zamani, di Nairobi.
– Na... irobi? Scusi, ma al momento...
– Nigeria, mamma Adriana...

Adriana boccheggia, e Giulio dà un calcio puntuto alle ampie caviglie di Lucy. Mamma Adriana? Ma è scema?

– Ehh... non ho sentito... – boccheggia la signora Balbis, ripigliandosi. – Sentito niente... Diceva? Nigeria?
– Nigeria, cara signora! Una terra meravigliosa ricca di tradizioni e di fauna. E con molto orgoglio divento ora io anche un poco... come si dice... piemontese. Anche il Piemonte è terra ricca di tradizioni e di fauna.

Giulio la guarda affascinato. Inutile prenderla a calci o a dolorosi pizzicotti sul braccio per recintarne l'improntitudine. Visto che la sua vita è distrutta, la sua felicità persa da qualche parte, le sue prospettive desolate, niente può peggiorare le cose.

– Ah sí? Venite, beviamo qualcosa.

Adriana Balbis raduna le ultime forze per far accomodare i suoi ospiti sulle poltrone del salotto, di fronte a un modesto aperitivo. Poi riprende il Manuale della Perfetta Conversazione.

– E... come mai diventerà piemontese, signorina? Si trasferisce qui da noi?
– Oh... cara mamma Adriana! – Lucy batte le mani, grottesca imitazione di un'ingenuità che ha perso da una ventina d'anni. – Questo ti spiega Giulio. Vero, amore?

Ed è a questo punto che Adriana Balbis si porta una mano al cuore, sussulta e dice: – Scusate un attimo... sparaiuri... devo fafluccare i porozzi.

E scappa in cucina, dove Olena sta finendo di decorare un vassoio di shuba.

– Olena... mi sento male... dieci gocce di Valium...
– Meglio una bella vodkina, signora.

Olena capisce che per l'occasione deve tirare fuori la bottiglia di Russkij Standart che le manda sua sorella una volta al mese, e ne versa una dose generosa. Adriana, senza capire bene cosa sta facendo, la scola tutta d'un fiato, muore per un attimo, e quando resuscita batte fortissimo un pugno sul tavolo.

– Adesso la vedremo!

Torna in salotto, dove Giulio sta spiegando a Lucy che sua madre è una donna che non ama le novità.

– Per il momento eviterei di chiamarla mamma.

– Oh amore, non preoccuparti... lo so... – Lucy, che in cuor suo ha già deciso di fare al piú presto una statuetta di stoffa di Adriana a cui praticare una bella dose robusta di magia nera, sorride conciliante. – Saprò conquistarla, vedrai, amore.

– Ecco... eviterei anche «amore». Credo che per ora «Giulio» sia perfetto.

– ESATTO! – tuona Adriana, che ha sentito, e ha la vodka in circolo. – E tu, Giulio, ascoltami bene perché le cose siano chiare fin da SUBITO SUBITINO FACCIA DI CREMINO!

– Mamma?

– Se hai intenzione di sposare o convivere con questo pezzo di carbonella, ti puoi scordare questa casa, la casa di Mentone, e i gioielli di tua nonna. Ti puoi scordare la villa di Menaggio, ti puoi scordare i purosangue arabi e ti puoi pure scordare le azioni di quello di cui abbiamo le azioni che CAZZO non me lo ricordo mai. Non avrai niente! Niente! HAI CAPITO FACCIA DI BOLLITO? AH AH AH!

Dopo quest'incongrua risata Adriana scoppia a piangere, e dimostrando una certa prontezza anche Lucy scoppia a piangere, e purtroppo dobbiamo lasciare Giulio solo ad affrontare questi due esemplari femminili, perché bisogna tornare immediatamente da Marianna, che sta volando verso il suo destino appesa a un elastico.

Capitolo quindicesimo

– Non mi sono rotta niente, mami. È stato solo lo choc.
– E la leptosalmonella?
– Oh, dài... ho tenuto la bocca chiusa.
– Io quella Cecilia la denuncio! Non mi è mai piaciuta! Neanche quando andavate dagli scout. Era una gattamorta!
– Mamma, se non incontravo lei ieri sera probabilmente mi sarei buttata sotto un tram.
– Sai che differenza! – strilla Maria Cristina, che per una volta non sospira, e strilla come mai ha strillato in vita sua: – Buttarsi sotto un tram! Buttarsi da un ponte! Comunque ti sei buttata! Aaaahh... cosa ho fatto di maleee!...

Le tre Cerrato sono radunate attorno al letto di Marianna, ancora una volta. Nemmeno la povera Beth è finita cosí tanto a letto circondata dalle congiunte quanto Marianna. Però, a differenza di Beth, Marianna non ha mai niente di letale, anzi, riesce a passare attraverso le catastrofi abbastanza illesa. Si è buttata da un ponte attaccata a un elastico legato male con l'unica conseguenza di un raffreddore, perché è finita nel Po, si è molto spaventata, poi ha iniziato a nuotare come Dio la manda, suscitando l'ammirata invidia di gabbiani e carpe di passaggio, ed è approdata a riva tra gli strilli dei suoi compagni di sport illegale, piú un'ambulanza in arrivo, piú la polizia. L'hanno ricoverata al Cto, per vedere se qualcuno dei suoi delicati ossicini si fosse frantumato in corso d'opera, ma sono risultati tutti intatti. E cosí, quando Alessandro Accorsi è piombato nella sua camera alle sette e trenta del mattino, l'ha trovata in lacrime (figurarsi) ma in relativa buona forma. Mezz'ora dopo Eleonora era lí, munita di abiti esenti da leptospirosi, e l'ha portata a casa, non prima di aver ringraziato il giudice Accorsi, stritolandogli le dita in una morsa di gratitudine.

– Alessandro, grazie...
– Niente. Ho fatto due telefonate. Piange.
– Normale. Adesso la porto a fare l'elettrochoc.
Il giudice Accorsi la guarda serio. – Potrebbe non bastare.
– Credi?
– Vedi... – Alessandro si guarda attorno. Sono in corridoio, e aspettano che il team di dottori finisca il giro delle visite e firmi le dimissioni di Marianna. – Io ci sono passato.
Eleonora lo guarda delusa. – Tu?
– Tredici anni fa. Mi sono innamorato, ma proprio da sbattere la testa, di una ragazza... – il giudice cerca l'aggettivo giusto, e alla fine lo trova, – ... mediocre.
– Ma dài! E come hai fatto?
– Stupidità. Sesso. Desiderio d'amore. Non lo so. Ero schiavo. Ma veramente schiavo.
– Come nella canzone di Elio?
– Sí. Servo della gleba. Esatto. E dopo due anni vissuti cosí...
– Cosí come?
– Che io la amavo e lei si lasciava amare, alla fine ha accettato di venire a vivere con me. Non mi garantiva niente, perché lei era un'artista...
– Sarebbe?
– Ballerina. Ma non classica. Ballerina... sai di quelle scalze. Non ti dico il nome, tanto non la conosci, non ha combinato mai niente. E... insomma... lei diceva che l'arte è vita e la vita è arte e la finzione è realtà e...
– Okay. Si faceva i compagni di lavoro.
– Non tutti. E diceva che l'unico che amava veramen-

te ero io. Quindi dopo un po' che ci vedevamo ha deciso di mettere un punto fermo alla situazione, e mi ha detto: vengo a vivere con te, e d'ora in poi sarò la donna che tu meriti.

– Ahia. Quando si comincia a usare la parola «meritare», in amore...

– Sí, ma allora non lo sapevo. E cosí ho comprato casa, l'abbiamo arredata, e nemmeno il fatto che lei insistesse per le stoffe écru mi ha fatto dubitare della sua reale consistenza. E poi una sera siamo andati in un ristorante vegano perché lei è vegana, e abbiamo fatto l'ultima cena da non conviventi perché il giorno dopo ci saremmo trasferiti nella nostra casa, e invece il giorno dopo lei è partita per Berlino con un tipo che mangiava a due tavoli dal nostro.

– Fammi capire bene. Durante la vostra ultima cena da non conviventi lei ha conosciuto un altro? Come ha fatto? Non te ne sei accorto?

– Sono uscito a fumare. Avevo mangiato soltanto soia e miglio e avevo una fame disperata, cosí ho pensato che una sigaretta poteva chiudere un po' la voragine. Non volevo lasciarla sola, ma lei ha insistito. Ha detto: Dài, che poi in casa nostra le sigarette non entrano, fattene ancora una. E quando sono rientrato, l'ho vista allegra. Piú allegra. Ho pensato che fosse per noi...

– E invece era per lui?

– Un performer vegano.

– Porca miseria.

– Il giorno dopo lui partiva per Berlino, dove avrebbe lavorato con... non lo so, qualcuno di Berlino che fa cose molto contemporanee. E lei è andata con lui. Fine.

– Ti sei lanciato dai ponti attaccato a un elastico?

– Può darsi, ma non me ne ricordo. Ho bevuto tanta anisette, questo sí. Ero ancora un giovane avvocato, e c'è mancato poco che non mi facessi buttare fuori dallo studio. Ho toccato il fondo, ho scavato, e, se mi perdoni l'espressione, sono uscito dall'altra parte. Pensavo che mai e poi mai avrei potuto innamorarmi ancora. Invece...

Eleonora era stata esentata dai commenti dall'apparizione del team medico che le aveva, con una certa riluttanza, consegnato sua sorella.

E adesso sono riunite intorno al letto, e Marianna si sta prodigando in scuse.

– Non lo so perché l'ho fatto. Ma sentire quelle due all'atelier... e poi Sara e Rebecca che mi hanno espulsa...

– Sara e Rebecca... Aspetta che gli metta le mani addosso...

– No, Ele. No. Loro hanno ragione, sono io che ho sbagliato. Ma adesso non sbaglierò piú.

Questa frase detta in tono vagamente minaccioso rassicura la mamma e inquieta la sorella maggiore. La minore sbuffa:

– E dài, Mari! Sbagliare è figo. Sbagliare è vivere. Solo le cavie nei laboratori non sbagliano mai.

L'affermazione incuriosisce Marianna.

– Ah no? Credevo che... cioè... durante gli esperimenti... sbaglieranno anche loro, no?

– No. Perché le mettono in quei piccoli corridoi di plexiglass per raggiungere le mele o quello che devono raggiungere. Ma noi non viviamo dentro piccoli corridoi di plexiglas, noi siamo liberi. Liberi di essere noi stessi, e quindi anche di sbagliare. L'errore fa parte dell'essere umano!

Maria Cristina sospira. – Beh, può darsi, ma in questo momento Marianna fa bene a darsi come obiettivo di non sbagliare piú. Il suo prossimo fidanzato sarà...

– Aaaahhh... Non ci sarà nessun prossimo fidanzatoooo!!!

Eleonora stringe forte la mano di Marianna, e fulmina di occhiatacce la madre. – No, tesoro, no... niente fidanzati. Basta. Ora devi solo ripigliarti, uscire con gli amici, e passare qualche weekend al mare.

Marianna scuote la testa, affranta ma docile. – Mi dispiace... io non voglio darvi preoccupazioni. Non voglio creare problemi. Ma credo che la mia idea di amore per voi sia incomprensibile. Non c'è posto per le cose assolute qui, no? In questo tempo, cioè... in questa società cosí com'è. Anche le passioni sono parziali... le felicità parziali... le scelte mai definitive... Si può sempre cambiare, tornare indietro. Oppure andare avanti. Si può amare per un po', e dopo basta. Soffrire un po', e poi passa. Ma non è cosí per tutti. Non è cosí per me. Io sono assoluta.

Non c'è molto che si può rispondere a una ragazza di ventiquattro anni che ti dice «Io sono assoluta».

– Per adesso, – propone però Eleonora. Poi se ne va, portandosi via le altre due.

Rimasta sola, Marianna si accascia e inizia a piangere. Solo dopo qualche ora inizia anche a grattarsi.

La notizia che Marianna Cerrato era emersa da tutto quello Sturm und Drang di passione, fughe a Londra e lanci dal ponte con la varicella percorre le sue conoscenze come una raffica di maestrale.

– E come se l'è presa? – chiede Virginia qualche giorno dopo, mentre lei e Marida cercano un film su Sky on demand.

– Calcolando l'incubazione, sarà stato sull'aereo, andando a Londra. Seduta vicino a qualche bambina.

– Tu l'hai fatta? Perché io no.

– Non lo so. L'unica che lo sa è mia mamma, ma è morta. Speriamo di no. Alla nostra età sarebbe una catastrofe.

– Anche per lei sarà una catastrofe. Da adulti è molto violenta e lascia i segni. Non sarà piú cosí bella.

– Ah bah. Non credo. Al giorno d'oggi, niente lascia i segni. Che ne dici di *Moonrise Kingdom*?

– L'abbiamo già visto tre volte.

– Appunto. Vuol dire che ci piace, no?

Lasciamo Marida e Virginia alle prese con Wes Anderson e osserviamo la vedova Cerrato che fruga tra fogli e cartelline, per cercare di ricostruire il passato esantematico delle figlie.

– Non potete averla avuta... se l'aveste avuta voi, l'avrebbe avuta anche Marianna... io mi ricordo di un periodo che eravate tutte coperte di pustole e stavate a casa da scuola, ma poteva anche essere il morbillo...

– Mamma, non ti agitare. Ormai è inutile. Se non l'abbiamo avuta, ci verrà, perché siamo state sempre appiccicate a Marianna. Altrimenti, meglio. Stai tranquilla...

In quel momento preciso squilla il cellulare di Maria Cristina, e ogni speranza di stare tranquilla si vanifica, perché dall'altra parte c'è la voce implacabile di Rossana.

– Maria Cristina? Ciao, sono Rossana. Come stai?

– Oh, ciao. Bene, grazie. Voi? Edo?

– Bene grazie, ma siamo molto preoccupati per Samuele. Ho saputo che tua figlia ha la varicella.

Rossana da sempre ha questo vezzo di non nominare, se appena è possibile, le sorelle di suo marito. Guai se le scappa un «Marianna» o un «Margherita». Sono sempre definite con circospezione.

– Sí... Marianna poverina... ha la febbre forte...

– Mi spiace. Dàlle la tachipirina. Ma sono preoccupatissima perché Samuele non l'ha ancora fatta. Volevo calcolare se tua figlia potrebbe averlo infettato quando è venuta a prendere il trumeau di nonna Bice con sua sorella.

(Ed è stato precisamente in quell'occasione che Margherita ha trovato in cantina il Lego Star Wars Set #7190 Millennium Falcon, euro 1937,40 e l'ha velocemente infilato nel trumeau di nonna Bice).

Maria Cristina guarda perplessa sua figlia. Ma è scema, Rossana? E come parla? Infettato?

– Non credo... l'incubazione è al massimo di venti giorni... e le ragazze sono venute...

– Esattamente ventun giorni fa! Quindi...

– Ma non credo... E poi non mi pare che quel giorno le ragazze abbiano visto... – Maria Cristina sta per dire Samuele ma anche lei è umana, e quindi scandisce a lamettate: – Tuo figlio.

Maria Cristina si prepara a salutare con sollievo la nuorastra, ma Rossana non molla.

– Sí. C'era. Ha parlato con loro. Pensare che glielo avevo detto, a Edoardo, che era un peccato togliere quel bel mobile da... dal... – Rossana capisce che si è messa nei guai da sola, e infatti Maria Cristina completa, soave: – Dalla cantina... dici? Secondo me in generale ai mobili non fa benissimo stare in cantina, e visto che tu lo trovi orribile...

– Sí. Vabbè. Adesso. Non è il caso di parlare del trumeau. Ho bisogno di sapere esattamente quando sono comparse le prime pustole su tua figlia...

– Aspetta... ti passo Eleonora... – Maria Cristina sa che c'è una sola persona in famiglia in grado di resistere a Rossana, ed è a lei che porge il cellulare, bisbigliando:

– Vuole sapere quando si è ammalata Marianna... ha paura che abbia contagiato Samuele...

– Dio volesse... – sussurra Eleonora, e prende il telefono.

– Pronto? Roxy? Ciao –. Esordisce, ben sapendo quanto la cognata detesti le abbreviazioni del suo nome. – Allora, la prima pustola si è manifestata mercoledí alle quattordici e quindici. La seconda e la terza circa tre ore dopo. Abbiamo notato la quarta quella sera stessa verso le nove, e poi c'è stata un'escalation...

– Grazie, Eleonora. Non sei divertente. Spera solo che Samuele non l'abbia presa.

– Volentieri. Non credo possa servire, ma lo spero di buon grado.

Eleonora sta ancora sorridendo quando suonano alla porta e si trova davanti...

Davide? L'ex ragazzo gay di Marianna? E cosa ci fa qui?

- Eh... ciao... ti ricordi di me? Sono Davide Remondino...
- Ma certo! Ciao. Mamma... c'è...

Eleonora si volta, ma Maria Cristina è scappata come una leprottina che abbia intravisto le canne della doppietta. Questa donna è stanca di difficoltà, e dopo la varicella e Rossana, ora non può affrontare anche quel tipo che ha fatto piangere Marianna nel 2010... o era il 2009?
- Ah... è andata. Vieni. Marianna ti aspetta?

Marianna lo aspetta. Anche Davide ha saputo della storia di Lux e delle conseguenze, perché voi non avete idea di come a Torino si sappiano sempre tutte le storie, e tutte le conseguenze. E saputo che sta chiusa in casa, non piú febbricitante ma ancora molto pustolosa, l'ha chiamata e le ha proposto una visita. Marianna ha detto che va bene, perché tanto ormai non c'è piú niente che le faccia piacere, e neanche piú niente che le faccia dispiacere, non c'è piú niente che le faccia niente.
- Sono spenta, - annuncia infatti a Davide, con un sospirone.
- Non ti grattare, - la sgrida lui. - Ti restano i segni, se no.
- Meglio.
- Ce l'hai il talco mentolato?

Mentre la spruzza di talco e la minaccia di legarle le mani, Davide si fa raccontare per filo e per segno tutta quanta la storia, seguendola con due occhioni tristi che sono di grande conforto a Marianna. Dopo l'ultimo singhiozzo dell'amica, china lo sguardo, e poi piazza il colpo da maestro:
- Quando, malvisto dalla sorte e dagli sguardi della gente, tutto solo mi lamento della mia disgrazia, e disturbo con vane grida il cielo che non sente, e mi contemplo, e maledico il mio destino...

Marianna attende. Fantastico, citare un sonetto di Shakespeare, ma poi bisogna portarlo da qualche parte, e dunque che farà, Davide, quando malvisto dalla sorte grida il suo dolore al cielo, che tanto è sordo e comunque se ne frega?

Ma Davide sa come cavarsela. – E maledico il mio destino... ecco, Marianna, quando ti senti cosí, e adesso tu ti senti cosí, capisci che solo l'amore ci può salvare. L'amore vero, senza vincoli di sesso, l'amore totale che ci lega gli uni agli altri, l'amore ideale. Quello che univa noi, ricordi?

– Tu veramente amavi Chico, – obietta, a ragione, Marianna.

– E ancora lo amo. Ma amo anche te. Un diverso amore. Ed è di quel diverso amore che hai bisogno adesso, Marianna. Che abbiamo bisogno, anzi.

E in un sussurro intimo e profumato di pastiglia Leone alla violetta, Davide spiega a Marianna di che cosa hanno bisogno.

Alessandro Accorsi passa a trovare Marianna tutte le sere, tornando a casa. Ogni volta le porta qualcosa. Può essere una valigetta di matite colorate Faber-Castell, o una grande scatola di cioccolatini, o un cofanetto di trucchi. La costante di tutti i regali che Alessandro porta a Marianna sono i colori. Si tratta sempre di insiemi di piccoli oggetti colorati, in gradazione, armoniosamente uniti in *palettes*, file, cerchi. Ombretti, matite, cremini, fiori o confetti o mollette da bucato, seguono tutti lo stesso schema. Marianna non se ne stanca mai, perché ama i colori piú di qualsiasi altra forma di vita.

Adesso lei e Alessandro sono diventati amici. Molto. A lei di lui piace la voce calma, il fatto che non le fa mai domande, ma invece le racconta sempre qualcosa, e le sue costanti e mai stanche rassicurazioni: no, le croste della varicella stanno cadendo una dopo l'altra senza lasciare tracce, è come non ci fossero mai state, sono come insetti che si sono posati sul tuo viso senza morderlo, e poi sono volati via.

– Una varicella di farfalle, – le spiega, porgendole i colori, la sera stessa in cui è stato preceduto da Davide. Questa volta è un vassoio diviso in tanti scomparti, in ogni scomparto una scatolina di perline, in ventitre sfumature diverse di azzurro.
Marianna annuisce, e poi lo guarda nella profondità dei suoi occhi blu scuro, e gli dice:
– Sai, credo che sposerò un mio amico gay.
Il giudice Accorsi per un breve istante si chiede se il suo destino sia innamorarsi raramente, e solo di sciroccate. Poi ricorda che il destino non esiste, esistono le scelte che facciamo spinti dal nostro nemico interiore, e si rassegna. Lui deve combattere il crimine e la corruzione, non ha tempo per il nemico interiore. Perciò posa le perline su un tavolino, e chiede:
– Come sei arrivata a questa ipotesi?
– È stato lui a propormelo. Vedi, c'è un suo zio che sta molto male. Ha avuto un infarto e i medici dicono che è questione di mesi.
Abituato a valutare ogni aspetto di ogni situazione, Alessandro fruga assente fra le perline azzurro Madonna e commenta: – Non sempre i medici ci prendono.
– Sí, ma insomma, Davide dice che ci siamo, e se non è questo sarà il prossimo infarto. È un grande dolore per lui –. E a Marianna si riempiono gli occhi di lacrime. Povero, povero zio Ugo, costretto a lasciare la vita mentre forse non vorrebbe, e preferirebbe continuare a mangiare gelati e guardare le partite su Sky...
– Lo capisco, ma perché vuole sposarti?
– Perché questo zio gli lascerà in eredità moltissimi soldi. Non ha figli, e lui è l'unico nipote. Davide ne ha bisogno perché il suo ristorante, il Bellatrix, va molto male.
– Il Bellatrix? Ci sono stato... Si mangia da schifo.
– Infatti, me l'ha detto anche lui. E quindi ha bisogno di quei soldi, ma lo zio è un uomo strano, vecchio stampo. Vecchissimo stampo. Non sopporta i gay. Non lascerebbe

mai i suoi soldi a un gay. Sembra incredibile, eh? Che ci sia ancora gente cosí a questo mondo.

– Beh, c'è gente che scioglie i bambini nell'acido. A questo mondo c'è ancora parecchia roba brutta, sai.

– Eh sí... purtroppo... – A Marianna muore la voce, perché pensa a Lux, che è tanto bello e tanto brutto nello stesso tempo. – E insomma, lui glielo ha sempre tenuto nascosto ma ultimamente a questo zio sono giunte certe voci... e vuole cambiare il testamento. Vuole lasciare tutto ai Fratelli del Dodicesimo Gol, un'associazione di ultras del Toro.

– Atroce.

– Sí, credo di sí. E cosí Davide vuole mettere a tacere le voci e tranquillizzare suo zio.

– Ma perché vuole sposare proprio te?

– Perché in questo modo io posso riprendere la mia vita di castità, senza però privarmi di una buona compagnia.

– Interessante. E non ti piacerebbe avere dei bambini, Marianna?

– Solo se fossero frutto del vero amore. Ma io il vero amore l'ho perso, perciò...

– Ne hai già parlato a Eleonora?

– No. Non lo sa nessuno. Solo tu. Perché tu sei l'unica persona al mondo che non mi dice mai fai questo fai quello.

– Perché spero sempre che tu lo capisca da sola.

Marianna si scuote tutta, come un alberello. – Io non capisco niente, – afferma, convinta e rassegnata.

Quando, piú tardi, Marianna racconta anche a Eleonora questo suo nuovo progetto esistenziale, sua sorella conferma che infatti lei, Marianna, non capisce niente.

– Ti fai furba una volta nella vita?

– Ma scusa, Ele... in questo caso non puoi dire che mi comporto da pazza. Cioè, mi sposo con un ragazzo che mi piace, a cui voglio bene, e che sarà ricchissimo. Che ci vedi di sbagliato?

– Che è gay, ci vedo di sbagliato. Ti sembra poco?

– Visto che a me il sesso non interessa, mi sembra pochissimo. Niente, mi sembra.

– E quindi tu la sera starai a casa a guardare «Trono di Spade» mentre lui si sbatterà Pierluigi?

– Io non guardo «Trono di Spade». Io guardo «Downton Abbey».

– E allora impara qualcosa da lady Mary, accidenti a te!

Capitolo sedicesimo

La vita sta diventando un po' troppo complicata per Margherita: non soltanto ormai si divide fra George e Paul con una certa regolarità, tant'è che neanche sa piú bene chi tradisce e con chi, ma da qualche settimana è alle prese con una nuova coppia di maschi inquietanti, e tutto per colpa di Aglaia. La sua amica infatti frequenta il liceo Segrè, che sta ai piedi della collina e raccoglie i fighetti laici che non vanno nelle scuole private cattoliche, insomma fa per gli scientifici quello che il liceo D'Azeglio fa per i classici. E tra gli scientifici fighetti purtroppo un po' di materiale interessante si trova sempre. Tra i classici fighetti no, per un motivo inoppugnabile, e cioè che i classici fighetti non esistono: se anche uno è fighetto, facendo il liceo classico perde la caratteristica, cosí come il pitone perde la pelle a primavera. Se Margherita è riuscita a farsi otto mesi di Gioberti senza provare il minimo batticuore per nessuno dei suoi compagni, né di classe né di scuola, quando Aglaia la invita alla festa di compleanno del suo ragazzo, quello con piú brufoli che neuroni, eccola che si trova a dover fronteggiare un pesante assalto di vita reale. Tra i compagni e gli amici di Daniele (cosí si chiama il brufoloso) ce ne sono un paio che nel corso della serata cercano un approccio piú amichevole con quella tipetta, e sono tutti e due...

– Turbevoli, – dice Margherita ad Aglaia in questa mattina di aprile, pochi giorni prima di Pasqua, mentre le varicelle di Marianna svaniscono una dopo l'altra, ed Eleonora piange in bagno (lo svantaggio di avere solo mezza camera, non puoi neanche piangere in pace).

– Cioè? – chiede Aglaia, che va piú per le spicce.

– Cioè non so... Tommaso è dolcissimo... con quegli occhi di zucchero... e i riccetti... ma Rocco è troppo simpatico... mi fa schiantare... e poi ha un fisico da sballo.

– Ok, quindi devi scegliere. Sono contenta, cosí molli quei due morti.

– Solo uno è morto. Cioè, credo. Perché sai cosa, forse tutta quella storia che Paul è morto nel '66 è vera. Ieri ho controllato gli indizi... quel tipo, Billy Shears, è piú alto.

Aglaia socchiude gli occhi. Non la segue. Non le interessa. Non sa chi sia Billy Shears. In vita sua, non ha mai ascoltato *Sgt Pepper's*. È nata nel 2000.

– Non so nulla di nessuna storia e non me ne frega niente. Dimenticali. Non esistono. Pensa a Tommaso e Rocco, che sono veri.

– Boh. Domani sera esco con Tommaso e sabato con Rocco.

– Brava. E scegli, ok? Se no ti mollano tutti e due.

In verità, dopo tanto tempo da quando è finita con Andrea, Margherita sta rivedendo la sua convinzione di aver chiuso con i maschi in carne e ossa. È sempre stata una ragazza di indole fisica, portata al contatto di pelle, carne e sangue, e i baci di sogno non le bastano piú. Per questo la sera in cui esce con Tommaso si mette abbastanza in pari dopo tanti di quei mesi di castità che potevano pure iscriverla d'ufficio alla Turris Eburnea, e quando tre sere dopo esce con Rocco replica, perché se non provi tutto come fai a scegliere?

Ma stanotte, seduta con George su una panca sconnessa opportunamente piazzata in mezzo alla brughiera scozzese, e battuta da gelidi venti di origine scandinava, in questa notte che però è un brumoso pomeriggio di novembre, si sente piú che mai confusa e turbata. Guarda il suo amato

immortale, che stasera è preso dal 1964, e quindi è molto giovane, e aspro, e gli dice, in un soffio:
– George, io ti amo veramente.
– Sí, lo so. Ma come io stesso scoprirò fra poco grazie al maharishi, l'amore non è una statale, è un intrico di sentieri.
– E infatti, – conferma Paul, arrivando scalzo come sulla copertina di *Abbey Road*. Cammina sulla sabbia, illuminato dalla luna, bellissimo – Tu ami anche me.
– Amo anche te. Ma questo è il meno. C'è di peggio.
Paul si siede a gambe incrociate accanto a George. Sono lunari, argentei, cominciano ad avere quella traslucenza angelica di chi se ne sta andando. A Margherita batte forte il cuore. Non vuole che se ne vadano.
– Raccontaci, – dice Paul.
– Noi comprendiamo, – dice George, e sembra che da un momento all'altro debba scendere giú dal cielo un sitar, direttamente fra le sue mani, e si piombi direttamente nel triplo album *All Things Must Pass*. No, pensa Margherita, no, non all things must pass, certe non pass, ti prego, vita, ho solo quindici anni, concedimi ancora un po' di fiducia nell'amore eterno.
– Beh, ecco, ci sono due ragazzi che ho conosciuto.
Descrive il dolcissimo Tommaso, gli occhi di zucchero, i riccetti, le parole di poesia. Descrive Rocco, la sua risata, la forza, l'impeto. Senza entrare nei dettagli, spiega che li ha assaggiati entrambi, e le sono piaciuti, ma... – Adesso devo scegliere.
– Perché? – chiede George.
– Ah sí, – dice Paul. – Devi. Le scelte sono necessarie, anche se raramente definitive.
– Bisogna andare oltre le scelte. L'amore condiviso si moltiplica, – dice George.
Margherita schiocca le dita, impaziente. – Ragazzi. Siamo nel 1964. Tutta la storia dell'India non è ancora cominciata.
– Nel 1964 si ama con semplicità, – dice Paul.

– Quale dei due ti fa un po' paura? – le chiede George.
– Nessuno! – ride Margherita. – Tommaso è dolcissimo, e Rocco è sempre allegro.
– Non scegliere, – propone Paul.
– Nessuno dei due va bene, – conferma George.
– Perché non sei innamorata.
– Una donna si innamora soltanto di chi le fa un po' paura.
– Anche alla mia età? – chiede Margherita.
– Se sei una donna, sí, – dice Paul, e poi lui e George diventano sempre piú silver e meno flesh, e Margherita è costretta a lasciare quella brughiera della Scozia, dove non sappiamo se tornerà ancora.

– Lo dicono per fregarti –. Aglaia è sicura. – Non vogliono che li molli.
– Sono loro che stanno mollando me. Anche nelle storie che immagino, lo vedo che non gli piaccio piú come una volta. Si stanno stufando.
– Ti sei fatta un po' piú vecchia?
– Diciannove, venti. Ventuno, massimo.
– Prova sui venticinque. Agli uomini piacciono soprattutto quelle di venticinque, perché sono ancora giovani ma già un po' esperte.
– A parte mia sorella Marianna.
– Tua sorella Marianna sta in un'altra categoria.
– Sai che cazzo di categoria. Adesso vuole sposare un gay.
– Vabbè, deve ancora ripigliarsi di Lux, poi le passa. Ed Ele? Con quel suo tipo?
– Lui si è fidanzato con una nigeriana. L'ho sentito dire da un'amica di mia mamma.
– Certo che le tue sorelle sono veramente sfigate.
– Sí, già ne abbiamo parlato. Ma io che faccio con Tommi e Rocco?
Aglaia riflette. – Beh, se non sei veramente innamorata, o accetti il rischio di qualche rottura di coglioni ed

esci con tutti e due, oppure mollali e cerca un tipo che ti spaventa. Come Saffo, no?
– Saffo?
– Sí, quando scrive che diventa verde e le si schianta il cuore dallo spavento. Sarà cosí, l'amore.
– Ma a te Daniele fa quell'effetto lí?
Aglaia trasecola. – Daniele? Scherzi? Daniele è il mio ragazzo, mica il mio amore!

La vita è nel frattempo diventata complicata anche per Lux, che è a Torino per concordare con sua madre l'organizzazione delle imminenti nozze. Nozze che purtroppo Gemma vuole celebrare nelle Langhe, sotto l'alto patronato dello Slow Food. Per vie traverse e oblique, ha saputo di questa setta alimentare, e ha deciso che di sicuro fa parte del mondo magico torinese, e dunque castello di Verduno dev'essere e castello di Verduno sarà. Per Clarissa De Marchi è tutto oro colato, e comincia a far circolare la voce che al matrimonio, oltre a schiere di divi del pop, del rock e del calcio, ci sarà anche Naomi Campbell. Gemma è rimasta a Londra, a stracciare l'anima di varie stiliste incaricate di fornirle tre diversi abiti da sposa, in modo che possa scegliere quale indossare il mattino stesso delle nozze, a seconda del suo umore.

Ludovico è frastornato, e teniamo conto che già in partenza il suo cervello non è dei piú affilati.

Non ha ancora assimilato l'ultima tegolata che gli ha rifilato Gemma, e cioè la perdita dei Superbuddha. Lei li ha estromessi dal suo futuro professionale come se fossero una lisca di pesce in gola. Cough cough, fuori.

– Ora tu lavorerai con me, no? Che te ne fai di quei tre sfigati? Che ce ne facciamo? A me basti tu. A te basto io.

Sí, come no. Non gli basta per niente. E appena arriva a Torino, affacciato al cancello di casa, rivolto verso la villetta di fronte, e verso la vecchietta in camicia di nailon rosa che ci abita e che essendo completamente pazza pianta file di violette all'una di notte, mentre rivolge a quanto lo circonda uno sguardo già afflitto da nostalgia pensa a quanto ama Olmos, Bimbo e Tip, e a quanto gli mancheranno. E come naturale conseguenza, pensa anche a Marianna, e a quanto ama anche lei, ma allora perché, perché si sposa con Gemma Bounty, che gli toglie tutto quello che ama?

Questa domanda la rivolge a suo padre, e non potrebbe fare di peggio, perché Alberto De Marchi è un ottimo ortopedico, ma anche un uomo che non ha la piú pallida idea di cosa sia l'amore, pur avendolo praticato con costanza e dedizione fin dagli anni delle medie.

– Beh, – dice al figlio. – La sposi perché è la cosa giusta da fare, son. Ti aspetta un futuro grandioso… quei cosi… gli MTV Awards. Colonne sonore. Oscar?

– Papà, dài.

– Dài tu, my boy. Hurry up. Volevi continuare a suonare ai Murazzi fino a quando non ti cadono i denti? E poi? Non sai fare nient'altro. Non sai fare bene quello, e non sai fare nient'altro. Però sei figo. E… sbadabam! La figaggine ti ha servito il futuro su un piatto d'argento. Con contorno di caviale, ah ah ah!

– E dài, pà… io Marianna la amavo veramente.

– Ma certo. E quante altre ne amerai veramente! Vedrai, campione. Innamorarsi è la gioia della vita, e non bisogna smettere mai! Tu ora ti sposi con il tuo passepartout per la fortuna, e poi via libera all'amore! Anche con questa Marianna, se proprio ci tieni. E devo dire che ti capisco, ragazzo mio. Uno splendore… meravigliosa.

– Ma figurati… non vorrà piú vedermi. Mi odia, e ha ragione.

– Errore! Le donne piú le fai soffrire e piú ti amano. Sono fatte cosí. Basta che le fai credere che soffri anche tu. Lí sta il trucco, lí sta il coso… il busillis. Vai da lei a piangere. Le dici che sposare Gemma è stato un terribile errore ma ormai è fatta. Però questo non vuol dire che non possiate ritrovarvi… usa la parola «ritrovarvi», mi raccomando... non fa pensare subito al sesso, le rassicura. Ritrovarvi... e ritrovare il vostro amore, ferito ma sempre vivo! Eh, che te ne pare? Glielo devi dire bene, però, e ci vanno delle lacrime reali. Cioè, gocce bagnate.

– No... pà. Lei non ci casca.

– Ci cascano tutte –. Il tono di Alberto è cosí serio, convinto, pacato, che Ludovico comincia a pensare che forse non tutto è perduto. Forse potrà salvare la capra e le rose. Restare sposato con Gemma, e continuare a vedere Marianna. Avere tutto, perché lui è Lux, e si merita tutto.

E cosí eccolo in una sera di pungente primavera, che saltella davanti al portone di via Giolitti 45, incerto se salire o no. Domani è il giorno delle nozze. Ha pensato che questo è il momento giusto per vedere Marianna: non è ancora sposato, e quindi può illuderla, e illudersi, che il giorno seguente, davanti a un assessore o santone dello Slow Food in un castello delle Langhe, circondato da chiunque al mondo meno i suoi Superbuddha che lo odiano e vorrebbero dargli fuoco, in quel momento lui passerà alla modalità «finale di film anni Settanta», e scapperà dall'altare, salterà sulla moto, e con quella stessa moto con cui mesi fa l'ha investita d'amore, andrà a prendere Marianna e vivrà per sempre con lei felice come un topo ignorante.

Nello stesso tempo è quasi sposato, e comunque troppo invischiato in un filo spinato di preparativi uncinati, non può piú liberarsene, non ha la forza, sa che l'inerzia lo porterà comunque avanti, e dunque non corre rischi di mandare effettivamente tutto all'aria, non c'è pericolo che la solida primavera del 2015 si trasformi in un film degli anni Settanta.

E quindi? Si va?
Si suona a Cerrato?
Sí? No? Sí? No?
No.

Lux non suona, perché in quel preciso istante, mentre il suo indice di scarse capacità chitarristiche sta per sfiorare il citofono marcato «Cerrato», un soporifero mix di inerzia e compassione fluisce improvviso nelle sue arterie principali. L'inerzia lo porta a lasciarsi trascinare dallo stato delle cose senza neanche fare finta di volerle cambiare, perché anche fare finta è a suo modo una piccola iniziativa. L'inerzia gli sconsiglia di salire e vedere Marianna, con il rischio che qualcosa si smuova nel suo cuore, che le splendide e positive parole con cui suo padre lo ha rimesso nel solco della sua vita si mostrino all'improvviso false come sigarette di cioccolata. L'inerzia gli suggerisce di non opporsi a scelte fatte non da lui ma per lui, non opporsi neanche per mezz'ora, perché non sai mai, col tempo, come va a finire, e ci sono mezze ore che a tradimento si impossessano di una vita intera.

E la compassione gli propone di non infliggere altro dolore a Marianna. Questo sentimento fioco è, sappiatelo, la cosa piú simile a un vero sentimento d'amore che Ludovico De Marchi sperimenterà nel corso della sua intera esistenza. Si innamorerà molte volte, di molte donne, provando nei loro confronti quella vampata di desiderio che, se sapientemente alimentato, può durare anche qualche anno, ma l'amore profondo che contiene al suo interno l'inevitabile presupposto dell'unicità, quello non lo proverà mai, per nessuna donna, in tutta la vita. Eppure stasera ci va vicino, lo sfiora appena, ne intuisce la possibile esistenza, quando stacca il dito dal citofono marcato Cerrato perché non può, proprio non può, infliggere altro dolore a Marianna.

Non suona, non sale, non le offre qualcosa che per lei è troppo poco ma che forse accetterebbe comunque. Se ne va.

E neanche sa perché, non sa quello che sta facendo, mentre risale sulla sua moto e sgomma verso casa con gli occhi pieni di lacrime. Ma essendo Lux, tempo una settimana e non ci penserà piú, e quando, nel 2023, intravedrà Marianna a Venezia, a stento la riconoscerà. Tra l'altro, nel 2023 non sarà piú sposato con Gemma Bounty, è ovvio.

Lux non suona, quindi, e si gira, e va verso la sua Guzzi

California 1400 Touring parcheggiata davanti al Guglielmo Pepe, il bar sul lato sinistro della piazza. Quindi non si accorge di Eleonora, che esce sul balcone del salotto per innaffiare le primule e le violette esuberanti nei vasi, e lo vede. Lo vede allontanarsi e prendere la moto e girarsi ancora una volta verso il numero 45, ed ecco che i loro sguardi si incrociano. E per un piccolo istante misterioso e perfetto, si capiscono. Lei sa quello che lui non ha fatto, lui sa che lei lo ha capito. Come succedono queste cose, che in uno sguardo di un millimetro si racconta un'intera storia? Io non lo so, ma so che succede, e succede in questa sera di aprile tra Ludovico ed Eleonora. Poi lui se ne va, e lei rientra. Sarebbe bello poter dire che non si rivedranno mai piú, ma non è possibile, purtroppo, perché a Torino nessuno non si rivede mai piú.

E come mai il Dio dei Romanzi su quel balcone ci manda Eleonora, invece di Marianna?

Semplice, perché Marianna in questo stesso momento si trova al santuario di Oropa, dove sta facendo un ritiro spirituale in compagnia di sua cugina Alberica. Alberica è la figlia di zio Gigi, il fratello del defunto avvocato Cerrato, viticultore e signorotto nei pressi di Verona. In famiglia sono tutti molto religiosi, ma Alberica stacca gli altri di parecchie lunghezze. Ha trentadue anni, e da dieci è sposata con Benedetto Zanetti, un uomo che per un pelo non si è fatto frate. Per entrambi era stato un vero sollievo fare bingo al primo colpo e mettere al mondo un figlio dopo nove mesi dalle nozze. Sistemata cosí la faccenda di chi avrebbe ereditato le vigne Cerrato e la fabbrica di proiettili Zanetti, i coniugi avevano ricominciato a sgranare il rosario invece di fare l'amore, con grande soddisfazione reciproca.

Quando, mediante l'inesauribile tam tam dei pettegolezzi familiari la storia di Marianna si era diffusa fin ai piú remoti cugini, Alberica era scattata a portare soccorso, invitandola a dividere con lei le parche comodità del santuario.

Era infatti sua abitudine trascorrere ogni sei mesi un

periodo di meditazione senza correttivi presso il santuario di Oropa, accompagnata solo dai testi di Marcel Lefebvre. Ma di fronte alla disgraziata caduta della cugina, Alberica le aveva generosamente offerto di condividere l'esperienza.

– Marianna, perché invece non vai per un po' da Fabrizia a Bruxelles? – aveva chiesto Eleonora quando era pervenuto l'invito, e Marianna aveva immediatamente iniziato a riempire lo zaino con indumenti informi. Sulla domanda di Eleonora aleggia una grande scritta al neon viola e verde che dice: CI MANCA SOLO IL RITIRO SPIRITUALE A OROPA!!!

– In Belgio? – Marianna è sorpresa. Nessuno va in Belgio, se non per motivi di studio o di lavoro.

– Sí. A Bruxelles potresti mangiare le migliori patatine fritte del mondo, e andare a comprare cioccolatini da Lady Godiva, e scemeggiare in giro con Fabrizia.

– E con che soldi? No, il massimo che posso permettermi è una settimana a Oropa con Alberica. Lei mi porta nella dimensione giusta. Quella di una vita fuori dagli schematismi del sesso.

– Tu non ci sei mai entrata, negli schematismi del sesso. Hai fatto l'amore solo una volta in vita tua, con un demente ubriaco e...

– NON NE VOGLIO PARLARE!

È raro che Marianna urli, e quindi Eleonora non insiste.

Cosí Marianna è partita, molto incoraggiata da Davide, che dopo averla chiesta in moglie non si è piú visto, in quanto passa tutto il suo tempo a placare Pierluigi, che vede di bruttissimo occhio questo matrimonio.

Per questo stasera Eleonora è sola sul balcone, quando Lux arriva. E se anche Lux avesse suonato, Marianna non ci sarebbe stata, perciò il suo momento di benefica compassione è superfluo. Ma lui non lo sa e mai lo saprà, perché perfino a Torino ci sono cose che nessuno sa, mai.

Capitolo diciassettesimo

– Voglio fare testamento, – proclama un pomeriggio Adriana Balbis, tale quale a un personaggio di Agatha Christie.

Olena la guarda con interesse, come sempre tutti facciamo quando una persona che conosciamo nella vita reale si comporta all'improvviso in modo letterario. Sta posando sul tavolo da pranzo un efebico vassoio di prosciutto in gelatina, e per lo stupore sospende un attimo l'azione, guardinga. Ma non commenta, perché la frase non è rivolta a lei, bensí a Rudi Lantelme, il fidanzato di Adriana, l'uomo che ha attività edili in Kenya. Nonostante sia divorziata da anni, e nonostante il suo ex marito viva da tempo ad Auckland con i teatranti italiani a cui abbiamo accennato, Adriana non ha mai voluto sposare Rudi, per timore che questo potesse agevolare le sue (di Rudi) mire sul suo (di Adriana) patrimonio.

Invano Rudi le aveva fatto notare che lui non ha mire sul patrimonio e tra l'altro esiste la separazione dei beni.

– Guarda, tesoro, non è che non mi fidi, ma si sa come vanno queste cose... separazione... separazione... e poi ecco che quel che è mio è mio e quel che è tuo è mio... e sei fregata.

– Chi?

– Io. Io sono fregata. E se tu mi pianti per metterti con una del Kenya e ti porti via tutto? E io resto senza niente, alla mia età? No no, caro.

– Adriana ma io ti adoro... non voglio mettermi con una del Kenya.

Ed è vero. Rudi Lantelme, per motivi incomprensibili, adora veramente Adriana Balbis, e non ha la minima intenzione di mettersi con una del Kenya. Ma Adriana è impermeabile perfino alla verità, e cosí non si sono mai sposati, e adesso Rudi la guarda perplesso.

– Ma non l'hai già fatto, cicciola?

– Sí. Ma voglio rifarlo. Ho intenzione di diseredare Giulio.

Un silenzio reverente accoglie queste parole. Né Rudi né tantomeno Olena avevano mai sentito qualcuno pronunciare la parola «diseredare».

– Ma... Adriana... dài... cosa ha fatto di male? È perché si è fidanzato con una ragazza africana?

Rudi è stato informato dell'orribile cena, cena che in effetti non si è mai svolta, perché Giulio e Lucy se ne sono andati prima ancora della shuba, e sa che da quel giorno Adriana e suo figlio non si sono piú sentiti, perché lei gli riattacca il telefono in faccia ogni volta che Giulio prova a chiamarla.

– Eh già fai presto, tu... fosse per te, tutti si fidanzerebbero con le africane, e metterebbero su casa in Africa, cosí piazzeresti le tue piastrelle, egoista!

Rudi ammutolisce inorridito. Ma come, dopo quindici anni che stanno insieme, Adriana ancora non ha capito che lui fa piastrelle in Kenya ma le esporta in tutto il mondo? Poche, al momento, ma ovunque. Apre la bocca per affermare ciò, ma lei lo blocca.

– Non dire una parola. È inutile. Lo diseredo. Domani vado dalla Elena Pini, e lo diseredo. E lascio tutto a...

Suspense. La conclusione logica, lo sappiamo, è «a te». Rudi adora Adriana, ma ritiene probabile sopravviverle, perché con quel carattere prima o poi a lei verrà un infartone di sicuro.

Ma Adriana si interrompe, e abbaia: – Olena, lasciaci soli.

Quando la ragazza è uscita, Adriana chiude la porta

della sala da pranzo, dietro la quale Olena può origliare comodamente appoggiata alla medesima. Poi completa la frase:

– ... Olena. Sarà lei la mia erede universale.

– Adriana! Ma se non la puoi soffrire!

– E allora? Cosa vuol dire? Non posso lasciare tutti i miei soldi a una che non posso soffrire, se mi va? Posso benissimo! Anzi, lo faccio apposta, cosí lei li spenderà tutti con i mafiosi nazisti ucraini e Giulio impara!

– Mafiosi nazisti?

– O quello che sono.

– Ma tu non vuoi che i tuoi soldi finiscano ai mafiosi ucraini, Adriana...

– Vedrai, se non voglio. La vita ormai per me non ha piú senso... aspettavo solo di diventare nonna... sognavo quei piccolini che mi chiamavano... nonna Ana! Nonna Ana!

– Nonna Ana è brutto, però, – obietta ragionevole Rudi.

– Nonna Adi... nonna Adi... me li vedevo già, Rudi... la piccola Cleonice e il piccolo Galileo... i figli di Giulio e Adelaide...

E Adriana scoppia in un mare di singhiozzi, mentre Rudi si chiede chi diavolo è Adelaide.

– Adelaide? – dice solo.

– Sí... Adelaide Biffetti... la minore... e invece i miei nipoti si chiameranno... Ogbono e Madula...

– Veramente?

– O Lukaku e Kalimba... e non assomiglieranno affatto a me... assomiglieranno a Obama... alla moglie di Obama...

– Beh, non sono mica brutti.

Ma Adriana piange, ormai disperata... – Non li vedrò mai... Cleonice e Galileo...

– E vabbè... dài... Giulio potrebbe chiamarli cosí lo stesso... anche se non sono figli di cosa... di Atenaide...

– Adelaide! Adelaide!

– Su, tesoro...

– Tesoro un corno. Lo diseredo! Domani! Domani vado dalla Pini! Prendo subito appuntamento!

Seduta di fronte a Elena Pini, Adriana Balbis rilegge il suo testamento. Sembra tutto a posto. Tiziana Braida e Lorella Ciocci, le segretarie di Elena, sono le testimoni. La penna Waterman di Adriana è sospesa a pochi millimetri dalla linea puntinata da firmare. Un gesto, e Olena diventerà la sua erede universale.

Ma la penna non scende. Adriana sospira: – Mi scusi, dottoressa...

– Notaia, – precisa Elena Pini, che è una maniaca della correttezza di gender nelle attribuzioni professionali.

– Mi scusi, notaia, ma vorrei fare un estremo tentativo.
– Di?
– Convincere mio figlio.
– Prego.

Adriana prende il cellulare e fa il numero di Giulio. Speriamo non sia in classe...

Ma non è in classe, è a casa, e sta preparandosi per tornare a Torino a bere fino all'ultima goccia il suo calice di aceto sgocciolato da una spugna o cicuta pestata col mortaio o quello che è: prendersi Lucy Asa e portarsela a Lecce.

– Mamma?
– Giulio. Questo è il mio ultimo tentativo. Sono dalla Pini.
– Chi?
– La Pini! La notaia. Ti sto diseredando.
– Ah sí?
– Sí. Quello che abbiamo sarà tutto di Olena.
– Di Olena? Sei sicura? Perché non lo lasci alla minore delle Biffetti? Ah ah ah.

Giulio riattacca, e si chiede se questa datata iniziativa di sua madre non possa portargli un inaspettato beneficio. Forse, ora che non hanno altre prospettive che il suo stipendio, Lucy Asa preferirà sposare il nano criminale.

Quella sera stessa, la chiama, e le racconta con voce abilmente rotta che non avrà mai le azioni, le case, i gioielli, niente, andrà tutto a Olena. Lucy ascolta, e punteggia il racconto di gemiti e lamenti, ma alla fine commenta con insopportabile ottimismo:
– Non ti preoccupare amore, è solo una reazione di scontento. Una rabbia. Vedrai che dopo le passa e sentirà la voce del tuo sangue farsi ragione in lei. Tu sei il suo giglio.
– Figlio.
– Sto imparando anche italiano poetico. Giglio è un fiore bianco caro alle madri. Olena è niente per lei. Cambierà ancora testamento, vedrai.
– Oh, tu non la conosci. È una donna molto ostinata.
– Sí, ma ti ama, ella è tua madre. Quando avremo il nostro primo figlio, lei si scioglierà come un dattero nella tempesta.
– Il nostro cosa?
– Il nostro bambino figlio del nostro amore, amore. Anche lei capirà che il nostro amore è grande, come amore, amore. Tu vedrai. Ora ti lascio, che devo farmi le unghie. Fra poco torni, e vuoi trovare bella la tua donna.

Giulio la saluta senza dirle come vorrebbe trovare la sua donna, e cioè svanita, sparita, sposata con un altro. Ma è proprio pensando a questo che si ricorda, all'improvviso e con un tuffo buono al cuore, della casina diroccata di Uzzone.

E allora si blocca davanti alla finestra, e i suoi occhi intelligenti si posano senza vederlo su ampie porzioni di barocco leccese. Le ossa del suo corpo si riassestano, si raddrizzano, gli spingono avanti le spalle, gli tendono le ginocchia. Giulio Balbis non è piú un giovane uomo vittima della sua lealtà e della sua onestà, all'improvviso nel suo sangue torna a scorrere la linfa della ribellione al proprio destino, quell'impulso metallico e inarrestabile che ci trasforma, da tizi qualunque, in creatori di mirabili truffe, audaci colpi, trucchi mortali e imprese impreviste.

Capitolo diciottesimo

– Vediamo adesso il giro a destra con cambio di passo del piede destro per il cavaliere.

Eleonora si perde nell'occhio bistrato di Pasquale La Rizzuta, il suo insegnante di valzer inglese, o valzer lento. L'affascina la sua capacità di scindersi in due: l'insegnante, e «il cavaliere» fusi nella stessa persona. Infatti è lui, lui stesso, il cavaliere che effettuerà il giro a destra. A Eleonora non resta che seguirlo, cosí come Anna segue Jimmy Bruscotti, l'altro maestro della rinomata scuola di ballo Poggi-Martano. Purtroppo, a differenza di Anna, Eleonora non è in grado di farlo. Sorprende, in una ragazza dotata di tanta naturale eleganza, una totale, disperata incapacità di ballare qualsiasi cosa, anche un lento anni Cinquanta su una mattonella in un seminterrato. Perché sono venuta, si chiede, perché?

– Sei venuta per conoscere Jimmy, ecco perché.

– Potevamo andare a mangiare la pizza e basta. Non c'era bisogno che io venissi pure a lezione.

– E cosí non avresti mai incontrato Pasquale.

– E che mi cambia, aver incontrato Pasquale?

– Ti cambia che lui farà l'amore con te, se poco poco glielo permetti. E a sentire la Favalli, Mariatina Tormelli e Celeste Rossi, è proprio uno schianto, cioè, non hai idea!

Anna ed Eleonora si stanno cambiando dopo quella che per Anna è la quarta lezione di Ballo Standard, mentre per Eleonora è la lezione di prova. Nonostante l'incitamento di Eleonora, infatti, Anna non è uscita dal Tunnel Parenzo grazie al bidello dallo sguardo inquietante, né grazie al simpatico professore di inglese. L'amor ch'al cor gentil ratto s'apprende si era finalmente appreso al cuore di Anna, staccando con le sue unghiette di ratto gli ultimi brandelli della stucchevole fissazione per il preside quando Anna, per pura disperazione e incitata dalla sua amica Raffa, si era iscritta alla scuola di ballo Poggi-Martano, corso di Ballo Standard. La categoria comprende valzer lento, fox-trot e tango, ma soprattutto comprende il maestro Jimmy Bruscotti, con il quale era scattata un'immediata passione che andava ben oltre il piacere del giro a destra, o a sinistra. Da un po' Jimmy Bruscotti era stanco di trascinare nella sua mansarda in zona stazione Porta Nuova un quarto delle madame e madamine che frequentavano la scuola. Ambiva a una compagna che oltre a muovere i piedi a tempo con i suoi fosse disposta anche a muovere gli scatoloni di un trasloco, e a inaugurare con lui una casa ai piani bassi dove iniziare una famiglia.

Vedete com'è semplice? Anna e Jimmy cercano la stessa cosa, si incontrano al momento giusto, e trasformano di comune accordo un'attrazione fisica come tante in un proposito di vita insieme. Dopo la prima lezione sono andati a cena, dopo la seconda si sono baciati in macchina, e dopo la terza hanno fatto l'amore nella mansarda zona Porta Nuova (Anna vive ancora con i suoi). Riuscito questo passaggio che invece a volte può far crollare anche il piú sensato dei progetti, Anna e Jimmy sono pronti a iniziare la girandola del ti presento i miei amici mi presenti i tuoi amici, quel bel momento che spesso precede di poco l'allegra quanto pericolosa mescolanza di dvd sugli scaffali.

Per questo Anna ha proposto a Eleonora una serata insolita: lezione di prova e poi cenetta con lei e Jimmy, in modo da poterne apprezzare i pregi e sorvolare sui difetti di fronte a una deliziosa e sottilissima pizza della pizzeria Il Rospetto.

Quello che però Anna non aveva previsto era che l'altro insegnante della scuola di ballo Poggi-Martano, Pasquale, stabilisse una cosí alta carica emotiva con Eleonora, da lei ritenuta una simpatica soglioletta senza sangue nelle vene. E invece è stato evidente fin dai primi passi del valzer inglese o valzer lento che Pasquale trova Eleonora interessante, una piacevole variante delle attempate ballerine a cui è di solito costretto ad accompagnarsi. E se Pasquale trova interessante una partner, non ce n'è per nessuna. Con il kajal a sottolineare gli occhi color more mature, la bocca rapace e il naso lievemente a becco, è una versione contemporanea di Antonio Gades (che né lui né Eleonora sanno chi sia) e dunque non c'è scampo, ciò che Pasquale vuole Pasquale prende.

– Non mi interessa, Anna. In questo momento non sono disponibile.

– Ah no? Sicura? Magari non sei disponibile con il pensiero, con il cervello... però con il resto...

– No. Né con la ragione, né col sentimento.

Anna la guarda, stupefatta. Ragione? Sentimento? Parla come un romanzo di Jane Austen? Beh, anche Anna ha fatto le sue letture, non si diventa maestra elementare giocando a Fruit Ninja sul cellulare, ma oltre alle letture ha anche fatto pratica, tanta pratica, e dalla deludente storia con il preside Parenzo ha se non altro tratto un insegnamento che non dimenticherà per il resto della sua lunghissima vita: nella grande maggioranza dei casi tra uomo e donna non è questione né di ragione né di sentimento.

– Scusa, Ele, ma che c'entra? Qui stiamo a parlare di sesso.

– Quindi?

– Quindi vai, e vedrai che sarai contenta.

– E la pizza?

– Scordatela. Con Pasquale non si può rimandare. Ha la fila. Buona fortuna, amica mia.

– E poi da Marrakech ho preso un autobus sgangheratissimo che mi ha portato al deserto Merzouga... dovevo stare un giorno, mi sono fermato un mese... la luce di quei tramonti... la vita berbera... e pensa che per tutto il mese ho mangiato solo verdure... un bene, un bene prezioso... mi sono completamente depurato e sono sparite tutte le allergie...

Eleonora reprime l'ottavo sbadiglio in cinque minuti, ma comincia a chiedersi perché reprimerli. Okay, Pasquale le ha messo in moto muscoli, anfratti e sensazioni che non avrebbe mai immaginato di avere, e l'ha lasciata ansante e felice come un orsetto polare dopo il primo bagno, però questo non gli dà il diritto di essere cosí noioso. Le sta raccontando da mezz'ora le sue esperienze in Nordafrica, e se c'è un argomento che le dà in testa sono i viaggi. Nella top ten degli argomenti che le slogano la mascella dalla noia i viaggi stanno fra i sogni e le esperienze extrasensoriali, parecchio in alto in classifica, diciamo tra il decimo e il quinto posto. Perché quest'uomo non può essere un tipo taciturno che fa l'amore e poi si addormenta, o fuma, o prepara le uova strapazzate, o dice scusa ma ho un appuntamento in centro?

– Ti ci porto. Sai? Strano, non l'ho mai detto a nessuna. Ma a te ti ci voglio portare, a Merzouga.

– E dài, Pasquale. Su. Primo, figurati se non l'hai mai detto a nessuna. Ho forse l'uniforme della scuola media come una bambina dei Manga? Sono grande.

– No, ma ti giuro... – Pasquale è sconcertato. Di solito le donne che si fanno portare a letto dopo la lezione di prova credono a qualunque panzana.

– Vabbè. Secondo, a me il Marocco non interessa. Scusa. Veramente. So che a tanti piace, ma io di deserto, vita berbera, tramonti e solitudine del maratoneta non so che farmene.

– Solitudine del maratoneta? Che c'entra?

– Non lo so. Mi sembrava che ci stesse bene.

Pasquale tace per un attimo, come un robot a pile rovesciato su un fianco, che muove le gambe ma non si sposta.

– Se ti annoio, dillo.

Ele gli sorride, e lo bacia. – Solo quando parli.

Per placare lo sguardo ferito che lampeggia inaspettato negli occhi color mora matura, Eleonora indica la foto sul comodino: – Belli, eh?

Pasquale soppesa i figli con occhio da intenditore. – Eh sí. Belli son belli. Vivono a Rovereto.

– Mica male. C'è un museo di arte moderna famoso.

– La mia ex è di lí –. Pasquale si rabbuia. – Forse dovrei trasferirmi anch'io. Almeno li vedrei piú spesso.

– Perché no. Apri una scuola di ballo.

– Ahh... lascia perdere. Le venete non sono mica come voi torinesi.

Eleonora preferisce non approfondire. Sorride, una buona risposta a quasi tutto, poi guarda l'ora, riflette, si veste, saluta Pasquale rifilandogli vaghe promesse, scappa dal miniloft e già mentre scende le scale digita un numero sul telefono, perché ha fretta, molta fretta, di parlare con qualcuno.

– Ciao. Scusa l'ora. Ma ho appena capito una cosa importante.

– Che mi riguarda?

– Sí. Quando possiamo vederci?

– Non so.

L'interlocutore di Eleonora è stanco, molto stanco, e demotivato. Non ha voglia di vedere Eleonora, e se possibile vorrebbe scalcare con un cucchiaio tutta quella parte della sua vita come si fa col marcetto di una pesca, e buttarla via.

– Dài. Non fare cosí. Lo so che non ne puoi piú, ma credimi, è importante. Cioè, di piú. È determinante.

Lui non lo ritiene probabile. Ma è un uomo riluttante a offendere, e quindi propone:

– Va bene. Domani non posso ma magari giovedí ci vediamo per un aperitivo.

Eleonora sbuffa. Questo qui crede che l'avrei chiamato a mezzanotte per proporgli un aperitivo giovedí?

– No. Domattina. Ti aspetto sotto casa quando esci. Credimi, non c'è tempo da perdere. Quel bastardo di Da-

vide sta già organizzando il matrimonio. Domattina va a scegliere il ristorante.
– Lui? Senza tua sorella?
– Con la sposa vera. Pierluigi.

Anche se non sono grandi protagonisti di questa storia, Davide e Pierluigi meritano comunque una deviazione, perché hanno contribuito e ancora contribuiscono a determinare la vita di Eleonora e Marianna. Quindi onore e amore a Davide e Pierluigi, che il mattino seguente, mentre Eleonora e il giudice Accorsi prendono un cappuccino e iniziano a litigare, per una curiosa coincidenza stanno proprio litigando anche loro. Si accapigliano verbalmente ma ci manca poco anche fisicamente davanti alla location del matrimonio, una scelta da far schiattare di invidia Gemma Bounty. Perché va bene il castello di Verduno, Slow Food, e tutte le star di Mtv, ma Davide e Marianna si sposeranno alla reggia di Venaria, ed è proprio questo che Pierluigi non può sopportare.

Pierluigi è molto provato. Ha accettato di malavoglia ma saggiamente il matrimonio del suo fidanzato, perché in effetti l'eredità dello zio è una bella botta, ma un conto è accettare in teoria, un altro è vedere questo matrimonio messo in pratica, con sfarzo e ostentazione.

– Lo sfarzo e l'ostentazione sono IN-DI-SPEN-SA-BI-LI, – scandisce Davide con pazienza. – Partecipiamo a «Matrimonio che passione» e voglio vincere.

– Cos'è questa storia? Non mi hai detto niente! Continui a fare cose senza dirmele. Non è cosí che eravamo abituati, Davide. Noi due abbiamo sempre avuto un rapporto di totale fiducia e condivisione.

– Certo. Come quando tu ti sbattevi quel ballerino del Regio e io l'ho scoperto solo perché ho trovato un trattato sul plié in bagno!

– Piccinerie. Un'avventuretta con un ballerino è ben diversa dal matrimonio con una donna!

– Pierluigi, apri bene le orecchie che le hai grandi e a sventola e non dovrebbe essere difficile. Con una sposa decorativa come Marianna, la puntata l'abbiamo già vinta in partenza. Cioè, di solito ci sono certe cesse!

Davide rabbrividisce, e anche Pierluigi rabbrividisce. Le donne... bah.

– Ho fatto domanda di partecipare senza dirglielo, – riprende Davide, – ma appena hanno visto la foto sono stati quattro sí o quello che è. Quando torna dal ritiro spirituale glielo dico, e non farà storie perché il lato bello di Marianna, caro tesoro mio, è che è completamente INTRONATA.

– Lo so! La conosco da quando aveva quattordici anni. Ma perché Venaria?

– Perché per vincere la puntata non basta che la sposa sia bella, ci vuole anche una location super, un pranzo sensazionale e un tema... lo capisci... dev'essere un matrimonio a tema. Folletti dei boschi, nazismo a Berlino, vecchio West, sirene... quello che vuoi ma un tema.

– È questo che non sopporto! Perché il matrimonio a tema doveva essere il nostro... ti ricordi? Volevamo fare un matrimonio medioevale...

– E lo faremo, Chico. Lo faremo. Appena mio zio muore e io eredito, divorzio e ci sposiamo noi due. E dài, cazzo, ha tre valvole artificiali nel cuore, quanto può vivere ancora?

– Coi progressi della medicina... – Pierluigi scuote la testa, afflitto. Poi si ricorda che non ha ancora chiesto la cosa piú importante.

– Scusa, ma che ti frega di vincere una puntata di «Matrimonio che passione»?

– Me ne frega. Risparmio il viaggio di nozze, e con quei soldi ti regalo la fedina di diamanti. Di Tiffany. Scatoletta blu.

Pierluigi si porta una mano al cuore. Ah, Davide! Allora mi ami!

– Ma certo, cretino. E adesso andiamo, che dobbiamo ordinare il menu. Tu le capesante le metteresti?

Capitolo diciannovesimo

Ignara di essere stata iscritta a «Matrimonio che passione», Marianna sta completando la sua settimana di ritiro spirituale. La trova un'esperienza molto soddisfacente, e non rimpiange per niente Turris Eburnea, e tantomeno Sara e Rebecca. Qui al santuario ha fatto grande amicizia con suor Orsola e suor Giacomina, e ha capito che l'antica pratica del cattolicesimo è l'unica che permette di sviluppare passioni estreme senza l'intervento di un o una partner. Tra le mura umide del santuario, incurante del fatto che a pochi metri, nel ristorante sotto il porticato, si preparano chili e chili di polenta concia, Marianna legge Shakespeare alle sorelle, le quali ricambiano con le pagine intensamente dementi di Teresa d'Ávila, e poi tutte insieme piangono, e poi strisciano le ginocchia per terra, e si pentono, e piangono, e poi per mezz'ora rammendano lenzuola, e poi vanno a mangiare la zuppa di verdure.

Stamattina, però, succede qualcosa di nuovo, qualcosa che mette fortemente a rischio l'auspicata vittoria a «Matrimonio che passione». Qualcosa che mette a rischio il matrimonio stesso in persona. Qualcosa che mette a rischio anche l'iniziativa che stanno per prendere Eleonora e il giudice Accorsi. Qualcosa che in effetti manderà all'aria, se si realizzerà, tutti i piani di tutti.

La mina vagante è una religiosa con cui finora Marianna ha avuto scarsi contatti: suor Vanessa del Gesú. Marianna l'aveva notata ai pasti, perché a differenza delle altre sorelle, che pur senza strafogarsi non disdegnano il bis di zuppa o di pollo, suor Vanessa si ciba solo di insalata e poco riso scondito. Marianna è troppo educata per chiedere spiegazioni, e ha pensato che si tratti di una forma ulteriore di sacrificio. Ma adesso, mentre insieme ad Alberica attacca un merletto in fuga all'orlo di un lenzuolo risalente alla battaglia di Marengo, Marianna viene richiamata da un deciso «Pss pss» di suor Vanessa, che poco piú in là si sta spennellando le unghie con Minimal 112 di Dior, uno smalto che ha il suo maggior pregio nella discrezione.

– Vieni qui, – sussurra la reverenda quando Marianna si volta. – Voglio parlarti.

Marianna, sempre docile, sposta sedia e lenzuolo vicino a suor Vanessa, tanto Alberica non ci fa caso, essendo impegnatissima a recitare il rosario mentre cuce, una faticaccia perché va in confusione e salta o Ave Marie o punti.

– Ti ho osservata, – dice la sua nuova amica. – E mi sono informata. È vero che hai avuto una terribile delusione d'amore e vuoi sposare un gay?

– Non credevo che le suore fossero cosí pettegole, – si difende Marianna, docile ma seccata.

– Scherzi? Il pettegolezzo è la loro principale forma di vita. Senti qua, ragazza. Lascia perdere. Non sposare un gay. Te lo dico perché sei davvero molto bella, e io per la bellezza stravedo. Sempre stravisto. Non farti idee però. Mi piacciono i ragazzi.

– Ti piacevano, casomai.

– Perché, sono forse diventata cieca? Ascolta me, Marianna. Se vuoi levarti dal grande tormento dell'amore la soluzione non è sposare uno che non ami, non ti ama, non ti scopa, e non ti sogna. La soluzione è entrare nell'ordine.

– Che ordine?

– Il mio. Le Madri Comunicanti del Carmelo.

– Ma come? Qua non ci sono le Figlie di Maria?

– Sí, sí, le Figlie di Maria. Io sono un'ospite. Sono qua per un periodo di detox.

– Ah… ecco perché mangi poco.

– Mi depuro. Queste suore biellesi sono l'ideale per depurarsi. Il mio ordine, invece, è quello che ci vuole per te.
– Non so... sei gentile, ma suora non mi ci vedo. Casta va bene, guarda non voglio piú saperne niente di quelle storie, portano solo pena e dolore, e poi comunque non mi innamorerò mai piú, lui era l'unico, e...
– Dacci un taglio. L'amore è solo una delle opzioni della vita, ci vuole tanto a capirlo? Entra nelle Madri Comunicanti, e neanche piú ti ricorderai che esiste. Noi siamo suore differenti.
– Cioè?
– Cioè comunichiamo. Ci muoviamo. Vediamo gente. Facciamo cose. Sai cosa facevo io, prima di entrare nell'ordine?
Marianna la guarda bene, e forte di quello che ha imparato lavorando con Marida, azzarda: – La modella?
– Dieci punto dieci! Sfilavo per D e G. Quando ho smesso, non sapevo dove sbattermi, i soldi li avevo fatti fuori tutti, e cosí eccomi qua. Suora. Ma che suora!
– Che suora?
– Intanto, la casa madre dell'ordine è a Ravello. Monastero con piscina. Solarium. Buffet a colazione e pranzo, alla sera cena servita, piuttosto frugale. Niente carboidrati. Vedi, noi ci occupiamo soprattutto di stilisti, calciatori, top model, rapper e attrici di fiction.
– Vi occupate in che senso?
– Ci assicuriamo che non dimentichino di avere uno spirito. Li teniamo informati sulle tragedie del mondo, e agevoliamo le loro donazioni, in modo che, alleggeriti di euro, si sentano piú vicini al Cielo. Confortiamo le loro pene. Sostituiamo, in quanto figure piú carismatiche, il classico frate di Pescasseroli che metteva il despota di fronte ai suoi peccati.
– Mettete i calciatori di fronte ai loro peccati?
– No, figurati. Però li avvertiamo che da qualche parte, sullo sfondo, questi peccati ci sono, e che il modo migliore per seppellirli è donare, donare, donare.

– Scusa, suor Vanessa...
– Chiamami Vane, dài.
– Scusa, Vane... ma a chi donano, a voi?
– Anche, ma non solo. No, guarda, è un business molto corretto. E noi lavoriamo tanto, sai. Ci rimbocchiamo le maniche... a proposito... devo farti vedere il book delle nostre vesti. Qui uso questa tunica semplicissima per non mortificare le Figlie di Maria, ma abbiamo dei modelli... i migliori sono quelli vintage del povero Romeo... Gigli, intendo. Romeo Gigli.
– L'avevo capito, – ribatte piccata Marianna.
– Lui aveva il tocco, per l'abito talare. Ad ogni modo, riflettici. Con noi potrai essere casta nel lusso, nel divertimento, nella coscienza di fare del bene. Pensa che io quest'estate terrò un corso gratuito di portamento e trucco alle bambine di Scampia, e poi forse ne trarremo uno spettacolo teatrale intitolato *Aspettando il Rossetto*. Perché è attraverso l'arte che si salvano le anime.
– Beh... immagino sia possibile.
– Senti, fatti un giro nel nostro sito. O seguici su Facebook, Twitter, Instagram. Compila il modulo di adesione, tanto a te ti prendono di sicuro, figurati, ponti d'oro. Alla peggio, se cambi idea, paghi una piccola penale e rinunci.

Marianna non le risponde, e non fa caso alla piccola penale (questo è un guaio, perché scoprirà poi che non è cosí piccola. Sono ottocento euro). È presa da pensieri suoi. Ma certo. Suora. Suora attiva, suora moderna, suora on line. Libera dal sesso, ma pienamente immersa nella vita. Questa, lo capisce finalmente, è la scelta giusta. Vita sí, amore no.

Quella sera, nella stanzetta scabra che divide con Alberica, Marianna prende il suo amato libriccino rosso, quello con i sonetti di Shakespeare. Lo prende, lo sfoglia, e si rende conto del danno che le ha fatto. Shakespeare è sicuramente uno dei principali responsabili della sua convinzione che esista il perfetto amore, quello che unisce due persone per tutta la durata della loro vita, senza mai venire meno, un amore che non accetta il tradimento né l'incuria, che si alimenta giorno dopo giorno di tenerezza, rispetto e ardore. Non c'è, pensa Marianna, non c'è punto e basta. Mi sbagliavo, e per colpa tua, William, che scrivevi... Marianna sfoglia nervosa quel dannato libro... fino al perfido e maligno fra tutti i sonetti, il 116. Legge per l'ultima volta quelle righe ingannatrici... *non è amore l'amore che muta quando scopre i mutamenti, o svanisce se l'altro si allontana. No, l'amore è un faro fisso che affronta la tempesta e non si muove; è la stella a cui si volge la nave vagabonda...*

Ma per favore. La rilegatura rossa è troppo robusta per stracciare il libretto, e inoltre come gesto manca di grandiosità. Meglio aprire la finestra, e scagliarlo con estrema violenza nel buio della notte e nell'ancor piú buio del bosco strillando,

– Non mi freghi piú, maledetto Shakespeare!

E qui avviene una di quelle cose che succedono tanto spesso nella nostra vita, eppure quando le leggiamo in un romanzo, o le vediamo in un film, ci sembrano cosí improbabili che le attribuiamo a necessità logistiche degli autori. Invece sono pezzetti di realtà come tanti altri, come comprare un filoncino coi semi dalla panettiera, o stringere bene il sottosella di un cavallo.

Avviene cioè che pochi istanti dopo Marianna vede quello stesso libretto rosso tornare a lei, volare nel buio, scagliato da qualcuno che sta appostato lí sotto, e passarle davanti come un robusto uccellino di carta e cartone, per poi svanire nuovamente, visto che lei non è stata in grado di afferrarlo. Come mai? Perché i sonetti di Shakespeare passano in volo nella notte?

Questa è sicuramente una di quelle cose che una ragazza non può ignorare con un'alzata di spalle. Se in preda a tempesta emotiva scaglia giú da una finestra del santuario di Oropa un libretto rosso con i sonetti di Shakespeare, e poi lo vede tornare su con allegro frullo di copertina, la ragazza vuole capire perché. Invano Marianna si sporge dalla finestra e grida: – Ehi... c'è qualcuno? – L'unica che le risponde è Alberica, che già si era svegliata al «maledetto Shakespeare», e adesso brancola in cerca degli occhiali, senza i quali per lei il mondo è una foto molto, molto sgranata.

– Che succede? Perché urli?

– Scusa... non volevo svegliarti... ma sotto c'è qualcuno che mi tira libri.

– In che senso?

– Lascia perdere. Scendo un attimo a vedere.

– No... aspetta... può essere pericoloso...

Marianna si volta, esaltata come sempre. – Non c'è piú niente che mi fa paura –. Ed esce con inutile violenza dalla stanza, mentre Alberica trova gli occhiali, li mette, corruga la fronte e chiede: – Piú? In che senso, piú?

Marianna non le risponde perché sta già scendendo le scale, e ben presto è fuori, grazie al piccolo portone sul retro di cui le ospiti hanno una chiave, perché alla fin fine sono appunto ospiti di quella specie di bed and breakfast spirituale, e non è che possono stare rinchiuse. Apre, esce, e si trova sotto il porticato, in un angolino oscuro. Attraversa il piazzale di corsa e gira intorno, fino a trovarsi sul retro del santuario, sotto la sua finestra, dove ci sono soltanto cespugli, erba, e le ultime avvisaglie del bosco.

– C'è qualcuno? – grida, e intanto guarda, senza sapere cosa aspettarsi, né perché si aspetti qualcosa.

Ma qualcosa arriva. Qualcuno. Che l'afferra e la spinge contro un castagno nei pressi. Lei fa a malapena in tempo a riconoscerlo prima di essere perdutamente baciata.

Capitolo ventesimo

– Perché alla fine, – aveva detto Eleonora al giudice quel mattino, cedendo al fascino di un krapfen, – Marianna la devi colpire dove non se lo aspetta. Cioè, è da quando ha tredici anni che sta piantata lí come una tipa di Botticelli ad aspettare che lo zefiro le porti il grande amore. Risultato: il suo primo fidanzato era gay, e il secondo un ometto debole e vanitoso.

Alessandro non aveva aderito con entusiasmo. In effetti, avrebbe preferito non incontrare affatto Eleonora, e se aveva alla fine detto sí, era piú che altro perché avrebbe approfittato dell'occasione per comunicarle che:

1. Aveva chiesto il trasferimento a Palermo.
2. Non glielo avevano dato.
3. Aveva quindi chiesto una settimana di ferie per grave disagio psicologico.
4. Gliel'avevano data.
5. Aveva intenzione di dedicare questa settimana a percorrere le Cinque Terre a piedi avanti e indietro, compiendo nello stesso tempo un percorso spirituale che gli consentisse, in futuro, di non innamorarsi piú di donne fortemente inadatte a lui.

Eleonora lo aveva ascoltato con attenzione, poi aveva commentato severa:

– Queste sono solo stupidaggini, e lo sai. Non permetterai a mia sorella di sposare Davide, dài!

– Non vedo come posso impedirglielo, a meno di rapirla e chiuderla nella mia camera degli ospiti.
– Sí, infatti, pensavo a qualcosa del genere ma piú... concentrato, ecco.
E infatti gli aveva suggerito di andare al santuario di Oropa, prendere Marianna senza tanti a e ba, e trascinarla nel bosco circostante dove farle provare molti autentici baci eterosessuali e sobri, a cui far seguire altre bellissime azioni sullo stesso genere culminanti in un'affannosa e intensa glorificazione della compatibilità fisica.
– Tu sei pazza. Mi stai dicendo di violentarla?
– Eh, che esagerato. Quella parte durerà al massimo dieci secondi. Il tempo che capisce che un uomo che le piace, che la fa stare bene e che è fisicamente attraente la sta baciando con passione.
E infatti le cose erano andate esattamente cosí.
Quando Alessandro aveva afferrato Marianna e aveva cominciato a baciarla con passione, lei ci aveva messo dieci secondi scarsi a capire chi era, e sí e no altri tre a trovare la cosa a dir poco entusiasmante. Dunque era quello... era quello che faceva gonfiare le vene e scampanare il cuore, era quello che tagliava le ginocchia e smottava i nervi, era quello che generava avidità eternamente insoddisfatta. Quello. Non il languore sperimentato con Lux, ma una specie di rabbia cieca, di annullamento progressivo verso un unico fine. E quando il fine era stato raggiunto, Marianna non ricordava piú altro della sua vita se non l'ultima mezz'ora. O erano due ore, due stagioni, due anni?
Stesi sulle foglie fresche della primavera e intirizziti dalla costante umidità ghiacciata del Biellese, Alessandro e Marianna contemplavano senza fretta uno sterminato futuro insieme.
– Adesso però devi tornare dentro e dormire un pochino, – aveva detto lui a un certo punto, e per la precisione quando lei aveva emesso il primo starnuto. – Domattina vengo a prenderti.

- No! Non voglio lasciarti.
- Non mi lasci, infatti. È solo una piccola separazione. Ora vai dentro, mettiti addosso qualcosa di asciutto se no ti viene il raffreddore, dormi, e domattina fai le valigie e vengo a prenderti.
- Portami via adesso.
- No, unico amore della mia vita, adesso vai a dormire, e domattina vengo a prenderti.

Marianna sospira. È un concentrato di paura e batticuore, come un passerotto intrappolato nella metro. Alessandro lo sa, ed è per questo che vuole mandarla a dormire: è un uomo semplice e profondo, che applica soluzioni di elementare efficacia.

- Dormire, questo devi fare adesso.
- Va bene, ma prima devo ritrovare Shakespeare.

Quando il giudice aveva visto Marianna alla finestra che scagliava qualcosa nel buio, aveva agito con l'istinto base del maschio, che quando vede lanciare qualcosa cerca di afferrarlo. E siccome quella notte aveva i superpoteri, aveva acchiappato al volo il libretto rosso, e senza pensare al perché lo facesse, lo aveva riscagliato verso la finestra. E poi, dov'era finito?

- È troppo buio. Chissà dov'è caduto, lo cerchi domani mattina.
- No, adesso. Se no potrebbero arrivare volpi o cinghiali e mangiarselo. Già mi sento abbastanza in colpa per averlo buttato via. In quel momento, mi sembravano tutte stupidaggini, i sonetti. Ma adesso so che il 116 dice la verità. Devo ritrovarlo.

Sopra Marianna e Alessandro, molto sopra di loro, brillano le solite stelle, sempre quelle, che da secoli e millenni brillano su chiunque, di notte, alzi gli occhi a cercarle, e a esprimere desideri lungo la loro eventuale caduta. Ma non tutte le stelle sono stelle. Una è Shakespeare. Shakespeare in persona assunto in cielo e fissato per l'eternità in un se stesso con due ali color indaco e molto kajal agli occhi, che in questo momento è fermo, un puntino opaco tra Rigel e Betelgeuse, è fermo e guarda quel minuscolo bosco vicino al minuscolo santuario di Oropa sul piccolo pianeta Terra, e sospira, Shakespeare, perché se è vero che i suoi dannati sonetti sono sulla cresta dell'onda da quattro o cinquecento anni, e la gente non fa altro che recitarli e leggerli, e metterli in mezzo, è anche vero che pochi, in questi quattro o cinquecento anni, hanno creduto cosí fermamente nel 116. E nessuno, forse, ci ha creduto quanto Marianna. E quindi... rari sono gli interventi celesti nelle nostre faccende, ma non impossibili, e quando Marianna si tira su dalle foglie, e si gira e allunga una mano per rimettersi in piedi, sotto quella mano c'è il libretto rosso, che l'aspetta.

Il mattino dopo Marianna prepara il suo zaino, saluta ridendo Alberica (sopraffatta), le Figlie di Maria (sconvolte) e suor Vanessa (sardonica) e parte col giudice. Per andare dove? Non lo sappiamo, ma sappiamo invece benissimo dove va, in questa stessa mattina, Giulio Balbis. Vola da Lecce a Torino, in gran segreto, senza dirlo a nessuno. Ha preso qualche giorno di malattia da attaccare alle vacanze di Pasqua, senza rimorsi, perché, se non risolve questa faccenda, si ammalerà gravemente, e appena arrivato posa lo zainetto rosso in un angolo e comincia subito a telefonare. A un avvocato, a un geometra, a uno scrittore, a un agente immobiliare. Poi telefona ancora, e scrive mail, e parla su Skype, e telefona. Non esce, non può uscire, perché Torino è fatta cosí, che se non vuoi incontrare nessuno che conosci, farai bene a stare in casa, dato che le probabilità sono contro di te. E per Giulio è essenziale che sua madre e Lucy lo credano ancora a Lecce. In quanto a Eleonora, a lei non pensa, perché tutto questo lo sta facendo per lei, e allora che bisogno c'è di pensarla?

Alla fine della giornata, e delle telefonate, si affaccia a guardare i crocchi di ubriachi che in questo angolo di mondo si sostituiscono come panorama al barocco leccese, e poi va a dormire in quello stato d'animo prezioso che spero abbiate provato tutti almeno qualche volta: quando ti addormenti e non vedi l'ora di svegliarti perché inizi il giorno seguente.

Capitolo ventunesimo

Il giorno seguente inizia puntuale, e altri ne iniziano, durante i quali Giulio continua a essere in incognito ma è costretto a uscire strisciando lungo i muri e con addosso un orribile piumino giallo acquistato al mercato di piazza Madama. La sua speranza, abbastanza sensata, è che se anche qualcuno dovesse vederlo per strada, penserebbe: «Sembra proprio Giulio De Marchi ma non può essere lui, con quel piumino giallo». Un po' come *Non è Francesca* col vestito rosso, se ricordate bene. D'altra parte, per mettere il suggello al suo piano Recupero Vita, uscire era indispensabile e quindi lo ha fatto, approfittandone anche per fare un po' di spesa, dopo tre giorni in cui si cibava solo di quello che aveva in casa, e cioè spaghetti e olio. Neanche il parmigiano.

Per sua fortuna, però, sua mamma, come molte altre dame del circondario, è tutta presa dalla faccenda Cerrato-Accorsi, ovvero dalla scomparsa di entrambi contemporaneamente. In particolare, all'atelier Simoni fioccano le domande sull'assenza di Marianna.

– Si è suicidata? – chiede pensandosi spiritosa Titti Tolmello, vicedirettrice del Museo del Lume Artigianale Piemontese.

– Ma come! – ridacchia acida Fedora Cruciani, segretaria del presidente della grande banca cittadina, – proprio adesso che sta per fare un matrimonio da FAVOLA con quel simpatico ragazzo gay…

– Io ho ricominciato a chiamarli ricchioni, – annuncia

indomita Clotilde Castelli, una donna sempre piú amareggiata. Da quando Sting le ha scostato la sedia per farla accomodare, alla famosa cena Mondadori, e poi ha parlato per tutta la sera col direttore del Conservatorio che gli stava seduto accanto, ignorandola con estrema cortesia, Clotilde non crede piú nella propria femminilità, e prova solo abiti a sacco. Marida non aveva una collezione di abiti a sacco, ma ne ha prontamente messa in lavorazione una, a prezzi esorbitanti, apposta per lei.

– Ti ammiro! – approva Titti, che sta cercando di entrare in un vestito 42 pur portando la 46. È una delle attività in cui consuma la maggior parte delle energie che non dedica al Lume Piemontese, cioè parecchie. – Non ho mai capito, in effetti, perché si facciano chiamare gay. Cos'avranno da stare tanto allegri, poi? Ah ah ah!

– Ah ah ah! – fanno eco, felici, Fedora e Clotilde. Marida le osserva, e aggiunge mentalmente trecentocinquanta euro al prezzo dei vestiti che si stanno provando. Ne ricaverà circa mille euro da versare alla Fondazione per L'Adozione Indiscriminata.

– Forse sono allegri perché non corrono il rischio di sposare donne come voi, – commenta, con un gran sorriso.

Le tre non sanno bene come prenderla, ma i vestiti che stanno provando sono cosí belli che decidono di non correre rischi e si esibiscono in un ulteriore «Ah ah ah!».

– E comunque, purtroppo per lui, il ricchione in questione non sposerà Marianna. Il matrimonio è stato annullato.

E mai vi dirò perché, ramarri che non siete altro, pensa Marida, notando con soddisfazione che Titti Tolmello, questa volta, non ce la fa, e dopo aver strappato tre cuciture al punto vita, deve deporre l'incantevole tubino lavanda taglia 42.

– Sono contenta! Almeno una è sistemata, ed è tutto merito di Gianmaria, che vi ha fatto conoscere Accorsi!

Consolata Pettinengo e Maria Cristina Cerrato stanno

esaminando con un certo distaccato interesse delle fragole impilate sui banchi del mercato di piazza Carlina. Non fanno veramente la spesa: a quella di casa Pettinengo ci pensa la cuoca, e a quella di casa Cerrato Eleonora, ma come tante signore della zona trovano piacevole aggirarsi fra i banchi con uno shopper di tela, e fingere di occuparsi della conduzione domestica. Dopo aver palpeggiato una fragola e aver saggiato con l'indice la spina di un carciofo, Maria Cristina sospira con moderata soddisfazione:

– Davvero! Un uomo tanto a posto! Sono in Inghilterra, adesso. Al Lake District... cosí poetico... ci sono stata con Gianandrea... sai... Coleridge...

Consolata non sa chi sia Coleridge, e non le sembra importante saperlo. Sta per commentare che Marianna è fortunata a essere in Inghilterra proprio in questo periodo, ha visto che da Harrods ci sono delle offerte favolose, quando Maria Cristina risospira, questa volta con un certo pathos.

– Eh sí. Mi sono tolta un bel peso dal cuore. Ma la povera Eleonora...

– La povera Eleonora? – chiede speranzosa Consolata. Avesse anche lei una storiaccia truce! Possibilmente con uno di questi calciatori che vanno per la maggiore, quelli dell'Est con i capelli rasati. Un serbo, magari. I serbi, a Consolata, fanno una paura boia.

– Ehh... lo sai... aveva fatto un pensiero su Giulio Balbis... e anche lui... sembrava... invece... abbiamo saputo che... – Maria Cristina lascia abilmente la frase in sospeso, e Consolata coglie il testimone con destrezza.

– Non dirmi niente, guarda. Non dirmi niente! Un tale choc. Non ci potevo credere. La MIA tata! Una nigeriana che pare abbia stretti legami con la camorra del posto. Adriana dice che quelli della camorra nigeriana sono terribili, rapiscono le ragazze dell'Isis... o forse sono quelli dell'Isis che rapiscono le ragazze della camorra nigeriana. Comunque, Adriana dice che a capo di tutto ci sono i mafiosi ucraini e...

– Consolata –. Per una volta in vita sua Maria Cristina è ferma, quasi prepotente. – Lascia perdere mafia e camorra. Il punto è che Giulio si porterà quella ragazza a Lecce! Convivono!
– Ma lo soooo! Dovresti vedere Adriana in che stato è. Uno straccio. Rudi non sa piú cosa fare per tirarla su. Ha prenotato un resort a Bali per Pasqua, ma secondo me…
E Consolata riscuote la testa, come per dire: cosa vuoi che possa fare un resort a Bali, quando tuo figlio sta per mettersi con una nigeriana collegata alla camorra nigeriana?
– Certo che quella ragazza… non perché sia di colore, figurati!…
– Oh, ma certo! Io per prima l'avevo presa come tata per Clara Sofia, no? Però che fosse una tale meschina, avida, falsa ipocrita bugiarda…
– …ma anche lui, però, scusa Consolata, anche lui… te l'ha messa in casa!
– Eh già! E ha illuso tua figlia… e intanto, guarda, scommetto che in Nigeria si sono pure sposati.
– Oh, facile. Un matrimonio nigeriano. Magari da noi non è valido, però…
– Come si sposano in Nigeria? Sono cristiani?
– Mah… bisogna ancora vedere se non sono… cosí –. Maria Cristina fissa il vuoto, cercando di ricordarsi come si chiama quella religione che ti infili le ossa nel naso e fai i riti pestando piedi e tamburi al villaggio.
– Intendi dire animisti?
Bingo per Consolata, che di recente ha trovato questa parola nella «Settimana Enigmistica».
– Eh, animisti.
Segue un attimo di silenzio, durante il quale le cugine si spostano verso il banco delle tovaglie.
– È ancora a casa tua?
– Certo. I suoi quindici giorni se li fa tutti, e guai se sgarra. Lui deve tornare a Torino per le vacanze di Pasqua,

ma non è ancora arrivato. Verrà a prenderla la settimana prossima. E se la porti pure via, che non la sopporto piú.

– E molto presto non la sopporterà piú neanche lui, vedrai... rimpiangerà Eleonora, oh se la rimpiangerà... Che poi lei adesso... – Maria Cristina non sa se confidarsi o no. Si rende conto che tra confidarsi con Consolata e pubblicare un annuncio a pagamento su «La Stampa» c'è pochissima differenza, però ha tanto bisogno di dividere le sue pene materne.

– Eleonora cosa? – Consolata, avida, lascia cadere la tovaglia rotonda diametro 110 a papaveri e fiordalisi e si sporge verso Maria Cristina. Calciatore serbo?

– Frequenta un maestro di ballo! – esala la madre, e china gli occhi.

Consolata ride... capirai... un maestro di ballo ci sta. Non avrà neanche la cresta, casomai tanto gel. – E dài... sarà solo per distrarsi... noi lo facevamo coi maestri di tennis...

– Ma i maestri di tennis di solito erano di buona famiglia!

– E quando mai! Il mio era figlio di un pescivendolo di Porta Palazzo! Te lo ricordi? Roberto! Due spalle...

Maria Cristina annuisce, ma non si sente affatto meglio.

E arriva finalmente il momento in cui l'ultima firma è stata posta, e Giulio può telefonare a Eleonora. – Hai voglia di venire qui da me? Non posso uscire.

– Perché?

– Perché non posso farmi vedere in giro e devo parlarti di una cosa. È importante.

– Per chi?

– Ah, ti amo anche per questo, perché fai sempre le domande giuste.

– Che brutto motivo.

– Anche, ho detto.

Stanno zitti un attimo. Lui si rende conto di averle detto «ti amo» in modo veramente scarso, lei si rende conto che lui le ha detto «ti amo».

Quando arriva nella mansarda di via Belfiore angolo via Berthollet, Eleonora pensa di aver recuperato sufficiente padronanza di sé. Quindi è con un certo stupore che invece appena entrata si avventa su Giulio, che a sua volta si avventa su di lei, e lo bacia fino a rovesciarsi come una maglietta in lavatrice.

– Va bene, – dice lui. – Va bene, ma aspetta. Prima ti devo dire una cosa.

– Non mi interessa.

– Ti interessa. Aspetta. Ho venduto la mia casa a Uzzone. Ho trentamila euro.

Eleonora si mette a due metri da lui, prende un biscotto vecchio da un piatto di biscotti vecchi, e commenta:

– Non è molto, per una casa.

– Per quella, è piú che abbastanza. È poco piú che una rovina, e comunque è a Uzzone.

– Cioè?

– Alta Langa. Vicino a Cortemilia. Spersa nel bosco. Ma, e qui sta il suo unico valore commerciale, ai margini del Borgo degli Artisti.

– Non so cosa sia.

– È un agglomerato di case ristrutturate in cui passano le vacanze o anche vivono stabilmente scrittori, artisti, c'è una fotografa... un oboista... e ci va pure Giancarlo Fonzarelli.

– Lo scrittore?

– Eh. Lui. Ci va ospite degli amici, ma una casa sua non ce l'ha e la vorrebbe da matti. Sono anni che mi chiede di vendergli la mia, ma io gli ho sempre detto di no.

– Perché? Vuoi diventare un artista e vivere a Uzzone?

– No, ma pensavo che un giorno avrei avuto una moglie, e dei bambini, e d'estate li avrei portati lí.

– Non li invidio.

– Guarda che quella moglie, al caso, saresti stata tu.

– Io non ci passo l'estate in Alta Langa.
– Comunque. Tra una cosa e l'altra me l'ero praticamente dimenticata, poi quando mia madre mi ha diseredato me la sono ricordata.
– Se ne parla in giro, che tua madre ti ha diseredato, ma a quanto sento Lucy non ha fatto una piega, e continua ad amarti come e piú di prima.
– Sí, pensa che prima o poi mamma cambierà idea, e tutto sommato credo che abbia ragione. Per questo devo sbrigarmi a mettere in atto il mio piano.

Eleonora lo guarda incantata. Un'altra frase che non avrebbe mai creduto di sentire pronunciare nella vita vera è «mettere in atto il mio piano».

– E io cosa c'entro?
– C'entri per molti motivi, ma quello piú strettamente collegato è che una sera che ci siamo incontrati ai Murazzi mi hai presentato un tizio. Un tuo amico. Abbastanza carino. Uno che per soldi farebbe qualsiasi cosa. Ti ricordi?
– Sí. Dario. Ma qualunque cosa tu abbia in mente, non contare su di lui.
– Perché?
– Sta diventando ricco. Ha fatto un blog intitolato *Come vivere senza lavorare* che spopola. Dà consigli su come procurarsi qualsiasi cosa senza pagare. Ormai ha un casino di pubblicità e vogliono pure fare un Real Time o qualcosa del genere.

Giulio si abbatte, ma solo per un attimo.

– Okay, non importa. Ci sarà qualcun altro disposto a convincere Lucy a mollarmi, in cambio di trentamila euro?
– Scusa, e perché non li dài direttamente a lei? Pensi che li rifiuterebbe? Quindi credi che sia sincera, che ti ami davvero?

Niente è piú delizioso, per Giulio, della rabbia trattenuta che finalmente sente nella sua voce. Oh! Era ora! Sempre cosí controllata, cosí placida riguardo a tutta la faccenda Lucy, mentre è evidente, è lampante dalla sua espressione traboccante di odio che se potesse la spiaccicherebbe con un pestello per le milanesi.

– No, non credo che mi ami davvero, e se anche fosse non me ne importerebbe niente. Peggio per lei. Ma offrirle direttamente i soldi sarebbe brutto, sarebbe volgare, e sarebbe triste. Se invece lei mi molla per un altro, saremo felici tutti. Anche lei. Non è meglio?

– Beh, certo.

– Okay. Quindi il mio piano è questo: dare i miei trentamila euro a qualcuno che la convinca a lasciare me e mettersi con lui.

Eleonora non ha bisogno di pensarci neanche un attimo. Un sorriso incantevole le apre i lineamenti.

– Ce l'ho! È un tipo con cui sono uscita ultimamente. Si chiama Pasquale. Nessuna donna può resistergli.

– E tu?

– Io, – dice Eleonora mettendo finalmente i conti in pari, – non ci ho neanche provato!

Mano nella mano, sono fermi a guardare diciotto polpettine con salsa di mirtilli, quando il cellulare di Anna squilla. Oggi, per lei, è il Giorno della Festa a Palazzo. Quello che per Cenerentola è l'Invito al Ballo del principe, per Anna è stata la proposta di Jimmy di andare insieme all'Ikea. Per adesso lui deve semplicemente comprarsi una scarpiera piú grande, in cui riporre l'eccedenza di scarpe da ballerino che funesta il suo minialloggio, ma tutte le ragazze lo sanno, che se un uomo ti propone di andare all'Ikea insieme vuol dire che fa sul serio. E infatti, oltre alle scarpiere hanno guardato anche, con aria di niente, cucine, letti matrimoniali e perfino camerette per neonati. Ora, emotivamente esausti dopo una specie di vita concentrata vissuta in meno di mezz'ora, stanno appunto esaminando i prelibati piatti svedesi, quando il cellulare di Anna squilla.

– Ele? Ciao...

– Sí, lo so, sei all'Ikea con Jimmy. Faccio veloce. Ho bisogno di te per una cosa molto importante.
– Riguarda Pasquale?
– Sí, ma non come credi tu. Ho bisogno che lo presenti a una tipa. Domani sera. Ora ti spiego.
– Ma noi domani sera volevamo...
– Rimandate. Hai presente tipo *Ocean's Eleven*? Dobbiamo organizzarci.

Alla fine, la cosa risulta abbastanza semplice. Giulio telefona a Lucy Asa, e le dice che arriva domani sera, e che vuole vederla subito. Può trovarsi da Michele in piazza Vittorio alle otto in punto?
– Oh amore... ma certamente ti dico di sí che se quella lí prova a protestare io esco lo stesso e se la guardi lei la bambina, una mostro di bambina quella è, che al mio villaggio le avrebbero già messo la pece nei capelli.
E infatti la sera seguente, alle otto in punto, Lucy Asa entra da Michele, e vede seduti a un tavolo Eleonora, Anna, Jimmy e Pasquale. Cioè, Anna, Jimmy e Pasquale sono seduti, Eleonora è in piedi, e si capisce chiaramente che sta per andarsene, come quelle statue greche che ci insegnavano a scuola, che hanno il piede e la tunica scolpiti in modo da suggerire il movimento anche se in realtà sono ferme come solo il marmo sa esserlo.
– Lucy! – Eleonora la chiama con una vivacità degna di Heather Parisi, e in un attimo la presenta a tutti... e alle otto e dieci precise, come convenuto, Lucy riceve un messaggio di Giulio in cui le dice che un'improrogabile necessità di sua madre lo costringe a rimandare a domani la gioia di rivederla. Delusione, sconcerto, ma fermo invito da parte di Anna:
– Vorrai mica andartene? Resta a cena con noi, dài! Vero ragazzi?
I ragazzi sono fin troppo d'accordo, soprattutto Pasquale che ha in tasca un assegno di mille euro (è stata Eleonora

a suggerire a Giulio un anticipo molto basso, per evitare che il seducente danzatore si accontenti) e non vede l'ora di incassare gli altri ventinovemila. In piú, la ragazza è davvero notevole, quindi, le dardeggia subito lo sguardo numero 4, quello: «Non posso creder di trovarmi davanti tanta bellezza», e Lucy si lascia convincere. Mentre Eleonora mette il marmo ellenico in effettivo movimento e se ne va dicendo che si era fermata solo a salutare, Lucy si lascia cadere con notevole impatto su una fragile sediolina di Michele, e trilla:

– Giusto! Non c'è motivo che mando in rovina con le ortiche la mia serata libera!

Sono passati tre giorni da quella sera, durante i quali Eleonora non ha saputo piú niente né di Lucy né di Giulio. Anna le ha raccontato che fino a quando lei era stata presente il piano aveva funzionato a puntino: dopo la cena, si erano fatti via Po avanti e indietro tutti e quattro, parlando di telefonini, di vacanze e di serie televisive, poi lei e Jimmy se n'erano andati, e avevano lasciato Lucy e Pasquale che leccavano lo stesso gelato meringata e gianduia.

– Lucy teneva il cono e lui appoggiava una mano su quella specie di mensola che ha lei in fondo alla schiena... sai...

– Sí, ho notato, il primo culo perpendicolare alla spina dorsale.

– Eh. E lei non ha dato segno di essersene accorta.
– Allora speriamo bene.
– Speriamo.

Quando Eleonora racconta a Marianna la meravigliosa truffa all'americana che stanno rifilando a Lucy, sua sorella esprime un leggero corruccio. – Io non ho capito, – le dice, – perché non può mollarla e basta.

Marianna è tornata dal Lake District, e sta di nuovo preparando i bagagli. Ma questa volta sono bagagli speciali. Sono gli scatoloni che si porterà appresso a casa del giudice

Accorsi, che ha insistito per una convivenza immediata, tanto per essere sicuro che nella vita di quella sconsiderata ragazza non entrino a gamba tesa nuovi gay, altri rocker o suore comunicanti o neonate associazioni spirituali a portargliela via. Sa benissimo, Alessandro, che se lui quella sera, grazie a Eleonora, non fosse andato a prendersela con metodi spicci, a quest'ora probabilmente Marianna starebbe facendo il noviziato a bordo piscina nell'abbazia di Ravello. Meglio non correre rischi.

Eleonora l'aiuta, e intanto cerca di farle capire. Cioè, sta per andare a vivere con un uomo, non può arrivarci totalmente sprovveduta.

– Non può mollarla e basta perché ci tiene troppo alla sua... non so... reputazione è una parola antica e stupida, ma è anche un sentimento un po' antico e stupido, quindi direi che è la parola giusta. Diciamo che ci tiene troppo alla sua reputazione. In questo mondo slandro, Giulio ci tiene a essere universalmente noto come ragazzo serio.

– E dài, Ele... anche i ragazzi seri mollano le fidanzate. Se si innamorano di un'altra, che ci possono fare?

– Sí, ma se la fidanzata è una ragazza in difficoltà, in fuga da un paese straniero, ricercata da criminali e ha già tentato il suicidio...

– Con i fermenti lattici!

– E allora? È cosí stupida che la prossima volta, per sbaglio, potrebbe beccare qualcosa che l'ammazza veramente. No, Giulio vuole liberarsi di Lucy mantenendo la coscienza pulita, e l'unico modo di farlo è farsi lasciare.

– Del resto, è quello che fanno sempre gli uomini, no?

Non si sono accorte che Maria Cristina è arrivata alle loro spalle, e si voltano sorprese. Non è un'osservazione da lei, quella.

– Prendete vostro padre. Non ne poteva piú di Andreina da anni, ed era già tanto innamorato di me, ma non l'avrebbe mai lasciata.

– Sí, vabbè, per Edo...

– No, quella era la scusa ufficiale. La verità è che non avrebbe mai potuto sopportare di sentirsi in colpa. Gli uomini, in linea di massima, detestano sentirsi in colpa. Per noi è diverso. Noi ci sentiamo in colpa con una certa... non so... vanità?

– In che senso vanità?

Maria Cristina toglie dagli scatoloni di Marianna la sua vecchia bambola, la Numero Uno.

– Questa lasciala qui. Ti farà piacere trovarla quando vieni a casa. Vanità nel senso che un po' ci piace l'idea di uno che soffre le pene dell'inferno perché noi lo abbiamo lasciato. Agli uomini no. Agli uomini, la sofferenza causata da loro dà profondamente fastidio. Noi vogliamo un po' bene a un uomo che soffre per noi. Gli uomini prendono in forte antipatia una donna che soffre per loro.

– Ma papà... era innamorato di te... avrebbe rinunciato per non fare brutta figura?

– Non lo so. Non so come sarebbe finita se la cara Andreina non si fosse presa la malaria. Ma se l'è presa, per fortuna, altrimenti temo che voi non sareste mai nate. Preparo un tè, ragazze.

Maria Cristina esce, lasciando le sue figlie con la curiosa impressione di dovere la loro esistenza al fatto che anni e anni prima una donna è morta di malaria.

La prima a ripigliarsi è Eleonora. – Insomma. Malaria a parte, hai capito perché Giulio non può mollarla e basta?

– E tu lo accetti?

– E che devo fare? Piantare casino solo perché lui è in qualche modo per bene? Servirebbe solo a far venire fuori il resto.

– Che resto?

– Che lui ha continuato a scoparsela anche dopo avermi conosciuta. Quindi gli piace. Cioè, gli piace farlo con lei.

– Oh no! – Marianna è veramente desolata. Guarda Eleonora con occhi pieni di autentica compassione. – Io morirei, se ad Alessandro piacesse un'altra.

Eleonora sospira, e guarda sua sorella con nuova determinazione. È arrivato il momento di dirglielo. O adesso o mai piú.
– L'uomo perfetto non esiste, Mariannina. Non c'è. Nessuno è perfetto. Nemmeno Alessandro. Di sicuro Giulio non lo è. Si tratta di stare con uno di cui sopportiamo meglio i lati negativi.
– Oh mio Dio.
– Non te la prendere. Probabilmente Alessandro ha dei lati negativi cosí piccoli che sembrano punti. E io di Giulio amo tutto tranne questa sua debolezza nei confronti di se stesso. E lui ama tutto di me tranne...
Eleonora si interrompe. Non sa quale lato di sé incrinerà la passione di Giulio. Forse il culo non perpendicolare alla schiena?
– Tranne? – chiede Marianna.
– Non lo so ancora, qualcosa ci sarà. Ad esempio, non era contento quando gli ho detto che ero stata con Pasquale.
– Beh... non è stato contento... e con che diritto?
– Mica ci vuole il diritto, per soffrire.

Giulio non soffre, al momento. Semplicemente, aspetta. Aspetta come un uomo che sta guardando i numeri del biglietto che ha vinto la lotteria, e li scopre uno a uno, e finora corrispondono tutti ma ne mancano ancora due... anzi... uno... Lucy ha eluso parecchi dei loro incontri, adducendo scuse plausibili e sussurrando al telefono parole d'amore. Ma li ha elusi. Stasera, però, si vedranno. L'aspetta, a casa sua, per le nove. Andranno a cena, e parleranno del loro futuro a Lecce. E se cosí sarà, vorrà dire che Pasquale ha fallito, e lui... cosa farà?
Questo si chiede Giulio, guardando dalla finestra una rissa fra rumeni e nordafricani. Che farò? Troverò il coraggio di dirle che non la amo, non la voglio, l'ho presa in giro e amo un'altra? O finirò ancora una volta per farmi trascinare a letto, fare un po' di sesso senza ragione e sen-

za sentimento, e permetterle di essere felice a modo suo, quel modo furbo e avido, che è comunque il suo? Perché non ho chiarito subito le cose? Lo sapevo o no che il suicidio era una cazzata? Che era la piú banale delle trappole in cui sono cascato come il piú banale degli uomini?

E intanto guarda giú, con il terrore di veder arrivare quella dannata ragazza, e la speranza che, nel caso, si apra una buca in via Belfiore (cosa possibile) e se la inghiotta senza neanche sputare le ossa. Invece suona il cellulare. È lei.

Con un batticuore da spostare le costole, Giulio risponde.

– Amore?
– Lucy? Dove sei?
– Amore, senti, ti devo parlare.
– Che succede? Non vieni?
– Ho fatto una scelta di vita, amore.

EVVVAI! pensa Giulio, ha fatto una scelta di vita, come i calciatori! Ci siamo!

– Ho capito che non posso mettermi fra te e la tua madre che tanto ti vuole bene come tutte le mamme che amano i loro figli.

– Ma Lucy...

– No aspetta, non dire Ma Lucy, che se devo spezzarti il cuore voglio farlo in fretta, come l'antilope che correndo spezza i rami dell'acacia. Giulio, io ti lascio. Perché io ti amo veramente, e voglio il tuo bene, e il tuo bene non è che mamma lascia i soldi a quella russa e tu devi vivere col tuo piccolo stipendio e io con te. Noi non siamo persone fatte per vivere con piccolo stipendio. Io pensavo di sí, e ti amo tanto tu lo sai che per te ho lasciato la mia famiglia e il mio paese e il fratello del mio fidanzato e ho voluto anche morire quella volta lo sai. Ma in questi giorni ho capito che tutto questo non è bene, è male. Molto male.

Lui si chiede quale sia la reazione opportuna. Forte ma non al punto da rischiare anche minimamente di far-

le cambiare idea. Alla fine, sceglie l'inarticolato, che funziona sempre.
– Ma... Lucy... ma io... ma tu... noi...
– Credimi amore è meglio che finiamo qui e ciao per la sua strada. Tua mamma ti fa di nuovo erede, e tu sposi quella ragazza che voleva lei, ora non ricordo il nome, la minore, e tornerà bella armonia nella famiglia, perché la famiglia è importante –. Lucy ha l'impressione di aver toccato la corda giusta, e rincara: – La famiglia è piú importante.
– E... tu... io... e tu?
– Io me la caverò. Forse adesso parto. Lascio Italia, non è un paese buono per me.
– Oh, Lucy... ecco...
– Sí, perché se ci incontriamo tu soffriresti troppo, e io anche, perché tu sei il grande amore della mia vita, Jules.
Eh no, pensa lui, no, questa gliela chiamo al bluff. Rischio, ma lo faccio.
– Ma se sono il grande amore della tua vita, come puoi lasciarmi?
– Posso, – ribatte con fermezza Lucy, che deve chiudere perché Pasquale, di fronte a lei, picchietta con impazienza sull'orologio, un notevole Patek Philippe che gli ha donato un'allieva del corso di balli latino americani particolarmente dotata (non per i balli latino americani). Tra dieci minuti devono imbarcarsi. Lucy lo sta chiamando da Malpensa, ma questo Giulio non lo sa. – Posso perché amore non è egoismo. È stata una decisione cosí difficile da prendere che in questi giorni non ho mai mangiato e sono tutta pelle e tutta ossa. Ora è inutile continuare a parlare, troppo soffriamo. Ciao amore mio ti auguro tanta felicità anche se so che non potrai mai dimenticarmi.
Lucy attacca, e si volta verso Pasquale, un pelo irritata.
– Contento? L'ho chiamato, contento? Tutte cazzate gli ho detto che volevi tu. Ma non era meglio partire e basta, zitti zitti muti muti e ciao, lui dopo capiva?
– Secondo me, – dice Pasquale, – è meglio che ha capi-

to subito –. E mentre Lucy si corrobora dopo questa dura prova acquistando delle scarpe al Duty Free, lui manda un messaggio a Giulio: *Stiamo partendo. Se hai ancora il mio Iban, fai pure il versamento. Se no, dimmelo che te lo rimando.*

– Ce l'ho, ce l'ho e che tu sia per sempre benedetto e in favore della fortuna.

Giulio non perde neanche tempo a respirare, tanto ha fretta di correre da Eleonora.

Capitolo ventiduesimo

– Quindi le cose si sono sistemate, per le tue sorelle –. Paul è sdraiato sull'erba con una margherita in bocca, come in una foto famosa. È il Paul del '68, delle grandi foto nel Doppio Bianco, un filo di barba, una maglia di cotone senza colletto ma con tre bottoncini. Anche George è dello stesso periodo, con i baffi, e l'aria di uno che ha sempre un pensiero segreto. Ormai è entrato nel tunnel del maharishi, e sta seduto a gambe incrociate.
 – Sí, direi di sí. Marianna è andata a vivere col giudice, ed Eleonora si è fidanzata col prof. È un amore a distanza.
 – Tutti gli amori sono a distanza, – dice George, e Paul alza gli occhi al cielo.
 – Quanta distanza?
 – Un botto. Lei insegna qui e lui a Lecce. Ma adesso Ele ha chiesto il trasferimento.
 – Dove si trova Lecce?
 – In Puglia.
 Silenzio. Né George né Paul sanno dove sia la Puglia.
 – E quindi alla fine con tua madre resterai soltanto tu.
 Margherita alza le spalle. – È normale. Loro sono grandi.
 Insieme, senza accordi evidenti, Paul e George allungano una mano, e Margherita le prende. La sinistra di Paul, la destra di George. Le stringe.
 – Grazie di tutto. Non so come avrei fatto senza di voi. È stato un tale casino, cioè. Papà che è morto e tutto il resto. Senza di voi, scleravo.

– Ma figurati. Però mi sa che è una delle ultime volte che ci vediamo, – dice George.
– Una delle, però. Non l'ultima.
– Tranquilla. Sei tu a decidere. E a proposito di decidere... – Paul le lascia andare la mano, rotola nell'erba e si avvicina. – Alla fine? Quei due ragazzi? Hai scelto?
– Ogni scelta è un'esclusione, – dice George, e Paul sbuffa.
– Sí, certo, ma se non si escludesse mai niente e nessuno alla fine ci muoveremmo dentro la nostra vita come allo stadio il giorno del derby.
– Everton-Liverpool, – dice Margherita. Sa che Paul, contro ogni logica, tifa Everton. – E comunque sí, ho scelto Rocco. Ho fatto testa o croce. Uno o l'altro era lo stesso. Sto aspettando quello che mi metterà l'ansia, come dite voi.
– Che ti farà paura, – precisa George.
– È lo stesso.
– Per niente, – Paul si alza, e si spolvera il gilet nero. – La paura è un sentimento forte e pulito, l'ansia è sporca e appiccicosa. Evitala.
– Evitala, – dice George, che si alza anche lui, ma non si spolvera.
– Ricordati di noi.
– Ascoltaci, anche quando non ci amerai piú.
– Vi amerò sempre, – dice Margherita, ed è perfettamente vero.

Quando si sveglia, non capisce perché la luce è cosí forte. Ma certo, è domenica. Ha dormito fino a tardi. E sul cell ci sono già tre messaggi di Aglaia.

Ci sei? È vero che ti sei messa con Rocco? Tommi sdà.
Ehi? Dormi?
Marghe? Alloora!!!

Uf. La vita di relazione da svegli è veramente faticosa. Schiaccia il numero di Aglaia. – Ehhh... com'è... sí... ma no... ho fatto a testa e croce... tipo...

– Mi dispiace, Rossana, ma questa volta non si discute –. Edoardo Cerrato è la personificazione della fermezza. Neanche un segnalibro di pietra lavica potrebbe avere lo stesso peso specifico, quella tensione che indica la decisione di non spostarsi di un millimetro.

– Sí che si discute! – Rossana strilla, sente il panico montarle dentro, e le viene la voce stridula, perché come tutti i prepotenti ha l'interno di fanghiglia, e non resiste a un colpo ben assestato. – Non è possibile e lo sai anche tu! Questa è casa nostra e non loro! Non è casa loro! È casa MIAAA!

– Da pochi mesi. Per tutta la vita è stata casa loro. E io ti assicuro che mia sorella si sposerà qui. Sarà una festa bellissima e la pagherò io. Se non ti va bene, accomodati.

Ehi, un momento, da dove deriva questa nuova fermezza di Edoardo?

Per scoprirlo, spostiamoci in avanti di un paio di mesi, il giorno del matrimonio fra Marianna e Alessandro. Dopo una rapida cerimonia in Comune, la festa si dipana a VDL, governata e officiata da Maria Cristina, che si muove come se non se ne fosse mai andata da lí. Per un giorno, la padrona di casa è lei, la festa è sua, e Rossana è relegata a un ruolo decisamente secondario. Durerà solo oggi, ma finché dura, Maria Cristina se lo gode, e sa che stasera tornerà a quell'appartamentino in centro con una piccola certezza in piú. Ha visto la prosopopea di Rossana mostrare le prime crepe. Prima o poi, pensa senza neanche rendersi conto di pensarlo, questo matrimonio finirà, e io tornerò a vivere qui. Non so come, ma so che è cosí.

E ha perfettamente ragione. Lo sanno anche Marida e Consolata, che stanno allo stesso tavolo, e hanno unito le teste coiffate con sapienza per bisbigliare. Virginia non è ancora arrivata, ma arriverà. Ha un ottimo motivo a giustificare il ritardo...

BLING! Con un piccolo salto, allontaniamoci un attimo

da VDL, e piombiamo in una cascinetta vicino a Gassino, dove un pluriomicida sta tenendo in ostaggio un geometra. La storia è lunga, non vale la pena di raccontarla qui, eventualmente potrebbe fornire la base per un buon giallo, basti sapere che il pluriomicida e il geometra hanno avuto una moglie in comune, cosa di cui il geometra si è reso conto solo da mezz'ora, e cioè da quando il pluriomicida lo tiene sospeso nel vuoto, ammanettato a un balcone della cascinetta.

Il vicequestore aggiunto Virginia sta tentando di convincere il pluriomicida a lasciar perdere, e a costituirsi, per poi trascorrere lunghi anni proficui a migliorare la sua cultura nella biblioteca del carcere.

BLING! Rieccoci al matrimonio. Marida e Consolata uniscono le teste coiffate con sapienza e bisbigliano guardando una bella ragazza con i capelli rossi che sta conversando con Marianna e Alessandro.

– È lei, vero? – chiede Consolata, mettendosi in bocca l'ottavo gamberetto grasso e infilzato su spiedino. Ha infatti rinunciato alla dieta dei sottaceti, e ne sta sperimentando una nuova che prevede di mangiare tutto quello che ti piace per sei giorni alla settimana, e solo miglio lesso il settimo. Il settimo, per il momento, non è ancora arrivato.

– Sí, è lei, – conferma Marida. – Me l'hanno appena presentata. Lucrezia Torre.

– Bellina.

– Molto. Lui è impazzito. Pensa che ha avuto il fegato di portarla da me, l'altro giorno, e le ha comprato uno spolverino di seta Azzurro Persia.

(Il colore dell'estate 2015, succedaneo al Rosso Cartaginese e al Verde Nilo).

– E tu? Hai fatto finta di niente?

– Certo. Che doveva fare? Dirgli «e salutami Rossana» mentre uscivano? Poi lei mi piace. È determinata ma discreta.

– Se è riuscita a farsi invitare qui, dev'essere molto determinata. Secondo te lui alla fine la mollerà, Rossana?

– Sí, di sicuro. L'ha sempre odiata, in fondo.

Consolata sobbalza. Per un istante, le sembra di essere in una di quelle serie americane che si svolgono negli Stati del Sud: campi immensi, alligatori, e antiche famiglie i cui componenti non sognano che di ammazzarsi fra loro.

– Scusa però, Marida... mica era obbligato a sposarla... doveva essere un po' innamorato.

– Sí, certo, ma quello cosa c'entra... essere un po' innamorati e l'amore sono due cose ben diverse.

Marida appare cosí sicura, con i suoi capelli per sempre biondi, e le spalle dritte da ex nuotatrice, e il suo magnifico vestito di un turchese inesistente al mondo se non in quel vestito, cosí padrona di ogni suo pensiero, che Consolata tace, preparandosi a farle la domanda delle domande, quella che sta alle radici della Bibbia e oltre il limite delle galassie. Sí, se qualcuno può conoscere la risposta, quel qualcuno è lei.

Ma prima che possa aprire la bocca e chiedere, arriva a distrarla Clara Sofia, che indossa una creazione multistrato in percalle rosa, ideata per una bambina fiabesca e minuta, mentre lei è una bella bambinona sul robusto, tale e quale ai suoi corposi genitori.

– Mamma! Samucle mi spinge!

Un po' assente, Consolata la carezza, e le dice: – È un bambino maleducato. Vai cara, vai. Tu non spingerlo, però. Tu sei educata, e gentile.

Clara Sofia non ne può veramente piú di essere educata, e sa di non essere mai stata gentile, ma capisce che è inutile chiedere consiglio a sua madre. Se vuole sistemare Samuele, può contare soltanto su se stessa.

Consolata la guarda allontanarsi e prendere da un tavolo il secchiello del ghiaccio, si chiede blandamente cosa intenda farne, e poi guarda Marida e fa la domanda:

– Che cos'è l'amore, Marida? Il vero amore?

Marida risponde senza bisogno di pensarci. Perché è una cosa che lei sa da sempre.

– È non stancarsi mai, mai di una persona. È volerla accanto ogni giorno, con il corpo, il cuore e la mente.

Consolata sospira. – Ma può durare? Si può volere qualcuno con il corpo, il cuore e la mente ogni giorno per tutti i giorni della vita?

– Certo. Si può, ma non è per tutti. D'altronde, anche i multimilionari sono mica tanti.

Su questo, le due amiche tacciono, e per una specie di magia segue un istante di silenzio generale, durante il quale si leva, limpido e chiaro, il grido disperato di Samuele, a cui Clara Sofia ha appena infilato tre cubetti di ghiaccio nella camicia (Roberto Cavalli Junior).

Lo sente Adriana Balbis, che sta rosicchiando grissini e conversando con una giovane donna di una bellezza un po' equina, vestita con un abitino nocciola perfetto sia per un matrimonio che per un funerale in cui si svolga un ruolo di secondo piano. È lei? Ma sí, è lei, è la minore delle Biffetti, Adelaide, invitata a queste nozze a causa di complicate ramificazioni familiari, e gentilmente occupata a cercare di capire quello che sta irosamente borbottando la sua vicina di posto.

– Certo... meglio la padella che la brace... però...

Rudi, seduto accanto a lei sull'altro lato, cerca di distrarla proponendole uno sformatino di melagrana, ma lei lo guarda male e insiste.

– Ma che melagrana e melagrana... mangiatela tu, la melagrana, che sei abituato alla giungla! Ti dicevo, carissima Adelaide, che mi spiace tanto tanto che tu e Giulio non vi frequentiate di piú... eravate cosí amici da bambini... ora lui si fa vedere sempre in giro con questa ragazza... se non altro non è nigeriana, ma comunque tutt'altro che ideale... una maestrina, figurati! Ah ah ah! La maestrina dalla penna rossa! DIO MIO CHE SQUALLORE.

Un accesso di tosse nervosa impedisce ad Adriana di continuare, e la lascerei cosí, con Adelaide Biffetti che le batte sulla schiena e si chiede chi diavolo è Giulio. Ah,

Adriana non ha cambiato testamento, e Olena è ancora la sua erede universale. Per il momento, la giovane studiosa ucraina si accontenta di attendere una dipartita naturale della sua datrice di lavoro, ma non è detto che la sua pazienza sia infinita.

Anche Margherita e Aglaia sentono il grido di Samuele, ma non gli badano, sono troppo occupate a consumare una massiccia dose di torta nuziale, una torta nuziale che ha rispettato lo stile classico della torta nuziale, e si presenta in un tripudio di panna, crema, glassa, ghirigori candidi e gente di zucchero che la domina dall'alto.

– Cazzo, prenderò tre chili, – si lamenta Aglaia.

– Ma se sei stecca... – Margherita non commenta il proprio peso, perché sa che lei, invece, dovrebbe andarci pianissimo, con le torte nuziali.

– Figo, sto matrimonio, – dice Aglaia, mangiando una rosellina di zucchero.

– Sí, vabbè, io comunque a vivere qui non ci tornerei.

– Nooo... tipo che per uscire la sera sai che sbatta.
Pausa.

– La settimana prossima si sposa pure il fidanzato di Marianna. Ci ha invitate.

– Quello gay? Ne ha poi trovata un'altra?

– See... è stata Ele ad avere l'idea.

– Minchia, tua sorella Ele ha sempre un casino di idee.

– Eh. È fatta cosí. L'ha messo in contatto con quelle tipe dell'associazione dove stava prima Marianna, Turris Eburnea. Quelle della castità. Sposa una di loro, Sara si chiama.

– Ah, okay, per la castità sposare un gay è perfetto.

– Eh.
Pausa. Hanno finito la torta.

– E tu? Ora che hai mollato Rocco e Tommaso?

– Sto single. Come te.

– Ma se ci guardassimo un po' intorno?

– Qui? E dài. Qua sono quasi tutti miei parenti.

– Tuoi, non miei. Presentami un po' a quello là biondo... quello che sta parlando con tua madre.
– Mio cugino di Livorno? Vabbè.
Si alzano. Mentre vanno verso Luca, il cugino di Livorno, un ragazzo alto e sconosciuto con i capelli negli occhi le urta, e fa cadere il piattino della torta che Margherita ha in mano. Si guardano, e Margherita prova una specie di brivido. Lei, quello sguardo, lo conosce. L'ha visto in una foto in bianco e nero, scattata negli studi di Abbey Road, Londra, nel novembre del 1965.
– Stai attenta, guarda dove cammini, – le dice lui, brusco.
Aglaia si volta, la aspetta. Margherita non raccoglie il piattino, e le fa cenno di andare avanti. – Arrivo. Un attimo. Devo dire due parole a questo tipo.
– Ti spiace raccogliere il piattino che mi hai fatto cadere? – gli chiede secca.
– Sei tu che l'hai fatto cadere.
– Perché tu mi hai spinto. E poi chi sei, scusa?
– Gabriele Accorsi. Nipote dello sposo.
Si scambiano uno sguardo torvo. Nessuno dei due si china a raccogliere il piattino.

Anche Marianna e il giudice sentono il grido di Samuele, mentre parlano con Lucrezia Torre, e vedono Edoardo precipitarsi verso il figlio, seguito da Rossana che approfitta dell'occasione per fare l'orribile scenata che cova in seno fin da quando il marito le ha imposto la presenza di Lucrezia fra gli invitati.
– Cioè, è la mia segretaria, è bravissima, dài, posso mica non invitarla.
Rossana sa perfettamente che da tre mesi Edoardo ha una tresca (questo è il termine che usa lei) con Lucrezia. Lo sa non grazie all'intuito della donna innamorata (non è una donna innamorata) ma grazie all'ottimo lavoro svolto dall'investigatore Gabbo Manfredini, dell'omonima agenzia sita in lungodora Colletta 26. Insospettita da:

1. Gli orari di lavoro molto prolungati di Edoardo, un uomo sostanzialmente pigro.
2. La frequenza con cui, durante i suddetti lunghi orari di lavoro il suo cellulare risultava irraggiungibile.
3. La nuova indipendenza e fermezza con cui si opponeva ai suoi diktat.
4. L'improvvisa rinuncia a infastidirla con pretese di intimità fisica,

aveva assoldato il detective, ricavandone un'ampia e completa documentazione delle attività extraconiugali di Edoardo.

E ora stava riflettendo se divorziare portandogli via tutto, o portargli via tutto senza divorziare. Per questo ha inghiottito l'invito a Lucrezia, perché è una donna accorta, che non scopre le sue carte prima di aver deciso come giocarle.

Però, vedersela davanti cosí carina e sicura di sé, cosí irridente, quasi, che le sorride gentile come se sulla coscienza avesse soltanto petali di rosa, beh, questo l'ha imbestialita parecchio, e quindi approfitta dei ghiaccetti infilati nel colletto di suo figlio per coprire di insulti il marito, al momento innocente.

– Lo vedi? È stata quella stronzetta della figlia di tuo cugino, quella bambinetta orribile che se la tira come una mongolfiera, lei e quella deficiente di sua madre e quel coglione di suo padre come tutta la tua famiglia di pezzi di merda a cominciare da quelle poveracce delle tue sorellastre che neanche hanno una casa e per sposarsi devono venire nella mia...

– Non è tua, Rossana. È mia. Comincia ad abituarti all'idea.

Con queste parole di incredibile saggezza, Edoardo estrae il ghiaccio dalla camicia di Samuele, e si china a guardarlo negli occhi.

– Vuoi fregare Clara Sofia? – chiede al figlio.

Samuele sta piangendo, da quella mezza calzetta che è, ma annuisce.

Edoardo stacca da un piccolo rosaio lí accanto una New Dawn in boccio, e la porge al bambino. – Portale questa.

Lui non capisce, ma per uno di quei misteriosi, improvvisi canali di comunicazione che esistono fra genitori e figli, prende il fiore, e va verso Clara Sofia, che si sta beccando una pacata ramanzina dal padre.

Marianna e Alessandro sono rimasti soli, perché Lucrezia si è prudentemente allontanata dalla vista di Rossana. Marianna ha un vestito da sposa sensazionale, il primo e ultimo prodotto dall'atelier Simoni, un misto fra Rossella O'Hara e Cenerentola, che solo lei può indossare. Per baciarla, Alessandro dovrebbe schiacciare settanta centimetri di crinolina, perciò si limita a prenderle una mano.

– I nostri figli non saranno cosí, – le dice.

– Noi, non saremo cosí, – sussurra Marianna.

– Marianna, – sussurra il giudice, – prometti che non mi lascerai mai?

– L'ho appena promesso all'assessore, amore mio.

– Sí, lo so. E so anche che le promesse sono soltanto parole, e valgono meno del fiato che usiamo per dirle. Però voglio che mi guardi negli occhi e mi giuri che non mi lascerai mai. Qualunque cosa succeda. Neanche se ti innamorerai di un altro.

– Davvero? Mi vorresti con te anche se amassi un altro?

– Sí. Perché basta la tua presenza ad allontanare da me il dolore.

– Sicuro?

– No. Ma tu prometti.

– Va bene. Alessandro, prometto di non lasciarti mai, qualunque cosa succeda.

Passando accanto a loro, Eleonora e Giulio li sentono. Giulio sta facendo vedere a Ele un video che gli è arrivato in WhatsApp quel mattino: lo manda Lucy Asa da Turks e Caicos, dove lei e Pasquale si sono stabiliti. Con i trentamila euro di Giulio, hanno aperto un ristorantino italo-nigeriano comprensivo di scuola di ballo, e nel video si vede Lucy che balla la capoeira con un signore sui sessanta apparentemente a un passo dall'infarto.

– Chissà se un giorno Pasquale le racconterà tutto, – dice Eleonora...

– Spero proprio di no. Sai, la furia della donna respinta...

– Ormai...

– Beh, ancora mi manda i video...

– Beh, lui ancora mi manda i suoi...

– Ah sí? Non me li fai vedere tu, però.

– No no. Non sono fatti tuoi.

Si guardano negli occhi, e ridono, inebriati da quello che vedono. Poi Eleonora accenna agli sposi.

– Hai sentito? Hai sentito quello che dicevano?

– Che lei gli ha promesso di non lasciarlo mai qualunque cosa succeda?

– Ah ah. Posso chiederti una promessa anch'io?

– Sapendo quel che valgono le promesse?

– Sapendolo. Giulio, mi prometti che se un giorno non mi amerai piú, mi lascerai?

– Ehi, questa è una promessa facile.

– Non è vero. Potresti non amarmi piú, ma voler restare con me per i figli, o per comodità, o per inerzia, o perché i tuoi nuovi amori non sono poi granché, o perché... non so... la gente non si lascia per un sacco di motivi.

– E invece tu vorresti che ti lasciassi?

– Sí. Ti prego.

– Ma se non mi amassi piú neanche tu?

– Ah... sarebbe perfetto. In questo caso potremmo restare insieme!

– Okay. Allora speriamo di smettere di amarci nello stesso momento.

– O almeno nella stessa settimana, – ride Eleonora, e le loro mani si trovano in una breve stretta.

E in quell'attimo tutti e due pensano che questo non succederà mai. Mai, di tutti i mai del mondo.

Canzoni citate nel testo.

p. 41   *Boum* (Charles Trenet, 1938).
   56   *Stella gemella* (Adelio Cogliati, Mario Lavezzi, Eros Ramazzotti e Vladimiro Tosetto, 1996).
 107   *Misery* (John Lennon e Paul McCartney, 1964).

Indice

p. 3	Prologo
4	Capitolo primo
18	Capitolo secondo
28	Capitolo terzo
37	Capitolo quarto
45	Capitolo quinto
61	Capitolo sesto
72	Capitolo settimo
80	Capitolo ottavo
96	Capitolo nono
108	Capitolo decimo
115	Capitolo undicesimo
123	Capitolo undicesimo bis
128	Capitolo dodicesimo
140	Capitolo tredicesimo
147	Capitolo quattordicesimo
152	Capitolo quindicesimo
164	Capitolo sedicesimo
174	Capitolo diciassettesimo
179	Capitolo diciottesimo
186	Capitolo diciannovesimo
192	Capitolo ventesimo
197	Capitolo ventunesimo
213	Capitolo ventiduesimo

Stampato per conto della Casa editrice Einaudi
presso ELCOGRAF S.p.A. - Stabilimento di Cles (Tn)
nel mese di gennaio 2017

C.L. 22851

Ristampa   Anno

0   1   2   3   4   5   6   2017 2018 2019 2020